NOVEMBER JOE
THE DETECTIVE OF THE WOODS

論創海外ミステリ71

ホームズのライヴァルたち

ノヴェンバー・ジョーの事件簿

Hesketh Prichard
ヘスキス・プリチャード

安岡恵子 訳

論創社

November Joe: The Detective of the Woods

(1913)

by Hesketh Prichard

目次

ノヴェンバー・ジョーの事件簿

妻に捧げる

第一章　サー・アンドルーの助言

それは一九〇八年の初秋のことだった。ケベックに住んでいたわたし、ジェームズ・クォリッチは、モントリオールに出かけていった。当時わたしは、重要な商取引にかかりきりになっていたのだが、長期にわたって複雑な交渉を重ねたすえ、ようやく取引成功の見通しが立ってきていた。モントリオールに着いてから数日後、わたしはサー・アンドルー・マクレリックの家で晩餐を共にしていた。有名な神経科医で、マギル大学の講師もしている彼は、わたしの長年の友人である。

このような折には、わたしはたいてい、ほかの客が帰ったあとも半時間ほど居残っていた。このときもサー・アンドルーは最後の客を見送って振り返ると、わたしが新しい葉巻を選んでいるのに気がついた。

「きみにもう一服していくようすすめたおぼえはないぞ、ジェームズ君」と彼はいった。

わたしは笑った。

「そういうなよ、アンドルー。気心の知れた仲じゃないか。とにかくいただくよ――」

彼はわたしが火をつけるのを見ていた。「その葉巻を心ゆくまで味わっていってくれ。次に味わってもらえるのは、当分先になってしまいそうだからな」

「今夜、きみはわたしのほうを何度か鋭い目つきで見ていただろう。あれは何なんだ?」

「ジェームズ君、今回の炭鉱会社の合併の件だが、新聞はさんざん書きたてているし、きみがその陣頭指揮をとっていることをわたしは知っている。大成功を収めるのは間違いないだろう。しかしだからといって、それは本当に、きみの健康な身体を犠牲にするほどの価値があるのだろうか?」

「わたしはいつもとまったく変わりないよ」

「まったく?」

「まあ、ほぼいつもどおりだ」

この返事に、サー・アンドルーは、目立つ眉と輝く黒い瞳をわたしのほうに向け、厳しく問いただしてきた。

「いつもどおりちゃんと寝ているのか?」

「いや、あまり寝ていないかもしれない」わたしはしぶしぶ認めた。

「食欲は普段どおりか?」

「さあ、どうだろう」

「おい、ジェームズ。立ってみろ」彼はわたしの身体を調べ出し、すぐに説教を始めた。そして結局、口うるさくいわれたわたしは、すぐさま休みをとる——それも手紙や電報が届かない森の中で長い休暇を過ごすことを決心させられるはめになった。

「そうだ、そうするんだ」サー・アンドルーはいった。「炭鉱の報告書や分析なんかいっさい忘れて、単純なへら鹿狩りを楽しむのがきみにとって一番いい。きみの事務所に飾ってある大きな鈴のついたへら鹿の角《つの》はどのくらいの大きさだったかな?」

「五十九インチだ」

「だったら、今度は六十インチのものをしとめてくるんだ」

「きみのいうとおりだ」わたしはいった。「これまでも短い期間だったが、休みがとれたときに何度か狩猟の旅に行っていた。だから、それが気分転換にはうってつけだということはわかっている――ただ一番困るのは、わたしの狩猟ガイドをしてくれているノエル・トリボネットがいまリウマチで寝込んでいて、同行してもらえそうにないことだ。そもそも、彼が今後、また森に行けるほど回復するかどうかもわからないんだ」

「それなら、別の男を紹介してやろう」

「ありがたいが、ノエルに教え込むだけでも一苦労だったからな」

するとと再び、サー・アンドルーは黒い瞳でわたしをじっと見つめてきた。そしてめずらしいことに、急に短い笑い声を上げた。

「ノヴェンバー・ジョーに教え込む必要などまったくない」

「ノヴェンバー・ジョー?」

「そうだ。彼を知っているのか?」

「それは奇遇だ。知っているよ。何年も前にメイン州のトム・トッドのところに行ったとき、ジョーはそこで皿洗いをしていたんだ。そのときはまだ少年だったが」

「彼のことをどう思ったかい？」

「どうというほど接する機会はなかったんだよ。トッドが彼をずっと使っていたから、ジョーはほとんどいつも料理をしていたんだ。ただ、みんなで外に出かけたときに、ひどい吹雪に見舞われたことがあったんだが、そのときどちらの方向に行くべきかをめぐって、トッドとその少年の間で意見が分かれたことを憶えている」

「それで、ジョーが正しかったんだろう？」

「そうだ」わたしはいった。「トッドはずいぶん気分を害していたよ」

「トム・トッドは何せ評判がよかったからな。少年ごときに自分の誤りを正されるのは、もちろんいやだったろう。とはいっても、もう十年前のことだ。ジョーはいま二十四歳になっている」

「もう、一人前の森の男というわけか？」

「だれにもひけをとらないほどだ。この大陸で最も有能な男といっても過言ではない」

サー・アンドルーのこの手放しのほめ言葉にわたしは驚いた。彼は、自分の知り合いを大げさに話したりなど決してしない男だ。

「きみはどうしてそこまでいうんだ？」

「わたしは真実しかいわないことにしているからだよ、ジェームズ君。ジョーの手が空《あ》いていて同行してもらえたら、まず間違いなく六十インチの角のついたへら鹿をしとめられるだろう」

「彼の手はまず空いてないだろう。何せ、忍び猟のシーズンが始まったばかりだ」

「それはそうだが、彼は確かブリットウェル家に雇われているはずだ。雇われたのは去年だが、ブリットウェル老人はいまになって、この秋はひどく忙しいので猟に行けないといい出している。しかし、たとえそうだとしても、もう一つ問題があるかもしれない。ノヴェンバー・ジョーは地方警察と何らかの契約を結んでいるはずだ」

「警察と?」わたしは繰り返した。

「そうだ。彼は、自分の特別な能力を生かせる事件があれば、警察の手助けをすることになっているんだ。彼は、わたしがもし人殺しをした場合、一番追跡されたくない男だよ」

わたしは笑った。

「彼だったらきみを捕まえるというわけか?」

「痕跡や足跡を一つでも残そうものなら、彼には必ず捕まる。彼は非常に熟練した細かい観察眼をもっているんだが、そもそもシャーロック・ホームズが得意としていたものは、森の男にとってはごく普通の日課だということを忘れてはいけない。観察し、推理することは、森の男の日々の生活にとって不可欠なことなんだ。彼は文字どおり、走りながら読みとっていく。森の地面が彼の本のページなんだ。森で犯罪が起こった場合、これらのことが捜査をするうえで非常に好都合となる」

「というのは?」

「ジェームズ君、犯罪の起こった場所が人の多い町でも村でもなく、孤立した未開拓地の場合、犯罪と犯人発見というテーマを取り巻く状況は著しく異なるということを考えたことはあるかな？　都会のただなかだったら、重大犯罪が起こっても数時間以内に解決することがよくある」

「つまり、痕跡が新しいうちに犯人を追跡できるというわけだろう？」

「そのとおりだ。ところが、森の中だと状況はまるっきりちがってくる。そこでは自然が犯罪者の最大の味方となる。あらゆる面で犯罪者と結託してしまうんだ。そのうえ、自然はしばしば犯罪の発覚を遅らせる。犯行を葉や雪で隠し、足跡を雨で洗い流してしまうからだ。それに何といっても自然は広大な隠れ場所を与えてくれ、さらに決まった時間に暗闇をもたらしてくれるので、その間に犯人ははるか遠くに逃げおおせる。大自然での生活は美しく心地よいが、その裏の薄暗い部分をあばいていくのはなかなかむずかしい」

「そう考えると、森の犯罪の多くで、犯人が突きとめられているのはすごいことだな」

「ここで一つ、忘れてはならないとても重要なことがある。知ってのとおりわたしは医者だが、この職業は刑法の境界線上のある一点と、非常に密接なつながりをもっている。この森林犯罪というテーマに、わたしはいつも並々ならぬ魅力を感じているんだ。これまで何度も裁判に立ち会ってきたが、そのなかでみてきた最も恐ろしい証人というのは、ノヴェンバー・ジョーのような人物だった。つまり、ほとんど無学ともいえる森の男たちだ。彼らの証言は、とてつもなく単純であることを特徴としている。しかし、ごく些細なものでありながら、決定的な証拠を出してくる。すさまじい迫力で蠟燭《ろうそく》を掲げ、真実を照らしてくるんだ。これは、彼らの心が見せかけというとらえどころのないものに毒されていないからではないかと思っている。彼らは扇情的な小説を読むこともないし、経験はじかに得たものばかりだ。だから、赤裸々の事実と容赦ない結論を突きつけることができるのだろう」

　わたしはサー・アンドルーの話に興味深く耳を傾けていた。彼のような明晰《めいせき》で緻密な頭の持ち主は、他人に簡単に影響されて断言したりしないことをわたしは知っている。

「何年もの間」サー・アンドルーは続けた。「わたしはこのテーマを研究しているが、個人的には犯人を追跡しているときのノヴェンバー・ジョーを見るのにまさる楽しみはないよ。都会育ちの人間には朝露のなかに足跡がぼんやりと続いているようにしか見えなくても、普通の森の住人だったら、そこから何かを読みとることができる。ところが、ノヴェンバー・ジョーにいたっては、ときに驚くべき方法と正確さで、その足跡をつけたのがどんな人物であるかまでをしばしばいい当ててしまうんだ」

「その男にずいぶん興味を引かれているようだね」わたしは笑みをかすかに浮かべながらいった。

「正直いってそうだ。科学的見地からすれば、ノヴェンバー・ジョーは、彼の環境が生んだ申し子といえるだろう。もう一度いうが、わたしはノヴェンバーが、彼の経験と超人的ともいえる感覚を駆使して森での犯罪を解明していくのを見ているのが楽しくてならないんだ」

　わたしは葉巻の吸いさしを火の中に投げ入れた。

「きみの話はよくわかった」わたしはいった。「今週末までには行動を起こすつもりだ。ジョーにはどこに行けば会えるだろうか？」

「それだったら、ボース地方のサイレント・ウォーターにあるハーディング農場に行けば連絡がとれるだろう」

「彼に手紙を書くよ」

「それはあまり役に立たない。彼は気の向いたときしか手紙を取りに行かないんだ」

「だったら、電報を打とう」

「彼の住んでいるところは、最寄りの電報局から二十七マイル離れている」

「それでも彼のところに届けてくれるだろう」

「届くかもしれない。だが、なにぶん人里離れた地方だから、配達する者があまりいないかもしれない」

「それなら、ハーディングのところに行って、口頭で狩りの旅をたのむことにする」

「それが一番いいだろう。いずれにしても、森に行くのは早ければ早いほどいい。そうすれば、ジョーを確保できる可能性が高くなる。彼は人見知りをするたちだからね」

わたしは立ち上がり、彼と握手をした。

「ジョーによろしく伝えてくれ」と彼はいった。「あの青年はわたしのお気に入りなんだ。じゃあ、ごきげんよう。幸運を祈っているよ」

第二章　ノヴェンバー・ジョー

アメリカとカナダの国境となるメイン州とボース地方の境界に沿って、唐檜《とうひ》の森と広葉樹の尾根が広がっている。大森林のはずれには小さい農場が立ち並び、そこからはるか向こうに見える森林地帯の奥深くには伐採キャンプがあり、そして、わな猟師と毛皮猟師たちの通る道があちらこちらに延びている。

サイレント・ウォーターで列車を降りると、わたしはすぐに馬車に乗り換え、ボース地方の農場主であるハーディングの家に向かった。その晩、わたしはそこに泊まることになっていた。ミセス・ハーディングはにこやかに出迎えてくれ、たいそううまい夕食を出してくれた。ところが、食べている間に辺りが急に暗くなり、突然スコールが襲ってきたので、わたしは自分がいま安全な場所にいられることに安堵していた。

外では農場の家屋を取り囲む松林に風がひゅうひゅうと吹きつけていたが、そのとき家の中で、四十マイル離れたセントジョージとここを結ぶ電話のベルが、森から聞こえる嵐のうなり声をかき消すかのように、突然場ちがいに鳴り響いた。

ミセス・ハーディングが受話器を取ると、こう話しているのが聞こえてきた。

「主人はおりませんの。セントジョージに出かけていまして……いえ、行ってもらえる人など誰も……でもいったいどうすれば？　ここにはわたしと子どもたちしかいないんです……ええ、ミスター・クォリッチが狩りにいらしていて今晩お泊まりになりますが。いえ、わたしからそんなことはたのめませんよ」

わたしは進み出た。

「どうして？」わたしはたずねた。

ミセス・ハーディングは受話器を持って立ったまま、首を横に振った。彼女ははっきりとしたきれいな顔立ちをした既婚女性で、料理が驚くほど上手だった。

「わたしに何でもたのんでくれ」わたしはうながした。

「ノヴェンバー・ジョーに伝言を届けてほしいというんです」彼女は説明した。「いま地方警察から電話がかかっていて」

「わたしが行くよ」

「でもジョーからは、狩りに来ているお客さんを寄こさないようにといわれているんです」彼女は困ったようにいった。「彼は有名になってしまったので、みんなが彼のところに行きたがって」

「いや、ノヴェンバー・ジョーはわたしの友人のようなものだよ。何年か前、彼がモンモランシーに住んでいたときに一緒に狩りに行ったことがある」

「あら、そうなの」彼女の顔が少しゆるんだ。「じゃあ、お願いしてもいいかしら……」彼女はようやく折れた。

「もちろんだとも。わたしが伝言を届ける」

「彼の家はここからかなり遠いのよ。ノヴェンバーは人見知りをするし、一人でいるのが好きなたちなの。今日あなたが通ってきた無舗装の道を十五マイル行って、無人のきこり小屋のところを西に曲がりチャーリー川を渡ると、向こう岸から二エーカーほどのぼっていったところにジョーが住んでいるわ」彼女は受話器を持ち上げた。「あなたが届けてくれると返事をしていいかしら？」

「ああ、構わない」

それからすぐに、わたしは電話に出て指示を仰いだ。電話の主はケベックの警察署長のようだったが、わたしはむろん彼をよく知っている。彼は次のようにいった。

「面倒をかけてすまんな、ミスター・クォリッチ。ノヴェンバー・ジョーに、ヘンリー・ライアンという男がデポー川のビッグ・ツリー・ポーテッジにある彼の小屋で射殺されたと伝えてくれないか。この件はいま連絡が入ったばかりだ。彼の遺体を見つけたきこりが電話をかけてきたんだよ。成功報酬として五十ドル払うと、ジョーにいっといてくれ。それだけだ。本当に感謝するよ。そうだ、伝えるのは早ければ早いほどいい。じゃあよろしくたのむぞ」

わたしは受話器を置くと、ミセス・ハーディングのほうを向き、話の内容を説明した。頭のいい彼女はしっかりとうなずいた。

「それじゃあ、ぐずぐずしていられないわね。簡単なお弁当を用意してあげるわ」

わたしは急いで身支度をしながら、ジョーのことを訊《き》いてみた。

「では、ノヴェンバーはいま、警察の仕事にかかわっているんだね？」

ミセス・ハーディングは答える代わりにこう訊いてきた。「新聞でロングアイランド殺人事件の記事は読まなかったの？」

わたしはその事件のことをすぐに思い出した。一時期新聞をにぎわせ、大見出しが踊り、論評が書き立てられていたのは憶えているが、ジョーの名前が出ていた箇所はどうも見逃していたらしい。

「ノヴェンバーは、ニューヨークの警察のためにその難事件を解決してあげた人物なのよ」ミセス・ハーディングは続けた。「それ以来、警察は彼の協力を求めるようになったの。毎月百ドル出すから、ニューヨークに来て、探偵の仕事を請け負ってほしいと彼にたのんだぐらいよ」

「ほう、それで彼は何と返事をしたんだい？」

「千ドル出されても森を離れるつもりはないと答えたそうよ」

「それで？」

「警察は千ドル出すといったの」

「それでどうなったんだ？」

「ジョーはある晩、家に帰る途中でここに立ち寄って、ニューヨークの五番街に住むよりも一生森の中で木を相手にしているほうがいいとうちの主人に話したのよ。このあたりのきこりや狩猟ガイドたちは、彼のことを高くかっているわ。でもともかく、ローラに鞍《くら》をつけて、すぐに出発してちょうだい。ローラはうちの大きな灰色の雌馬で、廏舎《きゅうしゃ》の手前のほうにいるから。嵐が静まったら月が出てくれるわ」

ランタンの明かりをたよりに、わたしはローラに鞍をつけ、風の吹きすさぶ暗闇の中をおぼつかない足取りで進んでいった。道の要所にさしかかるときは、馬を引いていかなければならず、無人のきこり小屋にたどりつく前に、土地が開けたところで夜が白んできた。わたしはその間ずっと、ジョーのことをあれこれと思い出していた。初めて会ったとき、彼はまだ少年だったが、その人柄には感心させられたものだった。あごひげを生やしたトム・トッド老人が嬉々として、人のいやがるような用事を山ほど押しつけてきても、彼は自分の職務をひたすら黙々とこなしていたからだ。

それから、トム老人がいつもの癖でほらを吹きはじめると、少年は面白がりながらも馬鹿にするのをこらえているような、そんな表情をよく浮かべていたのを憶えている。あるとき、トムがたき火のそばで、わたしを案内したいと思っている湖があるという話を始め、その湖畔にはこれまで白人が足を踏み入れたことがないといい出したとき、ジョーは手で口をふさぎ、吹き出しそうになるのをこらえていた。その後、トムがカヌーを修理しなければならないといって立ち去り、われわれ二人だけが残されたときに、わたしはジョーに年長者を笑っていた理由をたずねてみた。

「子どもの足っていうのは、どうも人間の足として勘定されないみたいだね」とジョーは何食わぬ顔で答え、それ以上は何もいおうとしなかった。

でこぼこ道を踏みしめて前に進みながら、わたしはこのような出来事を思い出し、一人楽しんでいた。そのジョーはいまや一人前の男に成長し、彼の家から数マイル四方という狭い地域だけでなく、それより少し広い世界にまで名前が知れ渡っているのだ。

わたしが小屋の扉のそばに馬をつないだとき、太陽はもう木立の上までのぼっていた。それと同時に、細身ながらもたくましい体つきの若者が、なにやら荷物を梱包《こんぽう》しているところが目に入ってきた。わたしが声を上げようとしたそのとき、彼は立ち上がり、ゆっくりとした口調で話しかけてきた。

「これはこれは、ミスター・クォリッチじゃないですか！　またお目にかかれるとは思っていませんでしたよ」

その若い森の男は大股のゆっくりとした足取りでこちらにやってくると、彼の特徴ともいえる独特のさりげない態度でわたしを迎えてくれたが、そこにはまぎれもなく優しさが込められていることにわたしは気づいていた。

ジョーのことは、とても言葉ではいい表せそうにもない。それでもあえていうならば、わたしの記憶のなかにあるだぶだぶのニットを着ていた少年は、バルサムの木に囲まれて育った最高の見本といえる成人男子に変貌していた。背丈は六フィート近くあり、身体はしなやかで力強く、首は柱のように頑強で、きりっとした直線的な顔立ちをしている。この森の申し子の完璧ともいえる美貌は、見ていてこちらがどきどきするほどだった。彼は明らかに彼を取り巻く環境が生んだ申し子であり、それればかりか環境の支配者でもあった。

「ミスター・クォリッチ、ぼくたちがルスチックでトム老人と過ごしたときのことはよく思い出していましたよ」

「あのときは楽しかったな、ジョー」

「ええ、本当に。とても楽しかったですね」

「実はまた一緒に過ごせないかと思ってやってきたんだ」

「もし狩りをお望みなら、ここに来てもらってよかったですよ、ミスター・クォリッチ。ウィドニイ池の周囲にはいい雄鹿が住みついているんです。日が暮れるころに、そいつの姿がたぶん見られるでしょう。なにしろ、夕闇迫るころになると、ほとんどいつもうっそうとした茂みの中から出てきますから」そういうと、わたしを見上げる彼のきれいな灰色の目がいたずらっぽく輝いた。「だけど、まずはお茶を一杯飲みましょうか」

ノヴェンバー・ジョー（念のためにいっておくと、ノヴェンバーという名前は、彼が十一月に生まれたことからつけられたそうだ）はお茶に目がなかったことから、わたしは昔、そのことをよく皮肉ったりからかったりしていた。どうやらその嗜好《しこう》はいまも変わっていないようだ。この非の打ちどころのないような若者の弱みを見つけてほっとしたせいか、わたしは思わず顔をほころばせた。

「ノヴェンバー、きみと狩りをしたいと思っていたんだ」わたしはいった。「実はそのためにやってきたわけだし、今晩、きみのいうその赤鹿をぜひしとめてみたいものだ。でも、わたしがハーディングの家にいたときに電話がかかってきて、地方警察から君に伝言を届けるようにたのまれたんだ。なんでも、ヘンリー・ライアンという名前の男が、ビッグ・ツリー・ポーテッジにある彼の小屋で撃たれて死んでいるそうだ。きこりが見つけ、ケベックまで電話で知らせたらしい。警察署長はきみにこの事件を引き受けてほしいといっている。成功報酬は五十ドルだそうだ」

「そいつは残念だ」ジョーはいった。「人間じゃなくて鹿を追いかけていたいですよ。しとめるのが鹿なら、罪悪感を感じなくてもすみますからね。じゃあ、ミスター・クォリッチ、ぼくはすぐに現場に駆けつけなければなりませんが、代わりの狩猟ガイドが必要でしょう。セント・アミエルに行けばチャーリー・ポールがいますよ」

「聞いてくれ、ノヴェンバー。チャーリー・ポールであろうが誰であろうが、きみ以外のガイドは必要じゃない。実をいうと、去年の秋にきみと一緒に狩りをしたあの名医のサー・アンドルー・マクレリックから、わたしはこのところ働き過ぎだから、森に行って休養をとるようにといわれたんだ。だから、わたしはここに三カ月いるつもりだし、きみの噂を聞いたところによると、ライアンを殺した犯人を見つけるのに三カ月はかからないだろう」

ジョーはまじめな顔になった。「それ以上かかるかもしれないし」彼はいった。「まったく見つけられないかもしれません。でも、ミスター・クォリッチ、長く滞在してもらえるならうれしいですよ。ぼくの小屋には食料がたくさんありますし、それほど長くは不在にしないつもりです」

「ビッグ・ツリー・ポーテッジはここから遠いのかい？」

「川まで五マイル行って、そこから八マイルのぼったところですよ」

「わたしも一緒に行かせてもらえないだろうか」

彼は一瞬にっこり笑った。「だったら、朝食はカヌーに乗るまでおあずけですよ。それから、その雌馬は放してやってください。午後までにはハーディングのところに戻るでしょう」

ジョーは小屋に入り、荷物をいくらか持って出てきた。五分後には、テント、わたしの寝具、食料、武器などの必需品をすべてそろえてしまった。彼は自分の荷造り用の革ひもで縛って荷物を一つにまとめると、それを持ち上げ、森の中へと出発した。

第三章　ビッグ・ツリー・ポーテッジの犯罪

ジョーはわたしが同行したいと申し出たことを快く思っていなかったのではないだろうか。それで彼は当初、みえすいた原始的な方法でわたしを振り切って一人で先に行こうとしたのではないだろうか――わたしの心のなかではそんな思いが時折よぎっていた。

のちに彼は、わたしのそんな憶測はどちらも当たっていないといってわたしを安心させてくれた。だが、そう否定しながらも、彼の目ははるかかなたに向いていたので、わたしはいまだに半分信じられずにいる。

しかし、その真偽はどうであれ、確かなのは、ジョーのあとを遅れずについていくのは大変な苦労、いや至難の業《わざ》であったことだ。手ぶらだったわたしとはちがい、ジョーは荷物を背負っていたにもかかわらず、驚くような速さで森の中を進んでいった。

彼は少し前かがみの姿勢で、太ももから足を動かしていく。藪《やぶ》や木立が生い茂っていても、彼は一度も立ち止まらなければ、ためらいすらしない。辺りをうかがうことも一休みすることもなく、ひたすら前へと進んでいった。その一方で、わたしは彼のあとをやっとの思いでついていったが、勢いよく流れる川の土手にようやく出たときには、ほとほと疲れ切っていた。もし道のりがさらに遠くまで続いていたら、わたしはきっと音《ね》を上げていたにちがいない。

ジョーは荷物を投げ降ろすと、荷物のそばにいるようにとわたしに身振りで合図した。そして、下流のほうに行ったかと思うと、カヌーに乗って戻ってきた。

わたしたちはすぐにカヌーに乗ったが、このあとの行程のことは、残念ながらわたしはほとんど憶えていない。船首に川の水がシューシューと当たっていく音と、両岸の樺《かば》と柏槇《びゃくしん》の木立に吹きつける風の音に誘われ、わたしはすぐに眠ってしまったからだ。目がさめたのは、カヌーがビッグ・ツリーに接岸しようとしているときだった。

ビッグ・ツリー・ポーテッジは、ブリストンとハーパーの主要な伐採キャンプと、セント・アミエルの村との間にある野営地《キャンプ》として知られ、両者のほぼ真ん中に位置している。川から三十ヤードほど先の空き地に、古いたき火の跡が黒く見える。わたしたちはカヌーから、その惨劇の現場を見渡すことができた。

樅《もみ》の大木が枝を広げている下に、太い枝でつくられた小さな小屋がたっている。その周囲の地面には、缶やがらくたが散乱している。そして、小屋の前の空き地にはたき火で焦げた薪《まき》がころがっていたが、その傍らにある青い布のようなものがわたしの目にとまった。目が日光に慣れてくると、それは巨体の男の形に見えてきた。男は顔をうつぶせにして横たわり、着ている青い仕事着が風にはためいている。それが殺されたヘンリー・ライアンの遺体であることがわかると、わたしは衝撃を受けた。

鹿皮のシャツとジーンズという森の男の格好をしていたジョーは、カヌーの中で立ち上がると黙ったまま現場を見渡し、そして再び漕ぎ始めると、川岸を見据えながらパドルを上下に操っていった。彼はまもなくカヌーを着岸させ、水の中を歩いて岸に上がっていった。

彼の合図にしたがってわたしはカヌーにとどまり、そこから相棒の行動を観察した。まず彼は遺体のところに行って詳しく調べ、次に小屋の中に入り、そして出てくると少し立ち止まって川のほうを見た。その後ようやく、わたしに岸に上がってくるよう呼びかけた。

ジョーが遺体を仰向けにしたところに上がっていくと、赤褐色のあごひげを蓄えた大きな顔が、ひどく青ざめたまま空を見上げていた。首もとに貫通した銃弾の跡があったことから、男の死因はたやすく理解できた。遺体のそばの地面には、何か小さい尖ったもので荒らされたような形跡がある。

わたしはそのとき、試しに自分でも推理をしてみようと思い立った。まず小屋の中に入ってみると、そこには毛布が一枚と、まだはいだばかりの熊の毛皮が二枚、それに開いたままの荷物があった。再び外に出ると、今度は四方八方の地面をじっくり調べてみた。頭をふと上げると、ノヴェンバー・ジョーが険しいながらもどこか笑いをこらえているような表情でこちらを見ている。

「何かおさがしですか?」彼はいった。

「犯人の手掛かりをさがしているんだ」

「それなら見つかりませんよ」

「どうして?」

「犯人は手掛かりを残していないからです」

わたしは地面が荒らされている場所を指さした。

「それは遺体を発見したきこりがはいていたスパイクブーツの跡ですよ」ジョーはいった。

「そのきこりが犯人でないとどうしていえるんだ?」

「彼がここに来たのはライアンが死んで数時間たってからです。彼の足跡をライアンのものと比べてみてください……ほら、ずっと新しいでしょう。ねえ、いいですか、そうは問屋が卸さないですよ」

「どうやらきみはいろいろと知っているようだが、いまわかっていることを教えてくれないか」

「わかっているのは、ライアンがここに来たのはおとといの午後だということです。彼は上流に仕掛けておいた自分のわなを見にいっていました。ここにいたのはほんの数分でしょう。彼が小屋でパイプに火をつけていたら自分を呼ぶ声が聞こえたんです。そこで外に出てみると、着岸しているカヌーに乗っている男が見えた。その男がライアンを射殺して立ち去ったというわけです。手がかりを残さずにね」

「どうしてそんなことまでわかるんだ?」わたしは訊いた。彼がいったことは一つたりともわたしは思いついていなかった。

「まず、ライアンの遺体のそばに、パイプがあったんです。詰められていた煙草はきちんと火がつかずに上の部分だけが焦げていました。そして使ったばかりのマッチがその小屋にありました。殺した男は下流に向かって漕いでいて、ライアンに不意打ちを食らわせたわけです」

「下流に向かっていたという理由は?」

「もし上流に向かっていたのなら、ライアンには小屋からその男の姿が見えていたからですよ」

ジョーはけなげにも辛抱強く答えてくれた。

「カヌーから撃ったというのは？」

「川幅があるので向こう岸から撃つのは無理ですし、そもそもカヌーが着岸した痕跡が残っています。そう、これはものすごく頭のいい森の男の仕業ですよ。犯人が特定されるような手がかりをまったく残していません。でも、ぼくは逃がしませんよ。こんな犯人はとっつかまえなくては……ともかく、やかんでお湯をわかしましょう」

わたしたちは遺体を小屋の中に横たえると、もう一度日が降りそそぐ外に出て、川の土手の石で囲まれたところで火をおこし、そばにすわった。ここでジョーは、茶葉を煮込んでこくと苦みをすべて引き出すという本格的な森の方法で、お茶をいれてくれた……だがわたしは、彼はこれからどうするつもりなのだろうかと考えていた。そもそも犯人を捕まえられる可能性はほとんどないように見える。犯人が殺そうと発砲したときに着岸していたカヌーが葦《あし》の間に残した痕跡以外に、何の手がかりもないのだから。わたしはこのことを口に出して訊いてみた。

「そのとおりです」ジョーは答えた。「森の生活に慣れているやつが犯罪をやらかすと、そいつを捕まえるのは至難の業です。榛《はん》の林の中にいる大山猫を捕獲するよりむずかしい」

「一つわからないことがあるんだが」わたしはいった。「どうして犯人はライアンの遺体を川に沈めなかったんだろう。よい隠し場所になっただろうに」

すると若い森の男は川を指さした。岩の黒っぽい頭が見える辺りの下流の早瀬で、水が泡立っている。

「犯人は川を信用していなかったんでしょう。流れは急だし、遺体が岸に打ち上げられてしまう恐れがありますから」彼は答えた。「それにもし上陸して遺体をカヌーまで運ぶとなると、足跡を残してしまいます。だから犯人にしてみれば、首尾よくことを運んだわけです」

彼の説得力のある話にわたしはうなずいた。

「それだけでなく」彼は続けた。「この川を行き来する者はほとんどいないんです。たまたまきこりが通りかからなければ、ライアンはあの空き地でそのまま白骨になっていたかもしれません」

「じゃあ、犯人はどっちの方向に逃げたと思うんだい？」

「それはわかりません」彼はいった。「いずれにしても、いまはもう、たぶん八十マイル先まで逃げているでしょうね」

「犯人をこれから追いかけるつもりなんだろう？」

「いえ、まだです。その前に犯人について調べなければなりません。それから、いいですか、あまり重要に思われていないかもしれませんが、大事な事実が一つあります。それは、今回の射殺事件はあらかじめ計画されていたということです。殺した犯人はライアンがここに泊まることを知っていたんです。二人が偶然出会ったとはとても考えられません。犯人はライアンを下流に向かって追跡していたんです。ですから、ライアンが最後に泊まった野営地をもし見つけ出すことができたら、もっと何かがわかるかもしれません。それはここからさほど遠いところではないでしょう。ライアンはあの熊の生皮のほかにかなり大きい荷物を持ち歩いていたので、相当重かったはずです……まあ、ともかくそれがぼくにとって唯一の可能性というわけです」

そこでわたしたちは出発した。ジョーはすぐに、ライアンの足跡を見つけた。それはビッグ・ツリー・ポーテッジから使われていない無舗装道路へと続き、森の並木道の間を通って再び真西へと向かっている。昼ごろからその日の午後にかけて、わたしたちは歩き続けた。行く途中、唐檜の森からりすがこちらに向かって鳴き声を上げ、シューと音をたててくる。広葉樹にいる山鶉《やまうずら》は、森の中の空き地で羽ばたきして太鼓を打つような音を出している。そして一度は、雄の赤鹿がわたしたちの前の道を白い尾を振りながら跳ねるように横切ったかと思うと、尾をひょいと下げて、森に差し込む橙色《だいだい》と赤の木もれ日の中に飲み込まれていった。

ライアンの足跡は幸いたやすくたどることができた。長い距離をおいて、北や南からのびてくる小道が主要な伐採道路に合流している場所に来なければ、ジョーは、一休みをしようといい出さなかった。そのような道を一つずつ通り過ぎていくと、わたしたちがたどっていた足跡は木立の間でいったん見えなくなってしまった。しかしそのあと、落としわなと沼地が延々と続くところを過ぎ、小さい空き地へと出たところで足跡を再び見つけることができた。その空き地のそばには水たまりがあり、その周囲には丈の高い黄色い草が生い茂り、水面の大部分は蓮《はす》の葉で覆われていた。

足跡は、この水たまりの縁《ふち》を沿って進んだあと、ビッグ・ツリー・ポーテッジのそばを流れているのと同じ川の上流のほうに戻っていった。そしてすぐにわたしたちは人気《ひとけ》のない野営地へと出た。

そこでまず、わたしはあるものを見つけ、興奮のあまり大声を上げた。バルサムの枝でできたベッドが二台、並んでいたのだ。どうやら同じテントの下に置かれていたもののようだ。やはりジョーのいっていたことは正しかった。ライアンは殺された前日の晩、誰かと一緒にここに泊まっていたのだ。

わたしは彼を大声で呼んだ。すると、彼はこれまで見せてきた物静かな辛抱強さと脱俗的ともいえる態度を外套《がいとう》を脱ぐかのように打ち捨て、超人的な素早さでその野営地を調べ始めた。

彼は自分の仕事に没頭するあまり、わたしがいることなどすっかり忘れていたようだった。一つの場所から別の場所へと彼のあとをついていきながら、わたしは、どんな大物狩りでも経験することができなかった面白さと興奮を味わっていた。いま、人間が獲物になっている。そして、人間というのはどんな獣よりも危険なものに見えてきた。だがそれは、失望に終わってしまいそうだった。見ているかぎり、ジョーは事件の手がかりも変わった点も発見できていなかった。

彼はまず、ベッドとして使われていたバルサムの積み重なった枝を手に取ってより分けていたが、何も見つからないようだった。そこを離れると、今度はたき火の跡にある灰の残骸のそばにひざをつき、黒く焦げた薪を一本ずつ調べた。その後、彼ははっきり残っている足跡をたどっていった。足跡は、付近にある湖から小さい沼地へと続いていたが、沼地から遠く離れたところには、帆柱《ほばしら》のような枯木がたくさん立ち並んでいるのが見えた。その手前には、泊まっていく者たちがたき火の薪を割るための切り株が数多く並んでいる。

切り株を詳しく調べると、ジョーは野営地に素早く戻り、その後十分間かけて、四方八方に散らばる足跡をたどっていった。そして、再びたき火のところにやってくると、黒く焦げた棒切れを一本ずつ持ち上げ、入念に調べていった。わたしはそのとき、彼がなぜこのようなことをするのか見当がつかなかったが、のちにその意味がわかるとその理由は単純明快なものだった。要するに、彼の行動というのはたいがい、いったん説明がついてみると簡単でわかりやすいものだった。

宿泊した者は、野営地を立ち去るときに、不要品や持っていきたくない雑品を、当然のようにたき火に投げ捨てるのだが、それでも火はたいてい消えている。燃えさしから山火事にならないよう、決して火をつけたまま立ち去らないというのが、野営地に泊まる者が守るべき鉄則なのだ。

このときジョーは、木片をほとんどすべて取り出していたが、ある棒切れを持ち上げると、押し殺したような叫び声をあげた。

わたしはそれを手に取り調べてみた。棒切れは黒く焦げていたが、片方の先は割れ、もう片方の先は削られて尖っている。

「いったいこれは何だろう?」わたしはわけがわからずたずねてみた。

ジョーはにっこりとした。「一つの証拠ですよ」と彼はいった。

それまで、この野営地では証拠となるようなものがほとんど見つかっていなかったので、彼がようやく何か手がかりをつかんでくれたことに、わたしは安堵した。それでも、ぞんざいに削られ、割れているこの唐檜の小さな棒切れが、今後どれだけ役に立ってくれるのか、わたしには見当がつかなかった。

ジョーはそれから数分かけてもう一度すべてを見回すと、自分の斧を取り上げて薪を二、三本割って火をおこした。その上に、彼はお決まりのやかんをかけ、わたしたちが今朝飲んだお茶の葉に、新しい葉を適当に一つまみ加えてわかした。

「さてと」わたしはいった。ジョーは、燃えている薪の端をパイプに当てていた。「この野営地に来て、何かわかったかい？」

「いくらかわかりました」ジョーはいった。「あなたはどうですか？」

彼はいたってまじめな口調で聞いてきたが、わたしにはその言葉の裏に何やら皮肉な響きが感じられた。

「わたしがわかったのは、二人の男が一つのテントの下で眠ったこと、それに、二人はさっきの沼地で火をおこすための薪を割り、そしてここに一泊か二泊したということだ」

「二人はここに三日間滞在していましたが、もう一人は一晩しか泊まっていませんよ」ジョーはわたしの発言を訂正した。

「どうしてそんなことがわかるんだ？」

ジョーはたき火の向こうの地面を指さした。

「まず、一人目の男はそこにテントを張ったんです」彼はそういうと、わたしの当惑した顔をうかがいながら、すまなそうに続けた。「ここ二日間は西風が吹いていますが、その前日は東から吹いていました。だから、彼は最初の晩は東に背を向けてテントを張ったのです。それから、そこの新しいテントでは、枝でつくったベッドの一つが、もう一つのものより新しいんです」

彼の話を聞くと事実はあきれるほど簡単で、わたしは腹立たしい気持ちになってきた。

「わたしが気づいていないことは、ほかにもあるだろう」わたしは訊いた。

「指摘されなかったことがまだいくつかあると思います」彼は言葉を選ぶようにいった。

「それは何だい?」

「ライアンを殺した犯人は、まず太くがっちりとした体格で、腕っぷしがとても強い男です。そして、かなり長いこと森に滞在していて、村には行っていません。それから、ぼくら森の人間が〈トマホーク・ナンバースリー〉と呼んでいる切れ味の鈍い手斧を持っていて、先週へら鹿を殺しています。また、犯人は文字を読むことができます。ライアンを殺した前の晩は精神的にひどく動揺していたようです。おそらく信心深い男でしょう」

ジョーが静かで控えめな声ながらも、犯人の詳細をすらすらと話すのを聞き、わたしは度肝を抜かれ、彼の顔を見入った。

「なんでまた、そんなことがすべてわかるんだ?」わたしはようやく声を出した。「それがもし本当なら、すごいことだ」

「犯人を捕まえたときに、まだご興味があればお教えしますよ――捕まえられたらの話ですけどね。それからもう一つ確実なのは、犯人はライアンをよく知っている人物だということです。さあ、このあとはライアンの住んでいたセント・アミエルの村に行って調べましょう」

わたしたちはビッグ・ツリー・ポーテッジまで歩いて戻り、そこからセント・アミエルまでカヌーで下っていった。着いたのは翌日の晩だった。村からおよそ半マイル手前でジョーは上陸し、われわれのテントを張った。そして翌日、村に向かった。そこは、わたしがこれまで訪れたことのないような場所だった。川のそばに家が散在している小さい村で、店は二軒しかなく、一つある教会は見たことがないほど小さかった。

「よければここで手伝ってもらえますか」大きいほうの店の前で立ち止まると、ジョーはいった。

「もちろんだよ。何を手伝えばいいんだ？」

「あなたはぼくを狩猟ガイドとして雇っていて、いまぼくたちは足りなくなった食料と日用品を調達しにセント・アミエルに来ているというふりをしてもらいたいんです」

「わかった」そのように口裏を合わせることにして、わたしたちは店に入っていった。

ジョーがどんなふうに遠回しにたずねて、このさびれたセント・アミエルの村と周辺地域のありとあらゆる情報を聞き出したかについては、ここでは述べないことにする。ただ、わたしがもし彼の目的を知らなければ、彼が聞き込みをしていたとは夢にも思わなかっただろう。それほどまでに、彼は漫然と何気なく人の話を聞く役を見事に演じていた。ライアンが殺された件は、彼の生まれ故郷に伝わってきている気配はまったくなかった。おそらく、地方警察が何らかの手を打ち、少なくとも当面の間、遺体を発見したきこりの口をふさぐことにしたのだろう。

聞き込みをしているうちに、村を不在にしているのは五人だけであることがしだいにわかってきた。そのうちの二人はフィッツ・ガードとバクスター・ガードの兄弟で、長期のわな猟に出ている。あとの三人は、ライアンの義父のハイアムソンに、プロの狩猟ガイドと猟師をしているトーマス・ミラー、それに殺されたヘンリー・ライアン自身だった。ライアンは先日の金曜日に発ち、自分が仕掛けたわなを見るために上流に向かったそうだ。ほかの四人はすべて、三週間以上出かけたままだ。ライアン以外は全員カヌーで行ったが、ライアンは自分のカヌーを売り払っていたため、徒歩で出かけたということだった。

そのあと少しばかり、話はライアンの妻のことにおよんだ。二人は結婚して四年になるが、子どもはいない。彼女は以前、セント・アミエルの村一番の美人といわれ、彼女との結婚を望む男たちが熾烈《しれつ》な争いを繰り広げたということだ。村を不在にしている者のなかでは、ミラーとフィッツ・ガードが彼女に求婚していたそうで、彼女が結婚したあとはミラーとライアンの仲は決してよくないということだった。バクスター・ガードは粗野な男だが、兄から影響を受けたおかげで、まじめに暮らしているという話だった。

多くのことを聞き出すと、ジョーは買ったものを包み、わたしたちは店をあとにした。

店から立ち去るとすぐに、わたしは訊かずにいられなくなった。「話を聞いてどう思ったかい?」

ジョーは肩をすくめた。

「村を不在にしている男のなかできみが知っているやつはいるのか?」

「全員知ってますよ」

「じゃあ、仲が悪いっていうやつはどうなんだ――」

そのとき、ジョーはわたしの腕をつかんだ。一人の男が夕闇の中、こちらに近づいてきた。男が通り過ぎようとしたとき、ジョーが声をかけた。

「よう、バクスターじゃないか。お前が帰ってたとは知らなかったよ。どこに行ってたんだ？」

「川の上流のほうだ」

「フィッツも一緒に戻ったのかい？」

「いや、まだわな場の見回りをしている。フィッツに何か用事だったのか、ノヴェンバー？」

「そうだが、別に急がないよ。ところで、へら鹿はいたかい？」

「まったく見かけなかったな――いたのは赤鹿だけだ」

「そうか、じゃあおやすみ」

「ああ、またな」

「これで決まりですよ」ジョーはいった。

「やつが本当のことをしゃべっているなら――ぼくはそうだと信じていますが――ライアンを殺した犯人はガード兄弟ではないことになる」

「それはどうして？」

「やつは、へら鹿をまったく見かけなかったといってたじゃありませんか。さっきいったように、ライアンを撃った男はつい最近、へら鹿を殺しているんです。だから、あと残るのはミラーとハイアムソンということになる――そして、ミラーも犯人ではありません」

「それは確かなのか？」

「間違いありません。なぜかというと、まずミラーの背丈は六フィート以上ありますが、ライアンと一緒にテントに泊まった男はそれよりも六インチ低いからです。それに理由はもう一つあります。店の主人は、ミラーとライアンは口もきかない仲だといっていましたね。ところが、ライアンを撃った男は、彼と一緒に泊まり、彼の傍らで寝ていた——つまり、口をきいていたにちがいないのです。だから、ミラーは犯人ではないんです」

彼の推理は明快で、真実味があった。

「ハイアムソンは、ライアンの家から上流のほうに行ったところに一人で住んでいます」ジョーは続けた。「ハイアムソンはもうじき家に帰るでしょう」

「彼が犯人で、国外に逃亡していなければの話だが」わたしは口を挟んだ。

「逃亡なんかしていませんよ。それじゃあ自白しているようなものです。それどころか、彼は首尾よく片づけることができたので、恐れるものは何もないと思っているはずです。彼はもう家に帰っているかもしれませんよ。あの上流地域とセント・アミエルの間は、往来がさほどありませんからたやすく帰れるでしょうし、村では誰も事件のことを知らないわけですから。とにかく、今晩彼の家に行って確かめてみましょう。でもその前に、ぼくたちのテントに戻ってお茶でも飲みましょうか」

その夜は、わたしたちが出発する前から風が吹きすさぶ大荒れの天気となり、ハイアムソンの小屋に向かう森の小道を歩いていく間も、ジョーが〈底意地の悪い夜〉と呼ぶように、みぞれと雪がわたしたちの顔をずっと打ち続けていた。

こうして無言で進みながらも、わたしは心のなかでこの二日間に起きた出来事を何度も思い返していた。ジョーが非常に腕利きの探偵であることはすでに十分目の当たりにし、よくわかっているつもりだ。それでも彼の仕事の最も独創的な部分、つまり、犯人の内面までも見抜いてしまうという推理力については、これから真価が問われることになるだろう。

あたりはほぼ真っ暗闇だったが、ようやく目の前に家のようなものがあらわれ、その家のドアの下からほのかな明かりが漏れていた。

「ハイアムソン、いるかい？」ジョーは大声で呼んだ。

返事がないので、相棒がドアを押し開け、わたしたちは小さい木造の部屋に入っていった。そこにはテーブルがたった一つあり、ランプにはほの暗い火がともっている。彼はランプの火を強めて辺りを見回した。床にはまだほどいていない荷物が置いてあり、部屋の隅には銃が立てかけられている。

「帰ったばかりのようだ」ジョーはいった。「まだ荷物も開けていない」

彼はその荷物をひっくり返した。すると、荷物を縛っている幅の広い革ひもに、手斧が挟み込まれていた。ジョーはそれを引き抜いた。

「刃に沿って親指を当ててみてください」彼はいった。「刃が鈍くなっているでしょう？　わかりますか？　そうです。彼はこんな古い斧を、切れ味のいい斧を持っているライアンと同じぐらい木に深く打ち込んでいたんです。彼はそのくらい腕っぷしの強い男ですよ」

ジョーは話しながらも、忙しそうに荷物を開け、指を器用に動かして中身を調べていった。そこに入っていたのは衣類が数枚、お茶と塩が少し、そのほかの食料の残り、そして聖書ぐらいのものだった。ジョーは聖書を見つけても驚いている様子はまったくなかった。なぜ彼はそれがあることを予想していたのだろうか。わたしにはわからないままだった。だが、凡人には見えない多くのものが、彼には一目瞭然であるということをわたしは理解し始めていた。

荷物の中身を一つずつ気がすむまで調べると、彼は素早く元に戻し、見つけたときと同じように革ひもで縛った。そのとき、小さい窓の外を見やると、木立の下のほうで光が動いているのにわたしは気がつき、すぐにノヴェンバー・ジョーに注意を促した。

「たぶんハイアムソンだ」彼はいった。「ランタンを持って帰ってきているんでしょう。あなたはそこの暗い隅に隠れていてください」

わたしはいわれたとおりにした。ジョーは閉まっているドアのうしろの陰に隠れるようにして立っていた。わたしのところから、ランタンがゆっくりと近づいてくるのが見えていたかと思うと、それは突然、窓越しに突き刺してくるまぶしい光へと変わった。次の瞬間、ドアが勢いよく開くと、男の荒い息づかいが聞こえてきた。

ハイアムソンは最初、わたしたちがいることにまったく気づいていなかった。そこで、わたしたちの存在を知らせるべく、ジョーが「やあ！」と呼びかけた。

ランタンが床に大きな音を立てて落ちると、その持ち主は息を切らし、かすれたあえぎ声を上げながら後ずさりし始めた。

「そこにいるのは誰だ？」彼は叫んだ。「誰だ――」

「ハル・ライアンの使いだ」

37　ビッグ・ツリー・ポーテッジの犯罪

このせりふは思ってもみないすさまじい効果をおよぼした。

ハイアムソンが怒り狂ったうなり声をあげた次の瞬間、彼とジョーは組み合っていた。わたしは相棒を助けようと飛び出していったが、二人がかりでもこの筋骨たくましい老人を押さえ込むのは決して容易ではなかった。ようやく組み伏せると、最初にわたしの目に入ったのが、老人の灰色の顔だった。口を開けたままにやにやとした笑いを浮かべ、じっと見つめてくる目には、恐ろしい魂胆が読み取れる。しかし、訪問者が誰であるかが彼にわかったとたん、すべてが変わった。

「ノヴェンバー、ノヴェンバー・ジョージじゃないか！」彼は叫んだ。

「さあ起きてください」ハイアムソンが立ち上がるとジョーは静かな口調で、「いったいどうしてあんなことをしたんですか？」と訊いた。しかし、その静かな声には、すごみがきいていた。

「何のことだ？　わしは何もやっておらん――わしは――」ハイアムソンは一瞬黙った。そのとき、老人には見るからに何か好ましい変化が起こっていた。彼は続けていった。「いや、嘘をつくのはやめよう。そうだ。ハル・ライアンを撃ったのはわしだ。ただ、いっておくが、同じようなことがあれば、わしは絶対にまたやってやる。あれは、これまでの人生で最良の行いだ。そうさ、わしはそう信じている。聖書にも『人の血を流す者は、人其《その》血を流さん』と書いてあるじゃないか」

「なぜあんなことをしたんですか」ジョーはもう一度訊いた。

ハイアムソンは彼のほうを一瞥《いちべつ》した。

「では本当のことを話そう。わしがやったのは娘のジェイニーのためだ。やつは娘の夫だった。いいか、なぜハル・ライアンを殺したか、その理由を教えてやるからな。先月の最初の週に、わしはマスクラットのわなを仕掛けに森の中に出かけていった。結局それから一カ月以上うちを留守にしたんだが、戻ってきた日には、今晩と同じように、帰るといつも真っ先にすることをわしはやった——そう、ジェイニーに会いにいったんだよ。そのときハル・ライアンはいなかった。もしやつがいたなら、けりをつけにわざわざ遠くまで行く必要はなかったな。まあ、そんなことあどうでもいい。やつはビッグ・ツリーの上流に仕掛けた熊のわなを見にいっていた。だが、やつは出かける前の晩、ジェイニーと喧嘩をしたんだ。そのとき、やつはジェイニーを殴った——やつは確かに殴ったんだ——やつのこぶしが当たったところの歯が一本なくなっていたんだよ」

最後の言葉をうめくように発したとき、老人の目は、これまで見たことのないような激しい怒りで燃え上がっていた。

「ジェイニーは、五十マイル四方で一番の美人だといわれていた。そんなうちの娘は殴られたことをわしから隠そうとしていた——わしに知られたくなかったんだ——しかし、顔は哀れにも青黒く腫れ上がり、白い歯にはすき間があいていた。そして、徐々にすべてが明らかになっていった。ライアンが娘に手を上げたのはそれが初めてじゃなかったんだ。それどころか三回目でも四回目でもなかった。わしは娘の顔を見ながら、その場で決心した。やつのあとを追いかけていって、二度と娘に手を上げないことをわしに約束してもらおうと。そう、聖書にかけて誓ってもらおうと思ったんだ。もしやつが約束してくれなかったら、娘に近づけないよう遠ざけてやるつもりだった。わしは、やつがわな場の近くにある川筋のたまり水の傍らで野営しているところを見つけ、ジェイニーに会ったことを話し、二度とあんなことをしないよう誓ってくれとたのんだ……ところが、やつは拒否したのさ。それどころか、やつは自分のことを告げ口したらどうなるかジェイニーに思い知らせてやるんだといった。もう一度彼女の口元を殴ってやろうとまでいいやがった。そのあげく、やつは横になって寝てしまった。どうやらわしはなめられていたようだ。たぶんそれは、わしが無口で信心深いからだろう……わしは横になってもずっと寝つけなかった。そして、これ以上我慢ができなくなった。わしは起き上がって荷物から小さい蠟燭を取り出し、蠟燭立てを手早くつくると、持ってきた聖書をのぞいて教えを請うことにした。すると『汝《なんぢ》くろがねの杖《つち》をもて彼等《かれら》をうちやぶり』という箇所が偶然目に入ってきた。これは明らかに銃のことを意味している……その後わしは蠟燭を吹き消し、眠ってしまったようだった。夢を見たことを憶えているからな。

翌朝、ライアンは早く起きた。やつは前日にはぎ取った生皮を二、三枚持っていたので、これからまっすぐうちに帰り、ジェイニーをぶちのめしてやるといい出した。わしは横になったまま黒白をつけるようなことは何もいわずにいた。やつの審判はもう下っていたからだ。一日ではとても家まで帰れないから、やつは途中でビッグ・ツリーの野営地に泊まっていくにちがいないとわしは踏んでいた。わしはやつのすぐあとにビッグ・ツリーに着いた。あいつは徒歩だったが、わしはカヌーを使ったんで早く移動できたんだ。わしはそこで一日中、やつのそばを離れずに見張っていた。それは夕暮れ近くのことだった。わしは気づかれないように土手の下でかがんでいた。やつがあの古い小屋に入ろうとしたときに、わしはやつの名を呼んだ。すると悪態をつくのが聞こえてきた。そして、やつの顔がこちらに向いたところを撃ち殺したんだ。わしは一度も上陸していないし、足跡もまったく残していない。だから絶対に大丈夫なはずだった。なのに、きみに捕まってしまったな。でも、ジェイニーのためにやったことだから構わん。わしは正しいことをしたんだ。ただ、ジェイニーは殺人犯の娘といわれたくはないだろうが……まあ、これがすべてだ」

ジョーはテーブルの端にすわっていた。彼の端正な顔は険しくなっていた。しばらく沈黙が続いたあと、ハイアムソンは立ち上がった。

「わしはいつでも行けるよ、ノヴェンバー。だが、警察にわしを引き渡す前に、ジェイニーにもう一度会わせてもらえないか」

ジョーは彼の目をじっと見つめた。「ジェイニーにはまだこれからいくらでも会えますよ。乱暴者の夫はいなくなったが、彼女は一人残され寂しくなってしまいます。きっとあなたと一緒に住みたいと思うでしょう」

「じゃあ、つまり……」

ジョーはうなずいた。「警察が自力であなたを捕まえにきたら、そうさせるしかない。でもいま履いているそのへら鹿皮《モカシン》の靴を燃やしてしまえば、捕まる可能性はかなり減るでしょう。そのへら鹿はいつ殺したんですか?」

「先週の火曜日だ。わしの履いてたモカシンがすり切れたんで、森の方法にならって繕《つくろ》ったんだ」

「そうだと思ってました。その毛が抜け落ちていましたからね。ビッグ・ツリーの上流の野営地に残っていたあなたの足跡に毛が何本かついているのをぼくは見つけていました。だからへら鹿を殺したことがわかったんです。それから、あなたのつくった蠟燭立ても見つけましたよ。これです」ジョーは自分のポケットから、わたしをひどく当惑させたあの唐檜の棒切れを取り出すと、わたしのほうを向いた。

「こちらの端が尖っているのは地面に突き刺すためで、もう一方の端が割れているのは、蠟燭を樺の木の樹皮とともに固定するためですよ。さあ、これもモカシンと一緒にストーブに入れてしまいましょう」彼はストーブの扉を開け、それらを投げ入れた。

「あなたの秘密を知っているのはぼくたち三人だけですよ、ハイアムソン。ぼくがあなただったら、これに女性を加えて、四人に増やしたりはしませんね」

ハイアムソンは手を差し出した。

「ノヴェンバー、きみは昔から正直者だったのに、こんなことをさせてしまって悪いな」

数時間後、ジョーとたき火のそばにすわり、お茶の最後の一杯を飲んでいたときに、わたしはたずねた。

「きみはライアンが上流で泊まった場所を調べたあと、犯人について七つの点を指摘していたね。そのとき、どうしてそれがわかったかをいくつか説明してくれたが、まだ三つの点についてはは理由を聞かせてもらっていないんだ」

「三つの点というのは?」

「まず、ハイアムソンはかなり長い間森に滞在していて、村には行っていないというのはどうしてわかったんだい?」

「彼のモカシンがすり切れて、へら鹿の生皮で継ぎ当てをしていたからですよ。足跡を見れば一目瞭然です」ジョーは答えた。

わたしはうなずいた。「では、彼が信心深くて、その晩、精神的にひどく動揺してしていたというのは?」

ジョーはパイプに煙草を詰める手を休めた。「彼は寝つけなかったんですよ」ジョーはいった。「だから、起き上がって、あの蠟燭立てを削ってつくったんです。では、なぜ蠟燭に火をつけたいと思ったのでしょうか? それは何かを読みたかったからとしか考えられません。それでは、もし悩みがなかったならば、真夜中に何かを読みたいなどと思うでしょうか? そして、もし悩んでいることがあったら、どんな本を読みたいと思うでしょうか? そもそもわな猟師で聖書以外の本を持ち歩いている者など百人に一人もいませんよ」

「わかった。でもどうしてそれが真夜中だったとわかったんだい?」

「彼が蠟燭立てを削った場所に気づきませんでしたか?」

「いや、気づかなかった」

「ぼくにはわかりましたよ。彼は暗闇でナイフをあやまって滑らせ、傷を二カ所つけていました。それにしてもあなたは質問してくるのが実に上手ですね」

「君は答えるのがうまいよ」

ジョーはやかんの下の残り火をかき回した。あくびをしながら振り返る彼の端正な顔が、火明かりに照らし出された。

「ああ、それにしても」彼はいった。「ハイアムソンにはやむにやまれぬ理由があったことがわかり、ほっとしましたよ。あんな老人が日の出も見られないところに閉じこめられるなんて考えたくなかったですからね。そう思いませんか?」

第四章　七人のきこり

それからというもの、わたしはジョーと一緒にいればいるほど、この男のよさを知ることになり、そして彼が並はずれた才能をもっていることをいっそう確信していくことになった。実をいうと、わたしは、彼がもう一度その才能を発揮できるような新たな事件が持ち上がってくれないものかと、願わずにいられないほどだった。とはいえ、もちろん彼は森での日常生活のこまごまとした面においても能力を発揮していたし、わたしとしても、このようなたぐいまれな森の男と一緒にいられることは、常に大きな喜びだった。そんなジョーのおかげで、わたしはセント・アミエルから戻ってまもなく、ウィドニイ池周辺にあらわれる雄の大きな赤鹿を見事しとめることができた。そして、この鹿をしとめたことがきっかけとなり、わたしたちはハイアムソン老人の近況を知ることとなる。ハイアムソンはかつて剥製師のもとで優れた仕事をしていたとジョーが強くすすめるので、鹿の頭部を彼のところに持っていくことにしたからだ。

ジョーとわたしは歩いて彼のもとを訪れると、彼は娘のジェイニー・ライアンと一緒に暮らしていた。警察はビッグ・ツリー・ポーテッジ事件の復讐者の身元をついに割り出すことができなかったのだ。二人は大変幸せに暮らしているようだったが、わたしの印象では、この美しいジェイニーがこれからもずっとライアンの姓のままでいるとはとても思えなかった。帰る途中、わたしはノヴェンバー・ジョーにこのことを話してみた。

「それは当然でしょう」彼はいった。「ハイアムソン老人は、バクスター・ガードやミラーでは、彼女の心の安らぎにはならないといってましたけどね。でもとにかく、女性は結婚したほうがいいと思いますよ」

「男の場合はどうなんだ、ジョー?」わたしは訊いた。

「森の魅力を感じないような男なら結婚したらいいでしょう。でも、湖に訪れる水潜り鳥《アビ》の呼ぶ声が聞こえる男の場合はまたちがうでしょうね」

「世の中にはとてもかわいい娘《こ》がいるものだよ、ジョー」

「そういうことはぼくよりご存じのようですね、ミスター・クォリッチ」ジョーは笑いながらいった。「それにしても、ミセス・クォリッチから、早くうちに帰って赤ん坊に歌をうたってやってくれないかという催促の電報が届きませんね」

このひどく辛辣《しんらつ》な発言に対して、わたしはどう即答すればよいかわからず、われわれはしばらく無言のまま歩みを進めた。森を離れ、ジョーの小屋へと続く長い小道に入ると、日暮れが近づき、雨が降り出してきた。ジョーが地面にちらりと視線を落としたので、その先を追ったところ、ついたばかりの新しい足跡があった。

「この足跡から何かわかるかい?」とわたしはたずねた。このように日常で遭遇するちょっとした出来事でジョーの手腕を試すのが、わたしの日ごろの関心事になっていた。

「ご自分で考えてみてください」

それはごく普通の足跡で、わたしの見たところ、さほど多くのことはわかりそうもない。

「モカシンを履いた男——たぶんインディアン——がここを通ったんだろう。当たっているかい?」わたしは訊いた。

ノヴェンバー・ジョーは、冷ややかな笑みを浮かべた。

「ちがいます。男はインディアンではありません。白人で、大事な伝言を届けにきています。そう遠くから来たのではありません」

「それは本当か?」わたしはかがんで、足跡をもっとよく調べてみた。だが、収穫はなかった。

「本当です。インディアンのモカシンにはかかとはついていません。だけど、ここにはかかとの跡があります。遠くからは来ていません。急いでいますから——ほら、親指のつけ根から跳んでいるでしょう。人が最後まで走り続けようとするのは、それ相応の理由があるからに決まってます。この道の先にはぼくの小屋しかありませんから、この男はそこで待っているはずです」

それから十分後にジョーの家が見えてくると、ドアのそばで大柄の男が丸太にすわりパイプをふかしていた。それは中年の男で顔はいかつく、赤褐色のあごひげには年のわりには白いものが多く混じっている。男はわたしたちに気づくとすぐに立ち上がり、広場を横切ってこちらにやってきた。

「ブラックマスクのやつがまたやらかしたんだ」男は大声でいった。

するとジョーの顔に、うれしさではないにしろ、何か期待するような表情が一瞬よぎるのにわたしは気がついた。ジョーはわたしのほうを向いた。

「こちらのミスター・クローズは、リバー・スター・パルプ会社のC野営地の所長さんです」と彼は紹介した。「ミスター・クローズ、こちらはミスター・クォリッチです」こうして一通りの挨拶がすむと、彼はもったいぶった口調でたずねた。「ところで、ブラックマスクは今度は何をしでかしたんですか?」

「また昔の悪い癖が始まったんだ。だが、今年こそはふんづかまえてやるぞ。ジョシュア・クローズの名にかけても」男はこういって見上げたが、わたしが戸惑った顔をしているのに気づくと、こう話してきた。

「実は去年、C野営地と村との間の路上で、強盗事件が別々に五件、起こったんだ」男は説明した。「どの事件も、拳銃を突きつけられて強奪されたのは一人のきこり、そして強盗したのは黒い覆面《ブラックマスク》をした男だった。そのときノヴェンバーは遠くに出かけていて、ここにはいなかったんだよ」

「フィラデルフィアの弁護士と一緒に、ワイオミングにへら鹿狩りに行ってたんですよ」背の高い若い森の男は補足した。

「警察は、犯人を逮捕できなかったんだ。一度なんぞは、事件が起こってから四時間もしないうちに現場に来ていたというのにな」クローズは続けた。「でもこれはみんな昔のことだ。おれが今日、時速七マイルでここに駆けつけてきたのは、昨夜ダン・マイケルズに起こった件なんだ。ダンはここ三カ月近くうちで働いているんだが、おととい事務所に来て、母親が死んだので葬式に行くために休暇をとりたいといい出しやがった。ダンはいいやつだ。でもおれは引き留めようとした。だって、一年もたたない前、おれたちが湖の付近で働いていたときに、やつは母親を埋葬したといってたんだよ。やつにそのことをいったが、無駄だった。やつはひどくいきりたって、人のいうことなど聞きやしない。やつに支払うべき給料はかなりの額になっていたので、やつがそれを遊びにつかうだろうことはわかっていた。でも、おれは給料を払い、葬式から戻るまでやつの仕事はそのままとっておくといってやったんだ。そして好き勝手をしてこられるように十日間の休みをやった。給料を払ってやったのは午後の四時ごろだったんで、てっきりやつはその晩、C野営地に泊まり、夜明けに出ていくものとおれは思っていた。だが、そうじゃなかった。おれのいったことがあいつの気に障ったらしく、料理人におれへの不満を訴えると、上司のおれがいるここには泊まれないといって、村に向かって歩いていったそうだ」

「一人でですか?」

「そう、一人でだ。そして今日になり天気は晴れていたのに、なんと朝早くにあいつが戻って来た。それで、おれにこう訴えてきた……昨日、八マイルぐらい行ったところで辺りが暗くなってきたので、去年おれたちが伐採作業の大半をやった場所の向こうで野宿しようと決めたというんだ。昨夜は天気がよかったし、持っていたのは合切袋と毛布だけだったので、パーキンス開拓地の小道の脇に行き、裏にある唐檜の枝を使って岩山のところで火をおこし、その傍らに横になったそうだ。あいつはすぐに眠りこんでしまったので寝ていたときのことは憶えていない。ところが、誰かが叫んでくる声に、びくっとして目を覚ました。まばたきをしながら起き上がったが、すぐあとに聞こえてきた言葉に、あいつは目を見開いた。

『手を挙げろ。これは冗談ではないぞ』

もちろん、あいつは手を挙げた。周囲には誰もいないし、そうするしかなかった。するとやつの背後の茂みにいたもう一人の男が、持っている札束を出してたき火の向こう側に放り投げろと命令してきた。さもなければどうなっても知らないぞという。ダンはそのとき、茂みの中でリボルバーの銃身が光っているのを見たそうだ。やつは少し悪態をついたらしいが、強盗どもから銃を突きつけられていたので、やむなくいわれたとおり札束を出して投げた。そのとき樺の丸太が急に燃え上がり、札束が地面に落ちるやいなや、黒い覆面の男が出てきてそれを拾い上げ、暗闇の中へ急いで戻っていったというんだ。ダンは片方の目で、茂みにいる男のリボルバーをずっと見ていた。男の姿は藪に隠れていて見えなかったそうだ。すると、最初の声の主が、二時間そこから動くな、動いたら撃ち殺すぞと指図してきた。やつは自分の時計を見ながら二時間すわっていたが、何の音も聞こえなかったということだ。そして、C野営地に戻ってきた。

うちの若いもんが事の顚末《てんまつ》を知ると、みんなやつと同じようにかんかんになった。強盗の逮捕につながる情報を提供してくれた者には五十ドルの懸賞金を出すといい出したので、おれも会社のために、あと百ドルを出すことにした。だからジョー、きみが悪党どもを取り押さえてくれたら、きみにとっても、ほかの者にとってもいい結果になるわけだ」

クローズは話し終えるとジョーのほうを見た。彼はいつものように黙ったまま話をじっと聞いていた。

「C野営地の若者たちは、あなたがぼくのところに来ていることは知っているんですか?」彼は訊いた。

「いや、知らない。知らせないほうがいいと思ったんだ」

ジョーはまた少し黙り込んだ。

「あなたは戻られたほうがいいでしょう、ミスター・クローズ」と彼はようやくいった。「ぼくはパーキンス開拓地に行って、強盗事件の現場を見てきます。あなたに何か報告できるようになったら、口実をつくってC野営地に行くようにしますから」

クローズはわかったというと、大股で去っていった。まもなく、彼のたくましい後ろ姿は森の夕闇に飲み込まれていった。

クローズが帰ったあと、わたしはこの強盗事件についてジョーに話しかけてみようとした。しかし、これまでになく彼は話したがらなかった。彼はパイプをくわえたまますわり、別の話題へと会話をそらし続けた。その後、わたしたち二人は森の中へ出かけていった。

月は空に弧をぐるりと描きながら、わたしたちの行く手を案内してくれた。最初に果てしなく続く広葉樹の尾根沿いの近道を通り過ぎたあとも、まだかなりの道のりがあった。わたしたちは歩き続け、明け方の薄明かりの中にようやく木々が巨大な銅版画のように黒く浮かび上がってきたころ、目の前に突然、広い開拓地があらわれた。

「ここが現場ですよ」ジョーはいった。

辺りが明るくなるとすぐに、彼はダン・マイケルズが野宿した場所を調べた。だが、そこに残っていたのはたき火の灰と数本の大きな枝ぐらいで、ジョーはそのどちらにもさほど興味を示さなかった。そのあと現場を行ったり来たりして、残っている足跡をたどろうとした。しかし、前日のどしゃ降りの雨で足跡はほとんど消えていたため、十分もすると彼はあきらめてしまった。

「やれやれ」彼はかすかに抑揚《よくよう》をつけた声でいった。「やつはいつも運がいい」

「やつというのは？」

「強盗ですよ。去年だってそうだった。いつもまんまと逃げおおせている」

「強盗たちだろう」わたしは訂正した。

「強盗は一人だけですよ」彼はいった。

「マイケルズは二人の声が聞こえたといっていたじゃないか。覆面の男が姿をあらわしたちょうどそのとき、茂みに隠れていた別の男の拳銃がたき火の炎に照らされてきらりと光っていたと」

ジョーは何もいわずに、わたしを消えたたき火の向こう側に連れていき、さっき彼が調べていた唐檜の大きな枝をかき分けた。すると地面から五フィート足らずの高さのところで、小枝が一、二本折られ、幹の近くの樹皮にこすれた跡があった。

「拳銃を持っていた男というのは、えらく面白いやつですよ」ジョーは端正な顔をのけぞらせて笑った。「いたのは男一人だけで、そいつが拳銃をこの木の股に固定して置いといたんです。こうやってダンをうまくだまし、二人の男がいると思いこませたわけです……ただ、足跡は雨でほとんど洗い流されてますから、このあとはC野営地に行って、ぼくたちの運試しをすることにしましょう。でもその前に、鹿をしとめといたほうがいいでしょう。そうしたら、ぼくはただ鹿肉を運びにきたのだと、若者たちは思ってくれますからね。野営地の近くで鹿をしとめると、よくそうしているんですよ」

C野営地に向かう途中、ジョーは、雨あがりの無舗装道路を横切った若い雄鹿の跡を見つけた。わたしが待っている間に、彼は野生のラズベリーの茂みに影のように忍び込んでいくと、二十分後に雄鹿を肩に背負って戻ってきた。足音も立てずに歩く森の猟師としてのジョーをしのぐ者はまずいないだろう。

C野営地に着くと、ジョーはしとめた鹿を料理人に売り、その後わたしたちは事務所に行った。男たちはみな仕事で出払っていたが、所長はいたので、ジョーはこれまでのことを報告した。けれども、彼は強盗は一人だけだという自分の考えは一切口にしなかったことにわたしは気づいていた。

「つまり、まったく手掛かりなしというわけか」ジョーが話し終えるとクローズはいった。

ジョーは同意した。「今度また、誰かが銃を突きつけられるまで待つしかないでしょうね」

「やつらはまたやらかすというのか?」

「もちろんですよ。一度味をしめたら、やめるわけがありません」

「きみのいうのはもっともだが、うちの者たちは一人で外出しないことにしたそうだ。怖がっているんだ。だから今日の午後も、六人で出ていった。悪党どもに運良く出会えたら、そいつらの正体をあばけるかどうかいちかばちかやってみるといっていた。といっても、悪党どもはもちろんあらわれないだろうな。そんな大人数の集団にはおじけづくさ」

「そうかもしれませんね」ジョーはいった。「ミスター・クローズ、よかったら、ぼくとミスター・クォリッチを今晩ここに泊めてもらえますか」

「構わんよ。ただ、おれはきみたちの世話をすることはできないよ。帳簿をつけるのが遅れていて、徹夜してでも勘定を清算しなきゃならないんだ」

「それから、答えを知りたい疑問が一つあるんですよ。つまり、強盗はなぜ、ダン・マイケルズを襲う価値があることを知っていたのか、もしくは、なぜ彼が羽を伸ばしにいくことを知っていたのかということです。強盗は、そのことを誰かから聞いていたにちがいありません。ブラックマスクは、C野営地に知り合いがいるんですよ。そうでなければ……」

「そうでなければ?」所長は鸚鵡《おうむ》返しに聞いた。

しかし、ジョーはそれ以上いわなかった。彼の心の中にはある考えが浮かんでいたが、クローズはそれを推し量ることができなかった。それでも、クローズがこの口数の少ない若い森の男に全幅の信頼を置いていることがわたしには見て取れた。

翌朝、ジョーは急いで帰ろうとはしなかった。すると昼食の少し前ごろに、六人の男が野営地に駆け込んできた。彼らはみないっせいに大声でわめきたてているのだが、何を騒いでいるのか皆目わからない。そこに所長が彼らの話を聞きにやってきた。料理人とその助手も彼らと一緒になって、身振り手振りを交えながら支離滅裂に話している。

無口なジョーは飯場の壁にもたれたまま、大騒ぎしている男たちを険しい表情で観察していた。

「もう一度いうぞ。おれたちは強盗に襲われ、金を盗まれ、一文無しになってしまったんだ。

おれたち六人全員がやられてしまったんだ」と、砂色のあごひげを生やした背の低い男ががなりたてた。

「そうなんだ」金髪のスウェーデン人が叫んだ。

これが呼び水となってまた全員が騒ぎ始め、腕を振り回し、口々に何かいっている。ここでジョーが前に出ていった。「おい、きみたち。あそこにすわり心地のよい丸太があるぞ」

スウェーデン人はそれにうなり声をあげたが、ジョーと目が合うと考え直したようだった。ジョーは、およそ喧嘩を売られることのない男なのだ。

「いいか、聞いてくれ」ジョーは続けた。「そこに丸太があるから、それぞれすわり心地のいいところを見つけて腰をかけてくれ。そして一人にしゃべってもらって、あとの者は話が終わるまで聞いているようにすれば、事実が明らかになる。時間を無駄にすればするほど、きみたちを襲った強盗たちを逃がしてしまうことになるんだ」

「ノヴェンバーのいうとおりだ」トンプソンという巨体のきこりがいった。「何があったかおれが話そう。おれたち六人は昨日の朝、ここでの仕事が終わったんで、食事をとったあとみんなでそろってここを出発したんだ。日が暮れてくると、おれたちはタイドソン橋の古い丸太小屋に泊まることにした。ダンの事件があったので、おれたちは夜明けまで交代で見張りをしようということになった。最初に見張りをしたのはハリーだ。やつは一時間半たったら、おれを起こしにくることになっていた。だが、起こしにこなかった……おれが目を覚ますと、太陽はすでにのぼっていた。それなのに、ほかのやつらはみんな、おれのまわりでまだ寝ていた。おれはすごく驚いたが、ひとまずやかんを持って、水をくみに小川に行くことにした。そしてそのときに気づいたんだ。おれがベルトにはさんでいた札束がなくなっていることに。おれはあわてて戻った。目を覚ましたハリーに、このことを知らせると、やつは自分のベルトをつかみ、やはり金がなくなっているというんだ。それから、クリス、ビル・メイヴァース、ウェディング・チャーリー、そしてロング・ラーズが起き出してくると、みんなもやはり同じようにやられていたんだ」

ここで、そうだといわんばかりに、どよめきの声がいっせいに上がった。

「おれたちは猛烈に頭にきた」トンプソンは続けた。「そこで外に出て泥棒の跡をたどってみることにしたんだ」

ジョーの顔に失望の色が浮かんだ。六人の被害者の足で貴重な手掛かりが永久に消されてしまったのではないかと危惧しているのだ。

「足跡は見つかったのかい？」ジョーはたずねた。

「見つかったよ。くっきり残っていた」大柄のきこりは答えた。「犯人は一人だ。小川のほうからやってきて盗みを働き、また川に戻っていた。犯人は大柄の体重のある男で、足は大きく、なめした牛革のブーツを履き、右のブーツには継ぎが当たっていた。右のかかとには鋲《びょう》が十七個、左には十五個ついていた。この追跡の成果はどうだい？」

このことにジョーが驚いていたのは間違いない。彼は一分間、何もいわなかったが、その後急に視線を上げた。

「ウィスキーは何本持っていたんだい？」彼は訊いた。

「一本も持ってなかったよ」トンプソンは答えた。「きみも知っているとおり、ラヴァロッテまで行かなきゃウィスキーなんか手に入らないさ。おれたちはしらふだった。薬を飲まされたんだよ。そうにちがいないんだが、ただどうやって飲まされたのかはわからない。だいたい、おれたちはパンとベーコンとお茶しか持っていなかったし、お茶はおれがいれたからな」

「やかんはどこにあるんだ？」

「やかんもフライパンも小屋に置いてきたよ。というのも、おれたちはこれからその付近一帯で泥棒さがしをするつもりなんだ。ノヴェンバー、あんたも来てくれるだろう？」

「行くなら条件がある——条件をのんでもらえなければぼくはこの件にはかかわらない」

「条件っていうのは？」

「ぼくが許可するまでは、きみたちは一人たりともタイドソン橋の小屋に戻らないということだ」

「だけどおれたちは泥棒を捕まえたいんだ」

「よろしい。捕まえられると思うのなら、行って試せばいい」

すると喧々囂々《けんけんごうごう》の大騒ぎになったが、まもなく一人、そしてまた一人といい始めた。「ノヴェンバー、おれたちはきみにまかせるぞ」——「いいか、おれの百九十ドルを取り戻してきてくれよ、ノヴェンバー」——「ノヴェンバーを一人にしてやろうぜ」——「さあやってくれ、ノヴェンバー」

ジョーは笑った。「きみたちはみんな、金を身につけて寝ていたんだね？」

みんなそうだといった。ラーズとクリスは財布に入れていたが、それは小屋の隅で空っぽになってころがっていたという。

「それでは、ミスター・クォリッチとぼくで進めることにする。何かわかったらきみたちに知らせるよ」そういうとジョーは急に大柄の男のほうを向いていった。「ところでトンプソン、現金がなくなっていることに気づく前に、小川でやかんに水をくんだのかい？」

「いや、水をくまずにすぐに走って戻ったよ」

「それはよかった」ジョーはいった。わたしたちは、まだ大声であれこれといってくる喧噪《けんそう》のなか、その場を立ち去り、クローズが用意してくれたカヌーまで歩いていった。水路を使えば、タイドソン橋まで一、二時間で行くことができるのだ。ジョーはきっと、話をする気分ではなかったのだろう。彼はパドルをせっせと動かしながら、自己流であったが哀愁に満ちたテノールの声を張り上げて歌っていた。それはわたしがこれまで耳にしたことがないようなひどく悲しげな歌ばかりだった。あとでわかったことだが、ジョーは、感傷的で哀感のこもる調べをたいそう気に入っていた。これは多くの森の男に共通することだそうだ。

カヌーは滑るように進んでいった。樺の木立と榛の林を通り過ぎたところでわたしはたずねてみた。「今回の事件は、ダン・マイケルズを襲ったのと同じ男の仕業だろうか？」

「わかりませんが、たぶんそうでしょう。地面は柔らかくてよい状態なので、現場に行ったら、たくさんの疑問点が解決するはずです」

カヌーを使うことができ、ジョーが近道を知っていたおかげで、わたしたちは驚くほど早く目的地に着いた。タイドソンの小川は川の支流で、その橋は、伐採道路を横切る小川の浅瀬に丸太をかけ渡してあるだけの粗っぽいつくりだった。強盗事件の現場となった小屋は、その小川の北側の土手から約百ヤード離れたところにあり、そこから水辺まではっきりとした細い道が続いていた。

まず、わたしたちはその道を通らずに、六人が泊まった小屋に行った。小屋には、あわててまとめた荷物からこぼれ落ちたとみられるものがいくつか床に散らばっているほかには、フライパンがストーブの横に、そしてやかんが横倒しになったままドアのそばにころがっていた。ジョーは動き回りながら、すべてを器用に手際よく調べていった。最後にやかんを取り上げると、中をじっとのぞいた。

「中に何かあるのかい？」わたしはいった。

「何もありませんよ」ジョーは答えた。

「だって、トンプソンはやかんに水をくまなかったといっていたじゃないか」わたしは念を押すようにいった。

彼は妙な笑みを少し浮かべた。「そのとおりです」というと、無舗装道路を五十ヤードほどゆっくり歩いていった。

「あの六人の田舎者たちの足跡をたどってきているんですよ」彼は自分からいい出した。「さあ、ここでよく見てみることにしましょう」

足跡を調べるのは当然ながら、いくぶん時間がかかる作業となった。それでもジョーは、六人の男たちの足跡を調べることで、かなりの成果を得ていた。彼はほとんど休みなく、踏み荒らされた地面をくまなく歩き回りながら、目を素早く動かし、いくつかの足跡を指さしながら男たちの名前を一人ずつあげていった。その後、土手の付近に行くと、彼はくっきりついている一組の足跡を指さした。その足跡をたどると小屋へと向かい、その後、再び川に戻ってきていた。

「これが犯人の足跡ですよ」ジョーはいった。「かなりはっきりと残っています。これを見てどう思いますか?」彼はわたしのほうを向いた。

「犯人はわたしよりも体重がある男で、かかとにかなり重心をかけて歩いているようだ」

ジョーはうなずき、その跡をたどり始めたが、足跡は川の中に入ってしまった。彼は水際に立って、最近動かした形跡のある石をいくつか調べたあと、川の中に歩いて入っていった。

「犯人のボートはどこにあったんだろう?」わたしはたずねた。

だが、ジョーはそのとき、水中を数フィート行ったところにある大きな平たい石にたどり着き、その石を注意深く見回していた。そして、わたしに来るようにと手招きした。石はやはり大きく平べったかったが、彼はその向こう側の表面についている引っかき傷を見せてくれた。その傷は深く、不規則についている。わたしはじっと見てみたが、それが何であるかまったくわからない。

「ボートがこすった傷には見えないが」わたしは思い切っていってみた。

「ボートの傷ではありません。だけど、犯人がつけたのは確かです」彼はいった。

「だけど、どうやって? なぜついたんだ?」

ジョーは笑った。「それについてはまだ答えられませんが、いまいえるのは、犯行は昨夜の午前二時から三時の間に行われたということです」

「それはどうして？」

ジョーは、土手の近くにある樺の木立を指さした。

「あの木立です」彼は答えたが、わたしが困惑しているのを見ると、こうつけ加えた。「犯人は体重二百ポンドの男でもなければ、あなたより太った男でもありませんよ。小柄なやせた男で、ボートももっていません」

「じゃあ、犯人はどうやって逃げたんだ？　川の中を歩いていったというのか？」

「そうかもしれませんね」

「だったら、やつはどこかで川から上がったにちがいない」

「そのとおりです」

「それなら、やつが上陸したところで足跡を見つけられるだろう」

「その必要はありませんよ」

「どうして？」

「犯人の目星がついているからです」

「なんだって！」わたしは驚いて叫んだ。無駄とはわかっていたが、訊かずにいられなかった。

「犯人は誰なんだ？」

「いまにわかりますよ」

「ダン・マイケルズを襲った犯人と同じなのかい？」

「そうです」

この返事でわたしはひとまず満足しなければならなかった。その夜遅く、わたしたちはC野営地に向かっていた。ジョーがカヌーを漕ぎ進めていくと、流れの速い川は暗褐色と白が入り交じって見え、急流はうなり音を上げていた。しかし、野営地の下の静かな入り江までやってくると、大きなどよめきと、何やら大騒ぎしている声が聞こえてきた。われわれは岸に飛び降りると、所長の住んでいる事務所に無言のまま直行した。すると、そこには人だかりができ、二人の男がドアを押さえていた。そのうちの一人はがっしりとした体格のトンプソンだった。

「やあ。きみの手をわずらわせる必要はなくなったよ、ノヴェンバー」彼は大声でいった。「やつを捕まえたんだ」

「やつというのは？」

「おれたちから金を盗んだ悪党だよ」

「そりゃよかった」ジョーはいった。「それは誰なんだい？」

「あいつだよ」トンプソンは事務所のドアをばたんと開け、所長のクローズをわたしたちに見せた。クローズはひどくだらしない格好で、ストーブのそばの椅子にすわっている。

「ミスター・クローズが？」ジョーは叫んだ。

「そうさ、おれたちのボスだ――ほかの誰でもない」

「証拠はあるのか？」ジョーは、クローズのほうをじっと見つめながらたずねた。

「決定的証拠がある。そもそも日没から夜明けにかけて、そいつの姿を見た者はいなかったんだ。それにおれたちはあのブーツを手に入れた。このちょうど裏手にある掘っ立て小屋がそいつの寝場所になっているんだが、そこの棚のビスケットの缶の中で見つかったんだ」

「馬鹿いえ。おれは一晩中、勘定をつけていたんじゃないか」クローズはトンプソンに怒鳴った。

ジョーはさほど関心がない様子だった。

「誰がブーツを見つけたんだ?」彼は訊いた。

「料理人助手だ。掃除をしているときに見つけたそうだ。それに睡眠薬の瓶も見つかった――ほとんど空っぽだった」二、三人が口をそろえて叫んだ。

ジョーは口笛を吹いた。「料理人助手のお手柄というわけか。ところで、本人はそれを認めているのかい?」ジョーはクローズのほうをあごでしゃくった。「ミスター・クローズ、それはあなたのブーツですか?」

「そうだ」クローズは怒鳴るようにいった。

ジョーは意味ありげな目つきでトンプソンのほうを振り返った。

「でもやつは盗んでいないといい張るんだ」トンプソンは興奮した声でいった。

「当たり前だ、おれはやっていない」クローズは声を荒らげた。

「そのブーツを見てみよう」ジョーは口を挟んだ。

「若いもんが、飯場のほうに持っていった」トンプソンはいった。「なあノヴェンバー、やつは片方の手でおれたちに給料を払っておきながら、もう片方の手でその金を盗んでいたんだぞ――」

「それはすごいな」ジョーは素っ気なくいった。彼はクローズのほうをじっと見続けていたが、クローズがようやく目を上げると、ジョーは彼を見ながら黒いまつげのついた瞼《まぶた》をわずかに伏せたのにわたしは気がついた。

ここでとうとう所長の態度が一変した。「ここから出ていけ」彼は怒声を上げた。「おまえらも森の探偵もとっとと出ていくんだ」ドアが閉まったあとも、その向こうで何やら怒鳴っているのが聞こえていた。

飯場では、勝利の喜びにわき、半数ほどのきこりが煙草を吸いながらしゃべっていた。ジョーは歓声で迎えられ、そして話のだしにされてはさんざん冷やかされた。しかし、まもなく騒ぎが自然に収まると、例のブーツが持ってこられた。

ジョーがブーツを調べている間、強盗の被害者たちとその仲間は彼を取り囲んで見ていた。

「片方のかかとには鋲が十七個、もう片方には十五個ついている——そして牛革のブーツだ」クリスがいった。「強盗犯人が履いていたものと同じだとおれは断言できる」

「ぼくも断言できるよ」ジョーは同意した。

「それから、睡眠薬を調べてくれ」クリスは続けた。「十中八九、間違いないだろう、ノヴェンバー」

「警察を呼んだのか?」

「いやまだだ。きみが来るのを待っていたんだ。これから呼びにいく」

「早ければ早いほどいい」ジョーはいった。「それから、誰が呼びにいくか知らないが、タイドソン橋のところの小屋にはB野営地から四人来ている。小屋を取り壊して、屋根をはがし、そこにあるストーブをD野営地に運ぶようにいわれているそうだ」

ジョーのその発言にわたしは仰天したが、驚いているのを悟られないようにした。

彼はいったい何をもくろんでいるのだろうか?

「さあ急いで警察を呼びにいくんだ。さもなければ困ったことになる。誰か行ってくれないか?」

「おれが行ってもいいよ」クリスは申し出た。「いますぐ行くよ。クローズを刑務所にぶちこむなら、早ければ早いほどいいからな」

みんなでクリスを見送ったあと、男たちはわれわれと一緒に飯場に戻り、そこでまた一時間ほどあれこれと話していた。ジョーはいつものように黙り込んでいた。しかし、彼がようやく口を開いたとき、その言葉は爆弾のように響いた。

「いいかい、きみたち」彼はいった。その口調はひどく抑揚がついていた。「そろそろ、きみたちのボスを釈放してやる時間だ」

みんなの頭が彼のほうにいっせいに向いた。「ボスを釈放する?」十人以上が叫んだ。「警察が来る前に?」

「そのほうがいい」ジョーは柔らかくいった。「いっておくが、彼は強盗犯人ではない」

「じゃあ、誰が犯人なんだ?」

ジョーは立ち上がった。

「では、見せてあげよう」

結局、大きなカヌーに乗って一緒に出発したのはトンプソン、ウェディング・チャーリー、ジョー、それにわたしの四人だった。この船旅はわたしにとって忘れられない思い出になっている。ジョーは船尾に、ウェディング・チャーリーは船首に立ち、トンプソンとわたしは何もすることなく二人の間にすわっていた。カヌーは水が渦巻く急流の中を駆け下り、川の両岸は飛ぶように過ぎ去っていく。あっという間に目的地に着くと、わたしたちはカヌーを降り、森の中を歩いていった。

暗闇の中で、わたしは方向感覚をまったく失ってしまったが、しばらくするとタイドソン橋近くの小川の土手に出た。橋を渡ると、われわれ四人は、小屋から二十ヤード足らずのところにある大きな岩の陰に身をひそめた。ジョーからはあらかじめ、物音を立てずに小屋を見張っているようにいわれていた。

月の光が動いていくのに伴い、物影がゆっくり移っていくのを見つめていると、わたしは何時間もたったような気がしていた。これから何が起ころうとしているのかは、わたしにもおぼろげながらわかっていた。空がかすかに白み始めたとき、ジョーが少し身体を動かしたと思うと、すぐに小枝が折れる音がした。まもなく、橋の上から足音が聞こえてきた。青みがかった人影が、おそるおそる土手を歩いてくる。ためらいがちに歩を進めながらも小屋へとまっすぐ向かい、そして、とうとう中へ入っていった。すると小屋の中でマッチの炎がぱっと燃え上がり、人影が壊れた窓を横切っていくのが見えた。それから一瞬間《ま》があったのち、ドアがかすかにきしむと、再び人影がこっそりと出てきた。

わたしはジョーのほうに手を伸ばした——だが、彼はいなかった。

その間に、小屋から出てきた人影は、道路へと続く小道をのぼっていったが、その背後からもう一つの人影が追いつこうとしていた。それはジョーの大きな身体で、両腕を広げながら追跡しているのがわかった。そして、彼の両腕が下ろされると、悲鳴のような叫び声が上がった。

われわれが駆けつけてみると、ジョーに取り押さえられて地面でもがいていたのはクリスだった。

「こいつを調べるんだ」ジョーはいった。「こいつが持っているはずだ」

トンプソンの大きな手がクリスのシャツの胸元に飛び込み、そして出てきた手には札束がつかまれていた。

「くそ、この小賢《こざか》しいやつめ!」クリスはノヴェンバー・ジョーをののしった。


その後の数時間はあわただしく過ぎ去り、結局、わたしがジョーの家に再び戻り、彼が説明すると約束してくれていた今回のいきさつを聞くことができたのは、翌日の午後のことだった。

「トンプソンの話を聞いたときに」ジョーは話し始めた。「ぼくはあやしいと思い始めたんです。憶えていらっしゃいますか。彼らが見つけた強盗の足跡は鮮明についていました。大きさも、継ぎが当たっていることも、そして正確な鋲の数までもわかるほどでした。強盗が間抜けでそんなブーツをはいて歩き回ったようにも見えますが、にせの足跡がわざとつけられた可能性もありました」

「なるほど」わたしはいった。

「ぼくが足跡を実際に見たとき、にせものだという考えは的はずれではないとすぐにわかりました。犯人は、その足跡を見つけてもらいたかったんです。彼はわざと、柔らかい地面を一回以上、踏みしめて歩いていましたから」

「そして、犯人はやはり体重のある男ではなかった」わたしは口を挟んだ。「きみはどうして――」

「犯人が体重の軽い男だとどうしてわかったかということですね？　ぼくがあなたに見せた石を憶えていますか？　犯人はそれを荷物か何かに入れて持ち運び、重みをかけて足跡をつけたんです。ぼくは最初から、六人のうちの誰かが犯人だとにらんでいました」

「それはどうして？」

「それは、こう考えたからですよ。実はダン・マイケルズの一件から、犯人はC野営地の者だと疑っていました。去年起こった五件の強盗事件を考えてみてください。どれもC野営地から十マイル以内の地域で起こっています。このことは、犯人は誰であれ、野営地から遠く離れた地域では活動できない者だということを示しています。そして、睡眠薬混入の件が、決め手となりました。やかんには何も入っていなかったのを憶えていますね？」

わたしが何かいおうとすると、ジョーは手を上げた。

「いえ、トンプソンが水をくまなかったことはわかっています。でも彼はやかんを洗ってはいなかったはずです。ぼくら森の男は、お茶の葉は、次にお茶をわかすときまでやかんに残しておくのが普通です。だから、誰かがやかんを洗っていたというのは、変だと思いました。そもそも、強盗が外部の者だったら、そんなことは絶対にしないでしょう。やかんがあやしいと疑われる前に、逃げられるからです。つまり、きれいに洗ってあったやかんというのは、犯人があの六人のなかにいることをはっきり示しているわけです」

「さて」ジョーは続けた。「やかんからある程度のことがわかりましたが、岩にひっかき傷を見つけたことで、今回の件がすべて明らかになりました――クリスはお茶に睡眠薬を入れ、みんなが眠りこけてしまうとすぐに全員の金を奪ったんです。そして、やかんと、あの大きなブーツ、それに石を入れて持ち運びするためのものを持って、小川へ下りていきました。それから、川を歩いてあの平たい岩のところまで行くと、やかんを洗い、石を自分の荷物に詰め、ボスの大きなブーツを履いたのです。あとは、ただ小屋まで歩いていってまた戻り、にせの足跡をつけたというわけです。その後、足跡を残さないように岩のところまでまた歩いて渡ると、自分のモカシンに履き替え、小屋に戻って寝たんです」

「でも、岩についていたひっかき傷は？　あれはどうしてついたのだろう？」

「ブーツの鋲ですよ。クリスが足を持ち上げてブーツのひもを締めたときに、岩の上で鋲が少し滑ったんです」

「ノヴェンバー、では時間の件は？　きみは強盗が起きた時間は午前二時から三時の間だといっていたが、それはどうしてわかったんだい？」

「それは樺の木立からです。犯人は光が当たるほうを向いてブーツを履いたと考えられます。月が樺の木立の上にのぼってくるのは午前二時ごろです。それまでは岩の上は真っ暗です」

「では荷物に入れた石というのは？」

「かかとの跡が非常に鮮明についていました。あなたは犯人はかかとに重心をかけて歩いているとおっしゃいましたね？」

「そうだ」

「それで気づいたんです。背中に重りをつけて歩くとそうなることを。だから、川床からかき集められていた石を見つけたとき、強盗は体重が軽い男だということが、はっきりわかりました。そうすると、犯人は二人の男のどちらかということになります。身体がそれほど大きくないのはクリスとビル・メイヴァースです。どちらも小柄です。こうして犯人はその二人に絞られたわけです。次に、どちらの男にせよ、犯人は金を盗んだあと、それをどうしたでしょうか？」

「自分で持っていたか、どこかに隠したかだ」わたしは、ジョーが期待しているだろう答えをいった。

「この点については、犯人はきっと隠したにちがいないとぼくは考えました。なぜなら、金が盗まれたことで、仲間うちで何かいい争いや喧嘩といった面倒なことが起こって探り合いが始まった場合、そのうちの一人から札束が出てこようものなら、すぐに捕まってしまうからです。それでは次に、犯人はそれをどこに隠したのでしょうか？　考えられるのは岩、川岸、そして小屋でしょう。でも隠すものは札束です。乾いた場所でなければなりません。そこで隠したのは小屋だとぼくはにらんだのです。この推理は当たっていましたね、ミスター・クォリッチ」

「わたしには考えもつかなかったな」わたしは苦笑いした。

ジョーはうなずいた。「そしてぼくたちがC野営地へ行くと、そこでは田舎者たちがボスを責め立てていました。クリスがブーツを掘っ立て小屋に戻し、棚に睡眠薬の瓶を置いといたのです。長年の恨みが彼をそうさせてしまったんでしょう。でも、その時点では、二人の小柄な男のどちらが犯人か、まだわかっていませんでした。そこでぼくは、きこりが小屋を取り壊しにいくという話をでっち上げ、わなを仕掛けたのです。するとそこに、クリスがまんまとかかってきました。彼は小屋が取り壊されて札束が見つかってしまうことを恐れたのです。C野営地で最も怠け者の彼が追い詰められ、警察を呼びにいくといい出したのです。彼が行くといった瞬間、彼が犯人だとわかりました」

「ダンから金を奪ったのもクリスだと考えているのかい?」

「そうです。クリスから取り戻した金には、説明のつかない百二十七ドルがありました。この百二十七ドルはちょうど、ミスター・クローズがダンに支払った金額だったんですよ」

第五章　黒狐の毛皮

このあと、わたしとノヴェンバー・ジョーとのかかわりは継続したものではなく、途切れ途切れとなっていった。というのも、これまで書き記してきた一連の出来事があったのち、わたしはケベックに戻り再び仕事に専念することになったからだ。ジョーからは時折連絡があったが、彼からもらう手紙は伐採キャンプで書かれたものらしく、たいていはすすで汚れ、薪の煙にいぶされたにおいがついていた。わたしが翌年にもう一度ジョーをたずねるきっかけとなったのが、彼から来た次の手紙だった。

ミスター・クォリッチ

先週、ウィドニイ池に行ったところ、見事な雄の赤鹿を見つけました。この鹿は、あなたが去年の秋にしとめた鹿に代わって、メイン州のうっそうと茂る森から出てきたみたいです。この大鹿は、角に障害か何かがあるようで、角が頭から太く短く出ていて、全体的に成長しきれていません。この角は、ケベックのあなたのお宅の階段の上に飾るのにうってつけだと思います。ですから、こちらにいらしてしとめてみませんか。ぼくは金曜日の午前中にミセス・ハーディングのところに行きますから、そこに来ていただければお目にかかれます。この辺りに住み着いているへら鹿は三頭だけで、そのうち二頭は雌で、もう一頭は取るに足らない雄です。

ノヴェンバー

この手紙を受け取り、わたしはミセス・ハーディングのところに向かったが、行く途中に乗り合わせた馬車でちょっとした事故があり、遅れてしまった。着いてみると、ジョーは近くの農場に用事で出かけてしまったあとだったが、彼は、もしわたしが来たならば、彼の小屋に先に向かっていてくれれば自分はあとから追いつくという伝言を残してくれていた。

わたしはその日の午後のおおかたを費やして歩いていったが、森の中で近道をしようとしたときに道に迷ってしまった。すると、運良く背後からジョーの呼びかける声が聞こえてきた。

「途中であなたの足跡に出くわしましたよ」彼はいった。「だから、急いでたどってきました」

「ハーディングの家に一度戻ったのかい？」

「いいえ、シモンズの家から直接やってきました。それでもあなたの足跡だとすぐにわかりましたよ。あなたがいらっしゃることをたとえ知らなかったとしても、この地方にうとい都会育ちの人間の足跡であることは一目瞭然です」

「どうして？」

「十字路に来るたびに立ち止まって、方位磁石をご覧になっていたからですよ」

「どうしてそんなことがわかるんだい？」わたしはもう一度訊いた。たしかにわたしは何度か磁石を見たが、ジョーがなぜそれを知っているのかわたしには理解できなかった。

「磁石をまずスミス開拓地の丸太の上に置いて、そのあと、旧伐採キャンプの唐檜の切り株の上に置いていらっしゃいました。そのたびに行く方向が変わっていましたよ」

わたしは笑った。「わたしについてほかに何かわかっていることは？」

「銃を携帯していて、都会からやって来たばかりだということです」

わたしの笑いに答えて、ジョーは続けた。

「なぜなら鹿と二度遭遇し、道からはずれて行っていました。足跡からわかりましたよ。それから、雨が少し降ったとき、松の木の下に入っています。森でずっと暮らしている者は、あの程度では雨宿りなどしません。ところが都会育ちだと、きれいな雨水がちょっと降ってきただけでもものすごく嫌がりますからね」

「そのほかには？」

「パイプに火をつけるために、マッチを五本使っています。それをすり切れたマッチ箱ですっていました。マッチ棒の頭がとれていたのを見つけましたよ。新しいマッチ箱だとそんなことにはなりませんからね」

「なあ、ジョー。わたしがもし罪を犯したら、君にだけは追跡してもらいたくないよ」

ジョーはすごくうれしそうな笑みを浮かべた。「そのときは、もちろん捕まえてみせますよ」

ジョーの小屋に着いたのは、かなり夜更けのことだった。入り口のドアを開けようとしたとき、彼はその下に何か白いものが差し込まれているのに気づき、身をかがめた。

「手紙だ」彼は驚いた声を上げ、それをわたしに手渡した。「ミスター・クォリッチ、何て書いてありますか」

わたしは声に出して読んだ。


ジョー、わたしはいま困っています。誰かがわたしのわなを盗んでいるんです。戻られたらすぐに来てくれませんか。早くお帰りになることを祈って。

S・ローン

「何て野郎だ」ジョーは大声を上げた。

彼がこんなに感情的になったところをわたしは見たことがなかった。ジョーは狩りで三日間家を空けたあと、いま戻ってこの伝言を見つけたのだ。

「まったく何て野郎だ――」彼は繰り返した。「彼女のわなを盗むなんて」

「彼女？　女性なのか？」

「S・ローンというのは、サリー・ローンですよ。彼女のことはご存じではありませんか？」

「いいや、誰なんだい？」

「ではお話ししましょう」ジョーはいった。「サリーはとても気丈な女性です――彼女は夫と死別しています。四年前のクリスマスにローンと結婚したのですが、その翌年の秋に、ローンはレッドスター伐採キャンプで背骨を折ってしまったんです。倒れてきた木の下敷きになりすぐに逃げ出せなかったのです。それで夫は死んでしまいましたが、サリーに残されたお金は、息子を出産する費用しかありませんでした。手短にお話しすると、彼女の持ち金が尽きることを知ると、たくさんの男たちが死んだローンのあと釜になろうとねらってきたのです。このあたりの人たちはサリーが誰を選ぶのか興味津々だったのですが、結局サリーは誰も選ばず、自分でわな猟ができるかどうかやってみようと決めたのです」

「一人で?」

「そうです。ローンがわな場で働いていたので、サリーはそれで自分と息子の生活費を稼ごうと決心したんです。女性も男と同じように、わな猟師で成功できるといわれていますから。彼女はその仕事を始めて三年近くになりますが、とても順調ですよ。彼女と子どもは、ここから北西の方向に四時間ほど歩いていったところで暮らしていますが、その五マイル四方には家が一軒もないんです。それから、彼女にはルビーという妹がいて、一緒に暮らしています。サリーは長い時間外に出なければならないので、ルビーがその間、子どもの面倒をみているわけです」

「女性にとっては寂しい生活だな」

「そうですね」ジョーは同意した。「そのうえ、いまどこかの馬鹿がわなを盗み、彼女を脅かしている。まったくとんでもない野郎だ。ところで、その手紙はいつ書かれていますか?」

私は手紙をもう一度見てみた。「日付はないな」

「手紙を持ってきた者の名前はありませんか?」

「書いていない」

ジョーは立ち上がり、ランタンに火をつけると、何もいわずに暗闇に出ていった。そして、五分後に戻ってきた。

「サリーが自分で持ってきたようです」彼はいった。「小さな足で――駆けてきて――子どもの待つ家へ小走りで戻っていますから。木曜日の朝に雨が降りましたから、サリーがここに来たのはその前の水曜日です。ぼくが出かけてまもなくのことでしょう……ぼくは何か口に入れたらすぐに行きます。一緒にいらっしゃいますか？」

「うん、行くよ」

それからまもなく、森の中を急いで進んでいくジョーのあとをわたしはいつものように懸命に追っていった。途中でわたしのモカシンのひもがほどけてしまい、それを結び直すためにジョーが一息つかせてくれたとき、わたしはほっとしたほどだった。

「トム・キャロル、フィル・ゴート、それにインジン・シルベスターです」ジョーは不意に口を開いた。「この三人がサリーの家から最も近いところに住んでいるんですよ。それからヴァル・ブラックもいます。ヴァルは悪いやつではありませんが、でも――」

「でも？」わたしは上の空で訊いた。

「これまでのところ、ヴァルとトム・キャロルが一番熱心に、サリーの気を引こうとしているんです」

「それが何の関係があるんだい――」

「さあ行きましょう」ジョーは素っ気なくいうと、先を急いだ。

このあとの行程は、これまで何度もジョーのあとを追いかけたときと同じだった。夜が更け、木がうっそうと茂る山の急斜面の下のほうを迂回していることにわたしが気づいたちょうどそのとき、木立の向こうからかすかな明かりが漏れてきた。まもなくわれわれは、空き地にぽつんとたっている小さな家にたどり着いた。家は木々に取り囲まれ、夜風が頭上の落葉した小枝のなかをひゅうひゅうと吹き抜けている。

ジョーはドアをノックしながら呼びかけた。

「ぼくだ。サリー、いるかい?」

ドアがほんの少し開いた。「あなたなの、ジョー?」

ジョーはドアのすき間に自分の右手を突っ込んだ。手の甲には深い傷跡が横切るようについている。「この傷を憶えているだろう、サリー。きみが手当てしてくれたじゃないか」

「さあ入って。入ってちょうだい」

わたしはジョーのあとについて家に入ると、振り返ってサリーを見た。わたしは心のなかで、競争社会で生き残っていく力を十分備えた大柄な若い女を思い描いていたのだが、目の前にいるのはほっそりとした女性だった。やさしそうな赤褐色の目は、同じ色の豊かな髪と調和し、小づくりの顔は日焼けしているものの青ざめ、眉の上には乳白色の皮膚が一筋見えている。実際、すこぶるきれいな女性で、思ってもみない美貌の持ち主だった。わたしもたちまち彼女の美しさに魅せられていた。サリーが自分の美しさを自覚していないことが、なおさら彼女の魅力を引き立てていた。

「なかなか来られなかったのね、ジョー」彼女はふと笑みを浮かべた。「ずっと留守にしていたの？」

「ああ。うちに帰ってからすぐにここに駆けつけてきたんだ」そういって、彼は部屋を見回した。「きみのダニーはどこだい？」

「そこのベッドよ。ちょうど寝かしつけたところなの」彼女は部屋の隅にかかっている鹿皮のカーテンを指さした。

「どうして？　ダニーは誰かを怖がっているのかい？」

サリーは不思議そうな顔で、ジョーを見た。「そうじゃないわ。でもあたしたちの話が聞こえたら、怖がるかもしれないわね。だって、盗んだ男は六時間もたたない前にこの部屋にいて、ダニーはその男を見ているの」

ジョーは眉を上げた。「え！　そいつはひどい」彼はいった。「ダニーはもうすぐ三歳になるから、その男が誰かわかっているんじゃないかい？」

「それがだめなの。日が暮れていたし、男は顔を隠していたんですって。ダニーは、すごくいい人だったといってたわ。男は戸棚にあった砂糖をダニーにあげたそうよ」

「そいつの手は……どんな手をしていたんだ？……砂糖をくれたんだろう？」

「あたしもそう考えたのだけど、ダニーは、男はミトンをはめていたというの」

ジョーは椅子をテーブルに引き寄せた。「ぼくらに最初からすべて話してくれないか……わなを盗まれたこと、そして今夜あったことを」

それから数分後、わたしたちはお茶を飲みながら、サリーの話を聞いていた。

「もう三週間以上前のことだけど、わなを誰かにいじられていることに気づいたの。それがものすごく巧妙なやり方なの。なぜわかったかというと、あたしは自分独自の方法で餌づけしているからよ。だから、泥棒が賢い猟師でいろんなことを知っていても、あたしのやり方には気づいていないわ。泥棒は、まったくいじっていないかのように再びわなを仕掛け、餌づけしていくこともあれば、かかった動物が自分で抜け出していったように見せかけていることもあるの。最初はとても信じられなかった。この辺りには、あたしとダニーを飢え死にさせようとしている人などいないと思っていたから。でもそのあとも何度も起こったの」

「そいつの足跡が残っていたはずだ」ジョーはいった。

「少しはね。でもたいていは、雪が降っているときに盗んでいるわ。犯人は悪賢いのよ」

「きみ以外に足跡を見たやつは?」

「シルベスターが見ているわ」

「それはどうして?」ジョーは突然興味を示した。

「ある晩、あたしが泥棒の足跡を追っていたときにシルベスターにばったり会ったのよ」

「シルベスター自身が泥棒じゃないのかい」

サリーは首を横に振った。

「彼ではないわ、ジョー。彼はまさかわたしに会うとは思っていなかったし、彼の足跡はまったくちがうもの」

「じゃあ、今夜の件は？　泥棒は今夜ここに来たんだろう？　何しに来たんだい？」ジョーはパイプに煙草をしっかり詰めながら訊いた。

「もっともな理由があるのよ」サリーは苦々しくいった。「先週の木曜日、あなたの家のドアの下に手紙を置いてきた帰り道、あたしは山の向こう側のわな場を回ってきたの。いつもだったらそんな時間には行かないわ。だけど、悪党を捕まえてやろうと思って、このところ見回る時間を変えていたのよ。それで、ローズコーナーに向かっていたら、前方の低木の茂みからかさかさと何かが音を立てているのが聞こえてきたの。そのときは大山猫か犬でもいるのかと思ったわ。でもわなのところに着くと、それは泥棒があわてて逃げていった音だとわかったのよ。だって、わなを無理矢理開けようとした形跡があったから。泥棒はあたしの気配に気づいたとき、きっとわなをねじ開けようとしていたはずよ。でも、泥棒は慎重にやらなくてはいけなかった——手荒にはできなかったのよ」

「上等な毛皮だったというわけか？」

「上等？」サリーは顔を少し紅潮させた。「上等どころか。それにふさわしい言葉が見つからないくらいよ。かかっていたのは黒狐で、死んで横たわっていたの。でも死んだばかりで、まだ温かかったわ。毛皮は最高級の美しさで、絹のようになめらかでつやつやしていた。ノヴェンバー、わかるでしょう。それが今度の冬、あたしとダニーにとってどんな意味をもっているか。冬が来るのがすごく心配なの。ダニーは百日咳でひどく弱っていたから、あたしは毛皮をはぎながら、これでダニーのために何かしてやれると思ったのよ」サリーの声は震え、目には涙をためていた。

「ねえ、ジョー、あたしはつらい――つらいわ」

ジョーは、目の前のテーブルに手を置いてすわっていたが、こぶしを握りしめ、指の関節が白くなっているのがわたしにはわかった。

「最後まで話してくれ」彼は素っ気なくいった。それは、男が不憫《ふびん》な思いでいっぱいになったときのいらだちからくるものだった。

「毛皮はどこに持っていっても、八百ドルの値がつくものだったから、あたしは歌を口ずさみながら家に戻ってきたわ。帰ってからすぐに毛皮を簡単に下処理したのだけど、ちょっと怖くなって、そこの古い雑誌の裏にある食器棚に隠したの。しまい込んだけど、鍵は最初からついていないのよ。この地域ではわざわざ鍵をかける人などいないわ。あたしはうれしくて、そのあと一度か二度その毛皮を見たんだけど、最後に目にしたのは今朝出かける前のことだった。あたしは本当に誇らしかったの。その毛皮を手に入れたことは、ルビーしか知らなかったわ。あたしはルビーをここに残して出ていったんだけど、昨日の朝、ミセス・スキャッツに七人目の子どもが生まれたので、ルビーはダニーを寝かしつけると、少しの間、手伝うために駆けつけていったの。そして、あたしが北のわな場に行く日なので帰りが遅くなることも知っていた。泥棒はとても賢く計画を練っていたのよ……」

彼女はそこで一息つき、ジョーにもう一杯お茶をついだ。

「ルビーはいまどこにいるんだ?」彼は訊いた。

「今夜は向こうに泊まっているわ。使いがあたしのところに伝えにきたから」サリーは答えた。「続きを話すと、ディアホーン池のそばにあるあたしのわなの一つに大山猫がかかっていたので、帰るのがものすごく遅くなってしまったの。家に帰ると、ダニーがすぐに、男が来ていたことを教えてくれたの。あたしはすぐに食器棚のところに飛んでいって、中を確かめたわ。すると案の定、黒狐の毛皮がなくなっていたの」

「ダニーはその男のことをどういっていたんだ?」

「大きな帽子をかぶって、襟巻きをつけていたんですって。男はひと言もしゃべらなかったそうよ。それに、さっきもいったけどダニーに砂糖を与えたのよ。泥棒は以前、ここに来たことがあるにちがいないわ。だって、うちをくまなくあさって、あたしが今シーズンに手に入れた毛皮を一つ残らず持ち去っているんだもの」

ジョーは顔を上げた。「毛皮には印をつけていたかい?」

「ええ、何枚かの毛皮にあたしの印がついているわ——針で七か所、穴を開けてあるの」

「泥棒が何か手掛かりを残していないか、家を調べてみたかい?」

「ええ、もちろん」サリーは自分のポケットに手を入れた。

「何があったんだ?」

「これだけが見つかったの」彼女は手を開いてライフルの弾薬を見せた。

ジョーをそれを調べた。「高級なイギリス製猟銃用のソフトノーズの弾丸だ。これはどこで見つけたんだ?」

「テーブルのそばの床に落ちていたの」

「え！」ジョーは声を上げると、ランプを取り上げ、部屋の隅から隅まで注意を払いながら念入りに調べた。

「最近ここで、ぼく以外に煙草を吸った者はいるかい？」

「誰もいないわ」サリーは答えた。

彼は何もいわずにさらに調べ続けた。それからようやく、ランプを置いて再び椅子にすわると、指に少しついていた何かのかけらを払い落とした。

「どうかしたの？」サリーは訊いた。

「泥棒は冷静なやつだ」ジョーはいった。「毛皮を盗んだあと、立ち止まってパイプに煙草を詰めている。そのときに弾薬を落としたんだ。たぶん、パイプを取り出すときにポケットから一緒に出てしまったんだろう。いまわかっているのは、やつは〈ゴールドナゲット〉を吸っているということと」――彼はかけらを指さした――「小口径のイギリス製ライフルを持っているということだ……そういえば、あのおいぼれの雌犬はどこにいるんだ？」

「リッパのこと？　さあ、知らないわ。ミセス・スキャットのところに行ったのかしら。それだったらルビーが連れて帰ると思うわ。ルビーは一人で森を通るのを怖がっているから。でも、リッパがダニーを置いて出ていくことはこれまで一度もなかったのに」

ジョーはお茶を飲み干した。「家の中ではそれほど発見はないな」彼はいった。「太陽がのぼったらすぐに、外で何か見つかるか運試しをしてみるよ。それまで、ひと眠りしたほうがいいだろう」
サリーはストーブのそばに毛皮で間に合わせの寝床をつくってくれると、鹿皮のカーテンの向こうに姿を消した。わたしは眠りにつくまでの間、ここ数時間のうちに明らかになった興味をそそられる状況を思い返していた。ここに、自然界から何とか生計を得ようと必死で頑張っているけなげで勇敢な女性がいる。彼女は雪が降る薄暗い中で、朝早くから夜遅くまで身を粉《こ》にして働いている。すると、彼女の人生の地平線の向こうから卑劣な泥棒があらわれ、彼女の努力をくじこうと機をねらい待ちかまえているのだ。

翌朝、わたしが目を覚ますと、驚いたことにこの森の小さなドラマに新しい人物が登場していた。猟区管理官の制服に身を包み黒いあごひげをはやした男が、ストーブの向こう側にすわっていたのだ。彼は実直そうな顔つきをした中年に近い男だったが、その表情にはどこか頑固さが感じられた。朝食の準備をしていたサリーはあわてて彼を紹介してくれた。

「ミスター・クォリッチ、こちらはエバンズ猟区管理官よ」彼女はいった。「彼はゆうべ、スキャットさんのところにいらしたんですって。そこで、あたしがわなで手に入れた毛皮を盗まれたことを聞いて、何か手伝えることはないか来てくださったの」

お決まりの挨拶をかわしたあと、エバンズは上機嫌でいった。

「ノヴェンバーは、外で泥棒の足跡を追っているよ。黒狐の毛皮の件は彼と話したが、彼のやっていることはまったく時間の無駄だ」

「それはどうして?」わたしはむっとして訊いた。時間の無駄というのは、わたしの相棒に最も当てはまらない言葉だ。

「泥棒が誰なのか、おれは彼に教えてやることができるからだよ」

「きみは知っているのかい！」わたしは大声を上げた。

エバンズはうなずいた。「いつだって見つけ出せるさ」

「どうやって？」

「見たいかい？」彼は立ち上がり、ドアのところに行った。

わたしはあとをついていった。気持ちよく晴れ渡った朝で、前日に降った雪はまだ溶けていなかった。われわれは外に出たが、戸口から離れようとしたときエバンズがわたしの肩をさわった。

「ジョーはこれを見逃している」彼はそういって、指さした。

彼の指し示すほうを向くと、毛皮を日干しする目的で家のドアに打ち込んだ思われる釘の一本に、明るい色の糸くずが引っかかっていた。近寄ってみると、それはピンクとグレーの梳毛糸《そもうし》を一緒にねじったより糸だった。

「これをどう思うかい？」エバンズは片目でしっかり目配せしながら訊いてきた。

わたしが答える前に、空き地の端にある低木の茂みのあたりからジョーが姿をあらわした。

「おやおや」猟区管理官は声をかけた。「収穫はあったかい？」

ジョーがこちらに歩いてくるなか、わたしは彼の信奉者として、色よい返事を心待ちにしていた。しかし、「それほどではありません」と彼は答えた。

「あれをどう思うかい？」エバンズは、風になびく梳毛糸を指さしながらさらにたずねた。勝ち誇る気持ちを抑えているような目つきでジョーを一瞥した。

「へえ！」ジョーはいった。「あなたはどう思うんですか？」

「ずいぶんはっきりした証拠じゃないか？　泥棒は出ていくときに、あの釘に襟巻きを引っかけたんだよ。おれたちは犯人に近づきつつある。イギリス製のライフル、パイプに詰めていた〈ゴールドナゲット〉、そしてピンクとグレーの襟巻きだ。この三つを持っているやつを見つけりゃいいんだ。簡単なことさ。猟区管理官はきみと同じくらい目が利くんだよ、ノヴェンバー」

「そうでしょうね」ドアを調べながらジョーは丁寧な口調ながらも上の空で答えていた。「ここで見つけたんですか？」

「そうだ」

「へえ！」ジョーはまた声を上げた。

「泥棒の足取りから何かわかったことは？」エバンズはたずねた。

ジョーは彼を見た。「やつはリッパを撃っています」

「あの老犬を？　犯人に飛びかかって、撃たれたんだろう」

「ええ、やつは撃ったんですよ――最初に」

「最初に？　そのあとは？」

「やつは自分のナイフでリッパをほぼバラバラに切り刻んでいます」

それだけいうとジョーは森へ引き返していったので、われわれは彼のあとをついていった。すると、家からおよそ半マイル行ったところで、低い沼地に隠れるようにして犬の死骸がころがっていた。撃ち殺されているのは明らかだった――だがそれだけではなく、死骸は無惨にもめった切りにされている。

「ミスター・エバンズ、これをどう思われますか？」ジョーはたずねた。

「どう思うかって？　これだけはいえるだろうな。おれたちが泥棒を見つけたら、やつにはリツパの歯形がついているとね。嚙みつかれてやつは激怒したんだよ、それで――」エバンズはこまでいうと手を振った。

われわれは、朝食をとるためにサリーの家に戻った。わたしたちが食べていると、エバンズは、外の釘から取りはずしたより糸のくずを無造作に持ってきた。

「ミセス・ローン、こんな色の襟巻きをつけている者を見たことはないかな？」エバンズは訊いた。

若い女性はその毛糸のくずをちらりと見やるとすぐにダニーのほうに身をかがめ、食べ物を与えた。彼女が顔を上げたとき、ひどく青ざめていることにわたしは気がついた。

「そんな色の襟巻きなら、このあたりで何度か見かけているわ」彼女はそう答え、無関心を装った眼差しでもう一度見た。

「でもあまり見かけない種類の毛糸だ」エバンズはいった。「ともかく、おれがこれをどこで手に入れたかは、きみたちみんなが証人になってくれよ。おれはもう行くからな」

「どこに行くんだ？」わたしはたずねた。

「そのピンクの襟巻きをつけた男をさがしにいくのさ」

エバンズは会釈をすると勢いよくドアから出ていった。

ジョーはサリーのほうを見た。「そいつは誰なんだ、サリー?」

サリーはきれいな額にしわを寄せた。「誰って?」

「ピンクとグレーの襟巻きを持っているやつだよ」ジョーはやさしくいった。

すると彼女の赤褐色の目が急に涙でいっぱいになった。

「ヴァル・ブラックがそんな襟巻きを持っているわ。それは昔、あたしが彼のために編んであげたものよ」

「それに彼はたしか、イギリス製のライフルを持っているね」ジョーはいった。

サリーは話し始めた。「ええ、持っているわ。でもあたしはいまのいままで、そんなことはすっかり忘れていたのよ」彼女は憤《いきどお》りながら振り返り、ジョーの灰色の目をじっと見た。「それから彼は〈ゴールドナゲット〉も吸っている。ええ、そうよ。あたしは知っている。でも、犯人はヴァルじゃないわ」最後の言葉は、訴えているというよりも、確信しているという響きがあった。

「ドアの釘により糸のくずがついているのはおかしいな」ジョーは裁決を下すようにいった。

彼女は一瞬顔を赤らめた。「おかしくないわ。彼はこのところ何度か、あたしに――いえ、あたしたちに会いに来ているの。そのとき釘に襟巻きが引っかかったのよ」彼女はいい返した。

「そうかもしれない」ジョーは合点がいかない口調でいった。

「絶対にヴァルじゃないわ!」サリーはもう一度きっぱりといった。

戸口に立って見送ってくれる彼女を残し、わたしたちは立ち去った。彼女からわれわれの姿が見えなくなり、声も届かないところまでくると、わたしはジョーのほうを向いた。

「ヴァル・ブラックに対する証拠はかなり有力に見えるが、きみの考えはどうなんだ?」

「まだ何ともいえません。ぼくたちはエバンズに合流したほうがいいでしょう。彼は泥棒のあとを追っているはずですから」

わたしたちはそのまま森に入り、犬の死骸があった場所に向かった。歩きながら、わたしはもう一度、ジョーがどう考えているか探ってみることにした。

「だけど動機は何だろう? サリー・ローンとヴァル・ブラックの仲はうまくいっているんだろう?」わたしはたずねた。

ジョーはそうだと認め、こうつけ加えた。「ヴァルはずっと昔、彼女との結婚を望んでいました。ジョー・ローンがこの地域にやってくる前のことですよ。ところがローンはにこやかで愛嬌がある男だったので、彼女は彼と結婚したんです」

「でも、ヴァルは彼女から盗んだりしないだろう。とくにいまは、彼に再びチャンスが訪れているわけだし」

「そう思いますか?」ジョーはいった。「わかりませんが」少し間をおいてからジョーは続けた。「そのことについてはエバンズはたぶんこう考えると思います。ヴァルは、彼女にはあまり自立してほしくないと思っているのだとね。なぜなら彼女はわな猟師としてこれまで順調にやってきているので、ヴァルが彼女を脅して自分と結婚させようとしたと考えても不思議ではないからです。エバンズがヴァルを訴えても、動機がないという理由で失敗することはありませんよ」

「もう一つ聞きたいんだが、ジョー。きみは本当にヴァル・ブラックが犯人だと思っているのかい?」

ノヴェンバー・ジョーは見上げると、一瞬にっこり笑った。「彼が犯人でなければ、エバンズはショックを受けるでしょうね」と彼はいった。

それからすぐにわたしたちは泥棒の足跡に出くわしたが、そこにもう一人の足跡があったことからエバンズが先で追跡していることが見て取れた。

「これが泥棒の足跡ですよ」ジョーはいった。「ほら、彼はモカシンに鹿皮の覆いをつけています。それからこれがエバンズの足跡です。彼は急いで追っている。エバンズは——いい気分で、自分が追っているのは犯人だと確信しているんですよ」

ジョーは二度ほどかすかな痕跡を指し示したが、それが何なのかわたしにはまったくわからなかった。

「ここが、泥棒が立ち止まってパイプに火をつけた場所です。あの根の間に銃の床尾《しょうび》を置いた跡が見えます——雪が薄くなっていますから。犯人はきっと、マッチを持っていたはずです」彼は少ししてそういうと、風を背にして手をかすかに動かした。

「何をしているんだい?」わたしはたずねた。

「あとの手間をはぶくためですよ」彼は直角に向きを変えると木立の中をくまなくさがし始めた。

「ほら、ここにありました。枝に引っかかっています……やつの使ったシードッグのマッチですよ」そういって、わたしの注意を引くと続けた。「間抜けなやつでなければ、パイプに火をつけるときには顔を風上に向けるはずです。そして、右利きの者なら、ぼくがさがしていた辺りにマッチを投げるでしょう」

　その日の午後もかなり過ぎたころ、広くて浅い小川の土手までたどっていったところで、足跡は川の中へ入り、そこで途絶えてしまった。わたしたちはそこでエバンズに追いついた。彼は、土手の近くにあるたき火の燃えかすのそばに立っていた。

　わたしたちがあらわれるとエバンズはこちらを見上げた。「来たのか、ジョー？　やつは川に入ってしまったようだ」猟区管理官はいった。「でも、おれをまこうたってそうはいかない」

「これも犯人がやったんでしょうか？」ジョーはたき火の跡を一瞥してたずねた。

　エバンズはうなずいた。「犯人はここまでまっすぐ歩いてきている。わからないのは、何で火をおこしたかだ。食べ物は持っていただろうに」

「いえ、山鶉を焼いたんですよ」ジョーはいった。

　わたしがエバンズのほうを見やると、彼は顔を曇らせていた。明らかに気分を害しているようだ。

「ああ、山鶉を撃ったのかな？」

「いいえ」ジョーはいった。「このうしろの唐檜の森で輪縄を使って捕まえたんです。輪縄の跡がはっきり残っているし、羽も落ちている。だけどここを見てください、エバンズ。やつはピンクの襟巻きなどつけていませんよ」

エバンズの不機嫌な表情が急に消えた。「そいつはおかしい！」彼はいった。「羽一本や輪縄のこすった跡以上のものを残しているんだ」猟区管理官は手帳を取り出し、ページの間に挟んであったピンクとグレーの毛糸でできた別のより糸を見せてくれた。「犯人が枯れた唐檜の森を通り抜けるときに落としたものだ。これはどうなんだ？」

わたしはジョーを見た。驚いたことに、彼は頭をのけぞらせ、めずらしく笑い声を上げた。

「どうしたんだ」エバンズは大声でいった。「これでも犯人はピンクの襟巻きをつけていなかったというのか？」

「そうです」ジョーはそういうと、燃えかすを調べ始めた。

エバンズは一瞬彼をにらむと、視線をわたしに移して目配せした。そしてまもなく、今夜までに〝ピンクの襟巻き男〟を捕まえてやると捨てぜりふを残して、立ち去っていった。ジョーは彼が行ってしまったあと十分間ほど黙ってすわっていたが、そのあと立ち上がり、南東に向かって歩き始めた。

「エバンズはラベット村で、ピンクの襟巻きはヴァル・ブラックのものだと聞くでしょう。そして十中八九、ヴァルのうちにまっすぐ向かうはずです。ぼくたちは彼より前にヴァルのところに行かなくてはなりません」

わたしたちはヴァルのうちへと向かった。ジョーが女性のために行動するのを見たのはこれが初めてだった。わたしは当初、彼自身がサリー・ローンに好意を寄せているものと思っていた。たしかに好意は持っていたが、それはわたしが思っていたような感情ではなかった。つまり、いわゆる恋愛感情ではなく、森の男たちの気質の根底にときどき見られる純粋な騎士道精神から、彼女を助けたいと思う気持ちだった。今回はちがったが、ぞっこん惚れ込んだときのジョーについてはいずれお話しする機会があるかもしれない。

ヴァル・ブラックのうちに着いたのはまだ日暮れ前だった。その当時、彼は旧世代のきこりたちが昔使っていた廃屋に住んでいた。

ヴァル・ブラックはまだ帰っていなかったが、ジョーは小屋に入り、中をくまなく調べた。わたしは何をさがしているか彼に訊いてみた。

「サリーの毛皮ですよ」

「じゃあ、きみはやはりヴァルが……」

「まだ何も考えていませんよ。さあ、ちょうど本人が帰ってきたみたいです」

彼がドアのほうを向くと、ヴァル・ブラックが勢いよく道を上がってきた。彼は中背のがっしりとした体格で目つきは鋭く、黒い髪は短く刈り込んであるが縮れていることがわかる。彼はジョーを温かく迎えた。ジョーは、普段よりもかなりゆっくりとした口調で話し始めた。

「ヴァル」言葉を少し交わしたあと、ジョーはいった。「きみは、サリーが編んでくれた例のピンクがかった襟巻きをまだ持っているかい？」

「なんでそんなことを訊くんだ？」

「知る必要があるんだ、ヴァル」

「ああ、持っている」

「どこにあるんだ?」

「ここだ」ヴァルはポケットから襟巻きを取り出した。

「そうか!」ジョーはいった。

二人の間に、沈黙が——かなり張りつめた沈黙が流れた。

そして、ジョーは続けた。「きみはゆうべどこにいたんだ?」

ヴァルはジョーのほうをじっと見た。ジョーは見返した。

「人にそんなことを訊いてくる理由はあるのか?」

「ああ」

「きみに答えないといけない理由はあるんだな?」

「そうだ」

「そうか、ノヴェンバー・ジョー。きみは何か厄介ごとをさがしているのか?」ヴァルは静かながらも不気味な口調でたずねてきた。

「どちらかというと厄介ごとがぼくを追いかけてきているような気がする」ジョーは答えた。

再び沈黙が流れたあと、ヴァルが突然口を開いた。「きみの手札を見せてくれ」

「わかった」ジョーはいった。「きみには、ここ一カ月の間にサリーのわなを盗んでいたという容疑がかけられている。それから、昨夜、サリーの家に忍び込んで、毛皮を盗んだという疑いもかけられている」

ヴァルは側柱に倒れかかった。

「毛皮を盗んだ……サリーの毛皮を?」彼は繰り返した。「おれにかけられている容疑はそれだけか?」

「それだけだ」

「おい、いい加減にしろ」彼はジョーに怒鳴りつけた。

ジョーは、相手が怒りに震える手を握りしめているのを前に、身じろぎもせず立っている。

「何食わぬ顔をしやがって、このくそ野郎が」ヴァルは皮肉っぽくにやりと笑った。「ぼくがきみを疑っているとはひと言もいっていない」ジョーはいった。

ヴァルはひるみ、一瞬あっけに取られた表情を浮かべたが再び怒り始めた。

「だったら誰がおれを疑っているというんだ?」

「エバンズだ。彼は十分な証拠を握っている。きみは昨夜、六時から七時にかけてどこにいたんだ?」

「森にいた。そのあと帰ってここで寝た」

「一人だったのか」

「そうだ」

「だったら、アリバイがないわけだ」ジョーは言葉を切った。

このとき、エバンズが二人の森林警備員を引き連れて乗り込んできた。エバンズは足跡をたどってきたのではなく、この小屋の北側にある木立の茂る一画を通り抜けてやってきていた。彼は間髪入れずにヴァルに散弾銃を向けた。

97　黒狐の毛皮

「手を挙げろ」彼は大声でいった。「さもないと、この鳥撃ち用の弾でお前の頭をぶち抜くぞ」

ヴァルは顔をしかめ、手を挙げた。彼は激怒していたので、そのときもしライフルを持っていたなら、いいなりにはならなかっただろう。それでも彼は、向けられているエバンズの猟銃からとんでもない嫌疑がかかっていることを知り、脅えていた。彼は立ったまま荒い息をしていた。

エバンズの合図で、警備員の一人がにじり寄り、そして手錠をかける音が聞こえた。

「何の容疑がかけられているんだ？」ヴァルは叫んだ。

「強盗の容疑だ」

「この借りはきっと返してやるからな、サイモン・エバンズ！」

「当分は無理だろうな――お前が娑婆《しゃば》に出てくるまではな」猟区管理官はあっさりといい返した。「ビル、こいつをしょっ引いて先に行っといてくれ」

森林警備員が容疑者を連れて立ち去り、エバンズはジョーのほうを振り返った。

「どうやら今度はおれが笑う番だな、ノヴェンバー」彼はいった。

「そのようですね。彼をどこに連れていくんですか？」

「ラベットだよ。ミセス・サリー・ローンには、明日そこに来てくれと伝えてある。ところで」エバンズは続けた。「おれはいまからヴァルの小屋を捜索する」

「何のために？」

「盗まれた毛皮をさがすんだよ」

「捜索令状は持っているんですか？」

「おれは猟区管理官だぞ――そんなものは必要ない」

「令状がなければ捜索はできません」ジョーはそういうと、ドアの前に行った。

「おれを阻止しようというのか」エバンズはひるまずにあごを突き出した。

「そうです」ジョーはごくやんわりといった。

エバンズは彼をにらみつけた。「どういうつもりだ」

「ぼくのいっていることは間違っていません。違法だということは、あなたもご存じでしょう、ミスター・エバンズ」

エバンズはたじろいだ。「お前は何かたくらんでいるのか?」彼は訊いた。

ジョーは否定するように軽く手を振った。

エバンズはきびすを返した。

「勝手にしろ。だが、明日の夜明け前に令状を持って戻ってくるからな。いっとくが、おれは猟区管理官だ。おれを敵に回さないほうが身のためだぞ」

「やれやれ。ミスター・クォリッチ、軽い煙草を持っていませんか? 一服したい気分なんです」

エバンズの姿が見えなくなると、ジョーはすぐに、小屋の近くの低木の茂る場所へとわたしを手招きした。

「ぼくが戻るまでここにいてください。すべてはここにかかっています」彼は小声でいった。

そこで、わたしはその隠れ場所で横になってくつろぎ、その間にジョーはラベットに向かった。

彼の帰りを待っていた数時間というもの、正直いってわたしは状況をどう理解すべきかわからず途方に暮れていた。すべてがヴァルに不利なように思われた。彼のライフルに適合する弾薬、証拠とされている襟巻きのより糸、彼の激怒した様子、それにサリーに対して抱いている彼の明らかな愛情、指摘されている盗みの動機――これらすべてを考え合わせると、結論は一方向にしか見出せない。でもジョーは、調査にとりかかったほぼ最初からヴァルは無実だといい切っている。実のところ、わたしには皆目見当がつかなかった。

夕方になると冷え込み、まばらに降っていた雪がやんできた。そのとき、見張り番に飽きてぼんやりしていたわたしは、肩をたたかれびっくりした。見るとジョーがわたしの傍らでかがんでいる。彼はわたしに気をつけているようにといったが、わたしは彼がどこに行っていたのか訊かずにいられなかった。

「ラベットにある店まで行ってきたんです」彼は小声でいった。「そこで捜索令状のことをしゃべってきました――かなり横暴なやり方だといったら若い者たちはうなずいていましたよ」

こうして、二度目となる徹夜の見張りが始まった。太陽が木の根の向こう側に沈んでいくと、この時間にありがちな少し冷たい風が吹いてきた。それでも、わたしたちは夕闇が急速に迫りくるなかで待ち伏せをし、空に素早く立ちこめてきた雲の合間から少し若い月が一様な光を投げかけてくるころになっても、そこから動かずにいた。

しばらくしてから、ジョーがわたしの肩をたたいて注意を促してきたとき、下のほうの小道で何かが動くのが見えた。そして、月の光が一、二秒差し込むと、人影が近づいてくるのがかいま見えた。背中が盛り上がった人影がそそくさと歩いてきている。注意深く巧妙に前進するというのは、まさにこういう歩き方をいうのだろう。

雲が通り過ぎ、再び月の光が差し込んできたときには、その黒い人影は小屋の前に立っていた。男は口笛を吹いたが、返事がないので掛け金に手をかけた。そのとき、ジョーの吐息が聞こえたかと思うと、彼は男にライフルを向けていた。ジョーは静かな口調でこういった。

「ゲームは終わりだ、シルベスター。こっちを向くな。手を挙げろ」

わたしたちは、じっと立っている男の背後に近づいた。命令され、男は振り向いた。男は骨張った顔で、インディアンのような目がきらりと光っている。彼の凶暴な顔は憎悪でゆがんでいた。

「ミスター・クォリッチ、お願いします」ジョーはそういって促してきた。

わたしは、うぬぼれるわけではないが、実に手際よく犯人を縛り上げた。

「ありがとうございました。それから、こいつが背負っていた包みを調べてください」

わたしは荷物を開けた。すると毛皮が何枚かこぼれ落ちてきた。ジョーはそれを調べた。「全部サリーの印がついている」彼はいった。「それではミスター・クォリッチ、このとんでもない卑劣な泥棒をあなたにご紹介しましょう」

ジョーはかなり速い足取りで、犯人をラベットへ連行していった。ところが一、二マイルほど進んだところで、わたしに先に行ってくれとたのんできた。もしサリーに会ったら自分が行くまで待たせておいてほしいというのだ。そして、彼は小声で「シルベスターのことは一切いわないでおいてください」といい添えた。

わたしがラベット村に着いたのは夜が明けてまもなくのころだった。それでも店には人々がすでに集まっていて、みな口々に今回の事件のことを話していた。エバンズは隣人たちがあれこれいうのに耳を傾けながら、満足げにすわっている。村民たちの評決は、ヴァルにとってまったく不利なものだった。なかにはこのときとばかりに悪意に満ちた批評をする者もいたことから、ヴァルは悪い男ではないが、彼の短気な性格がその人望に影響していることが伺えた。

サリーの消息がわからないので、わたしは彼女の家に向かった。彼女に会うと、彼女の優しそうな顔は一変していた。わたしは彼の伝言をつたえた。

「ノヴェンバーとは一生口をきかないわ」彼女はひどくうらめしそうにいった。

わたしはおそるおそるなだめようとしたが、彼女はわたしの言葉をすぐにさえぎった。

「もうたくさんよ。ノヴェンバーはあたしをだましたのよ。思い知らせてやるわ」

わたしは何もいわずに、彼女と並んで歩いていった。すると、集落が見えてくる直前で、ジョーが一人でやってきた。シルベスターの身柄を警察に引き渡してきたにちがいない。ジョーはサリーからわたしへと視線を移した。彼の目はすべてを理解しているのが見て取れた。

「ぼくらがやつを生け捕りしたよ、サリー。犯人はもう絶対に逃げられない」

サリーは自制心を失い、激怒した。「あなたはなんて抜け目ないの、ノヴェンバー・ジョー」声は怒りに震えている。「足跡をたどって、証拠を見つけ、そしてヴァルを牢獄に放り込むなんて。でも、本当のことをいうと、あたしはあなたをずっとだましていたの。毛皮が盗まれたなんて、全部嘘だったのよ。あなたを笑い者にするためにそういっただけよ。マスクラットがくしゃみして、あなたをあざ笑っているのが聞こえないの?」

「そうだったのかい?」ジョーはやさしくたずねた。

「そうよ。あたしはこれからラベットに行って、みんなに話してくるわ」

ジョーは彼女の前に立ちはだかった。

「きみの好きなようにすればいい、サリー。だけど、これはどう説明するんだ?」彼は持ってきた毛皮の包みをさっと開けた。

サリーの顔色が変わった。「これはどこで見つけたの?」彼女は息をのんだ。

「やつが背負っていたんだ」

彼女は一瞬ためらったのち、うかつにもこう口走った。「それは全部あたしがヴァルにあげたものよ」

「そいつは変だな」ジョーはいった。「インジン・シルベスターが背負っていたんだが」

サリーはあっけに取られてジョーを見つめると、せきをきったように急に笑い出した。「ああ、ジョー。あなたって本当に世界で一番抜け目がなくて、すてきな男性よ」彼女はそういって、彼の首に抱きつき、キスをした。

「きみがそういっていたとヴァル・ブラックに伝えておこう」ジョーは穏やかにいった。

顔を赤らめたサリーは、信じられないほどきれいだった。

このあとはいうまでもなく、ヴァルはすっかり意気消沈したエバンズのもとから解放された。

エバンズはわたしと同様、今回の顚末に途方に暮れていた。どう考えても、最後まで解明の糸口は見つからなかった。

その晩、ジョーはサリー・ローン、ヴァル・ブラック、そしてわたしに今回の事件の説明をしてくれた。わたしはこのときほど彼の話を心待ちにしていたことはなかった。

「リッパの死骸が、最初の糸口でした」ジョーはいった。「死骸を見たとたん、犯人はヴァルではないとわかったんです」

「どうして?」サリーはたずねた。

「死骸がめった切りにされていたのを憶えていますか? そこが問題でした。泥棒はサリーから毛皮を盗んだあと、襟巻きの糸数本とイギリス製の弾薬だけを残していきました。ところが外に出ると、老犬のリッパが襲いかかってきたんです。そこでリッパを撃った。それから死骸をずたずたに切り裂いたのです。でもどうしてそんなことをしたのでしょう?」われわれはみな首をかしげた。

「犯人はリッパの死骸から弾丸を取り出したかったのです。それではなぜ、取り出したかったのでしょうか? 考えられる理由は一つだけです。その弾丸は、犯人がサリーの家でわざと落としたものとちがっていたからです」

「そうか」わたしは大声を上げた。

「そう考えると、すべてがはっきりしてきます。そもそも泥棒が弾薬を落としていくのは変ですし、ドアの釘に引っかけた襟巻きの糸に気づかないというのももっと変です。それでもこの二つについては、ありえるかもしれないと考えていました。ところが、唐檜の森で犯人が残していった襟巻きのちぎれた糸くずをエバンズが発見してきたときには、あまりにお粗末な泥棒に見えてきました。でも実際はちがいます。なにしろ彼は足跡を実に巧妙に隠していたぐらいです。このことがあってから、ぼくは自分の直感が正しいような気がしてきました。そして、犯人が山鶉を殺した現場に着いたとき、自分の考えが正しいことを確信したんです。犯人は山鶉をわなで捕まえたとき、ライフルを木に立てかけていました。地面には銃の床尾の跡があり、樹皮は前から見るとすり傷がついていました。それを見て、ぼくは犯人がイギリス製のライフルを持っていないことがわかったんですよ」

「それはどうして?」サリーはたずねた。

「木についた傷から銃の全長が見当ついたからです。それはイギリス製のライフルよりも一フィートほど短かったんです」

ヴァルはテーブルをこぶしでたたいた。「さすがだ、ジョー」

「それから、もう一ついっておくことがあります。サリーはここで、黒狐の毛皮に加え、印をつけてあったほかの毛皮も盗まれてしまいました。ほかの毛皮はさほど高価なものではなかったのに、泥棒はなぜ盗んだのでしょうか? これも理由は一つしか考えられません。ヴァルに不利となるにせの証拠をもっとつくっておきたかったからですよ」

彼は一息ついた。「続けてちょうだい、ジョー」サリーはじれったそうに大きな声でいった。

「ミスター・クォリッチとぼくがヴァルの小屋に行ったときに中をさがしてみましたが、何も見つかりませんでした。なぜなかったのでしょうか。それは、ヴァルが一晩中家にいたので、シルベスターは気づかれずに忍び込むことができなかったからです」

「でも」わたしはいった。「何も見つからなければ、ヴァルに対する証拠は不十分となるんだろう？」

「そうです。証拠はほかにあっても、ヴァルの有罪は確実なものになりません。でも、もし盗まれた毛皮が彼の小屋に隠されているのが見つかったらどうでしょう……ミスター・クォリッチ、そのためにあそこの茂みの中に寝ころんでいてもらったんですよ。その間にぼくはラベットに行って、小屋はまだエバンズに捜索されていないことをいいふらしてきました。シルベスターは店にいて、わなにうまいことかかってきた。そこでぼくたちは待ち伏せして、彼を捕まえたわけです」

「もちろん」ジョーは続けた。「ヴァルへの復讐だけがシルベスターの目的ではありませんでした。サリーから毛皮も盗もうと思って、計画を立てたのです。つまり、シルベスターはまずヴァルのうちに行って、弾薬と襟巻きの糸くずを盗んでから、サリーの家に盗みに入ったわけです。昨夜、彼はヴァルの小屋に行って安い毛皮を数枚置いてくるつもりだったんですよ。黒狐の毛皮は、お茶や小麦粉や煙草と一緒に荷物の別のところに入っていましたからね。もしぼくらが捕まえなければ、彼はメイン州まで逃げて、そこで黒狐の毛皮を売り払ったでしょう」

「だけど、ジョー」サリーはいった。「あたしが夕方、泥棒の足跡を追っていたときにシルベスターに出会ったことをこの前あなたに話したけれど、そのときの彼の足跡が泥棒のものとまったくちがっていたのはどうしてなのかしら?」

「シルベスターは荷物を背負っていなかったかい?」

「そうね。いま思えば、確かに背負っていたわ」

「そのとき、荷物をもしのぞくことができたなら、モカシンがもう一足入っているのを見つけただろうね。シルベスターはその靴を脱いでいただけだ。そのとき、雪が降っていただろう?」

「降っていたわ」

「そしてやつはきみと話し続けた」

「そうだったわ」

「彼の足跡が雪で隠れてしまうまでだろう?」

「これではっきりわかったわ」サリーはいった。「でも、シルベスターはどうしてヴァルのことをそんなに恨んでいたのかしら?」

ジョーは笑った。「それはヴァルに訊いてくれ」

「十年前のことだ」ヴァルはいった。「おれたちが二十歳になろうとしていたころ、おれはシルベスターを殴ったことがあるんだ。やつはそれを恨みに思っていたんだろう。彼は飼っていた犬が役に立たなくなり、それを撃ち殺すことに決めたんだ。そして撃った。だが、殺さなかった。やつは犬を遠くから撃って、そのまま森の中に放置していたんだ……そこにおれが通りかかったというわけだ」

「なんてひどいやつなの」サリーは叫んだ。

「あいつは危ない男ですよ」ジョーはいった。「いつまでも根にもつタイプだ」

「ジョー、やつが刑務所から出てきたら、きみは気をつけたほうがいいぞ」ヴァルはいった。

「やつが出てくるころには、ぼくは白髪まじりになっていて、あなたとサリーは老夫婦になっていますよ」ジョーはいい返した。「そのときあなたたちはきっと倦怠期を迎えているでしょうね」

サリーがヴァルのほうを見たのに、ジョーは気がついた。

「少なくとも」ジョーはつけ加えた。「あなたたちはそういうふりをするのがうまくなっていると思いますよ」

われわれはみな笑った。

第六章　ダック・クラブ殺人事件

ノヴェンバー・ジョーは、冬のわな猟に備えるため、ケベックに買い出しに来ていた。彼によれば、メイン州で一番よいとされる猟場は年々獲物が減っているため、今度の冬は、セント・ローレンスの南側のリムースキを越えた地域まで行くということだった。

ジョーがわたしの事務所に向かっているのを知ったのは、彼が来る二時間前に彼宛ての電報がわたしの元に届けられたときだった。彼は、ケベックに来たときはダウンタウンの下宿屋に泊まっていたが、わたしの事務所をいつも彼の連絡先として使っていたのだ。そんなわけで、事務所の外から、うちの年老いた事務員をからかう彼の柔らかい声が聞こえてきても、わたしは少しも驚かなかった。事務員のヒュー・ウィザースプーンほど気むずかしい人間はまずいないだろうが、そんな彼でさえ、ほかの多くの人々と同様に、ジョーにはやさしく接していた。まもなく、ドアをノックする音がしたかと思うと、ジョーが両手に帽子を持ったまま、身体を横にして部屋に滑り込んできた。彼は野外でないとどうもくつろげないらしく、磨き上げられた床板の上をモカシンで音を立てないように歩き、はにかんだ笑みを浮かべながらわたしのところにやってきた。

わたしが電報を渡すと、彼はすぐに開いた。電報にはこう書かれていた。

日給五十ドルをお支払いする。至急タマリンド・ダック・クラブに来られたし。

アイリーン・M・イースト

ジョーは口笛を吹いたが、とくに何もいわなかった。

「アイリーン・M・イーストというのは誰なんだ?」わたしは訊いた。

ジョーは一瞬返事に詰まったが、電報を指し示してこういった。

「この電報はラベットから転送されてきたものです。郵便局長のトムはぼくがここに来ることを知っていますから。ミス・イーストというのは、今年の春、ちょっと離れたところにあるトンプソンのサーモン川で、ぼくがガイドとして同行したアメリカ人の一行にいた人ですよ」

このとき事務員がノックし、二通目の電報を持って入ってきた。ジョーはそれを読んだ。

至急来られたし。殺人事件発生。生死にかかわる問題。返事を乞う。

アイリーン・M・イースト

「ぼくの代わりに返事を書いてもらえませんか」とジョーは訊いてきた。

わたしはうなずいた。ジョーは文字を書くのは苦手なのだ。

「『ミス・アイリーン・M・イースト』と入れてください。それから『三時三十八分に到着する』

と書いて署名をしてください」

「署名はどうすればいいんだ？」

「『ノヴェンバー』とだけ書いておいてください」

わたしはいわれたとおりにすると、ベルをもう一度鳴らして事務員を呼び、この電報を待っている少年に渡すよういいつけた。それから一瞬沈黙があったのち、ジョーはこういった。

「ミスター・クォリッチ、一緒に行きませんか？」

わたしは自分の机の上に山積みになっている仕事に目をやった。これまでいく度か同じことを考える機会があったが、わたしは実際、多忙をきわめる――少なくとも多忙であるはずの――人間である。わたしの携わっている事業は、父や祖父と同じく、カナダ自治領の開発と深くかかわりがあり、その内容は植物資源、鉱物資源から数多くの大都市の水力発電や照明まで広範囲にわたっている。

「わかった、一緒に行くよ。だけど、十分間待ってくれないか。ウィザースプーンに指示を与えておかなくてはならない」

するとジョーはドアのところに行った。「ボスが大至急お呼びですよ」といっている彼の声が聞こえた。

ウィザースプーンは足を引きずりながらわたしの部屋に入ってきた。

「ぼくは先に行って、馬車をつかまえてきます」ジョーはいった。「そして外に待たせておきますから。郊外のあなたのお宅に立ち寄って身支度されるのでしたら、あまり時間がありません」

十五分後には、ジョーとわたしはとびきりよい馬が引く馬車に乗り、道を急いでいた。わたしはセントルイスの道路を少し先に行ったところで妹と暮らしていたので、まずそこに全速力で向かった。

わたしの妹は友人たちとお茶を飲みに出かけ留守だった。妹はわたしのいつもの放浪癖にすっかり慣れていたので、わたしは何の気兼ねをすることもなく、ノヴェンバー・ジョーに同行するために一日か二日ケベックを離れるという旨の書き置きを残していった。

ぎりぎりの時間に駅に到着し、それからまもなく、ケベック市の郊外に広がる農地の間を蒸気機関車で進んでいった。

タマリンド・ダック・クラブについてご存じない方がいらっしゃるかもしれないが、これは、おもにモントリオールとニューヨークの実業家からなる小さな団体で、わたしはセントローレンス川流域からさほど遠くないところにある自分の地所の一つがもつ一連の湖の狩猟権を、このクラブに貸与していた。これらの湖には毎晩、潮とともに鴨《かも》が飛来するため、秋には大変よい狩猟場となり、平均十から二十の鴨のつがいを撃ち落とすことができる。二十のつがいというのは、規則によって各狩猟者に許可された最大数である。シーズン中には、たいてい二、三人の会員がクラブハウスに滞在している。クラブハウスといっても、ただのバンガローにすぎないのだが、暖かく快適につくられていた。実際、このタマリンド・クラブでは、定員をはるかに上回る入会希望者がいまも順番待ちをしている状態だった。

列車が走っていくなか、これらのことが次々と思い浮かび、わたしの心をよぎっていった。しばらくしてから、わたしはジョーに声をかけた。

「タマリンド・クラブで殺人事件が起こったなんて、信じられないな。きっと、どこかの密猟者がガイドの一人を撃ってしまったんだろう」

「そうかもしれませんね」ジョーはいった。「それでも、ミス・イーストは生死にかかわる問題だといっています。それはどういう意味なのだろうと、考えているんですよ。でも、もう着きました。もうすぐ詳しいことがわかるでしょう」

列車はタマリンド・クラブの遊歩道内にある小さい側線に停まった。わたしたちが列車から飛び降りると、いかにも人目を引く黒髪の容姿端麗な若い女性が出札係の事務所から出てきて、ジョーの腕をいきなりつかんだ。

「ああ、ジョー。来てくださって本当にうれしいわ」

ノヴェンバー・ジョーは、女性の心をいつもしっかりとらえてしまう。程度の差こそあれ、どのような身分の女性でも、彼のことを気に入ってしまうのだ。もちろん、彼の容姿も有利に働いている。女性というのは、背丈が六フィートあって筋骨たくましく、ましてやジョーのように頭脳と容貌が完璧に釣り合っている男がいれば、たいがいやさしい眼差しを送るものだ。そのうえ、ジョーは彼独特の控えめな話し方をするため、それがまた魅力になっている。そんなわけで、彼がひと言、ふた言話しただけで、女性は誰でも、彼が自分のために尽くしてくれるような気になってしまうのだ――実際、彼はそうなのであるが。

「ラベットから転送されてきたあなたの電報を受け取って、すぐに駆けつけて来ましたよ」森の男はあっさりといった。「こちらはミスター・クォリッチです。ここのクラブの狩猟権は、彼から貸与されているんですよ」

ミス・イーストは黒い瞳でわたしを一瞥した。彼女は困り果てた目をしていた。

「ミスター・クォリッチ、どうかわたしの味方になってください」彼女はいった。「いま、味方になってくださる方が本当に必要なんです」

「何があったんですか、ミス・アイリーン」彼女が一瞬黙ったときにジョーはたずねた。

「叔父が撃たれて亡くなりました」

「ミスター・ハリソンが?」

「ええ」

「それは大変お気の毒です。彼は正義感のある立派な方だったのに」

「それだけじゃないんです。事態はさらに悪くなっていて……叔父を撃ったのはミスター・ゴールトだとみんながいっているんです」

「ミスター・ゴールトが?」ジョーは驚きの声を上げた。「そんなことありえませんよ」

「そう、そのとおりよ。だけど、彼が犯人だとみんながいうんです。だから彼が無実だということを証明してもらいたくて、あなたをお呼びしたの。助けてくださるでしょう、ジョー?」

「最善を尽くしますよ」

彼女は何とか自制心を保とうとしていた。実際、彼女は自分の気持ちを見事なまでに抑えていた。

「何があったかお話ししますね」彼女はいった。「でも歩きながらでいいかしら。暗くなる前にあなたに現場を見てもらいたいので……昨日の午後、わたしを含め五人がクラブハウスにいました。女性はわたしだけで、男性たちは夕方の鴨猟に行くことに決めました。昨日はずっと雨が降っていましたけど、風が出てきて、三時ごろから晴れ始めたのです。出かけていったのはわたしの叔父、ミスター・ヒンクス、エグバート・サイモンソン、それから——テッド・ゴールトの四人でした」

「ミスター・ヒンクスというのは、今年の初めにぼくたちと一緒に鮭釣りをしたあの方ですか？」

「そうです……夕方ですと、わたしはたいてい叔父に同行していました。でも昨日は、茂みが雨でかなり濡れていたのでわたしは行くのをやめ、男性四人で出かけていき、そしていつもの時間に叔父以外の三人が戻ってきたんです。午後七時半になると、叔父に何かあったのではないかと心配になって、ガイド長のティム・カーターに、見にいってもらいました。すると、叔父が彼の射場で死んでいるのが見つかったんです」

「どうしてミスター・ゴールトの名前が出てきたのですか？」

彼女は一瞬言葉に詰まった。

「彼と叔父の射場に行くにはかなりの距離がありました。二人の射場は隣り同士でした。彼らは一緒に歩いていったのですが、そのときの二人の声を聞いた者がいるのです。二人はまるで喧嘩をしているように大声でいい合っていたそうです。エグバート・サイモンソンは戻ってきたときにそう文句をいっていました……二人は湖の静寂を乱すほどうるさい声を上げていたと。そんなことがあり、当然のようにテッドが疑われてしまいました」

「ミスター・ゴールトは口論したことは認めているのですか？」ジョーはたずねた。

「ええ、叔父は彼に腹を立てたそうです」彼女はそういうと、一瞬、頬を赤らめた。「ジョー、あなたもご存じのとおり、テッドは金持ちとはいえません」

「なるほど」ジョーは事情をすっかり理解したようだった。一息ついたあと、彼は訊いた。「いったい誰がミスター・ゴールトを疑っているのですか？」

「ティム・カーターが、彼に不利となる証拠を握っているんです」

「証拠というのは？」

「叔父とテッドは、射場で隣り同士でした」

「リーディ・ネックの先端の射場をとったのはミスター・ハリソンとミスター・ゴールトのどちらだったのですか」

「ミスター・ゴールトです」

「それでは、叔父さんの反対側には誰が？　誰かがいたのではありませんか」

「ミスター・ヒンクスがいました」

「では、ミスター・カーターはどうして、ミスター・ゴールトが犯人だといっているのですか？」

「それがひどいことに、叔父は六号の散弾で撃たれて死んでいたからです」

「というのは？」

「六号の散弾を使っているのはテッド・ゴールトだけなのです。ほかの人たちはみな四号の散弾を使っていました」

ジョーは口笛を吹き、しばらく黙り込んだ。そしてこういった。「ミス・アイリーン、あなたはこれ以上お話しされないほうがいいでしょう。ぼくはミスター・ゴールトとミスター・カーターから直接話を聞くことにしますから」

彼女は話すのを急にやめた。「でも、ノヴェンバー。あなたはテッドが犯人だと疑っていないでしょうね」

「もちろん疑っていませんよ」彼はいった。「ミスター・ゴールトはそんな人ではありませんから。彼はいまどこにいるんですか？」

「あなたにいってなかったかしら。最終列車で警官が数人やってきて、彼を逮捕してしまったの。こんなひどいことってあるかしら」


それから三十分後、ノヴェンバー・ジョーはカーターと向かい合っていた。カーターはジョーをあまり歓迎をしていない様子で、彼が刑事に口述し、署名した次の供述書の内容以外のことは何も語らなかった。

昨日の午後五時ごろ、当クラブの会員四名、つまりハリソン、ヒンクス、サイモンソン、ゴールトはリーディ・ネックへ出かけました。リーディ・ネックは、グース湖へと突き出ている幅百ヤード、全長半マイルほどの低地で、一種の岬のようなものです。メンバーはそれぞれ自分の射場へと歩いていきました。わたしは彼らには同行していませんでした。湖の北側にカヌーを持っていき、銃で脅してそこにいる鴨を移動させるようにいわれていたからです。リーディ・ネックには射場が六カ所あります。猟を始める前に、メンバーは会則第十六条にしたがって、場所を決めるためのくじを引きました。ゴールトは一番を引きましたが、それはリーディ・ネックの端に最も近く、クラブハウスから最も離れている射場です。ハリソンは二番を引きました。三番は該当者がなく、ヒンクスは四番を、サイモンソンは五番を引きました。

リーディ・ネックは、その全体が低木の茂みとい草に覆われているため、射手はお互いの姿を見ることができません。射場は一段低いところにあるくぼみからなり、低木の茂みと榛の木に面しています。

鴨猟は、わたしが北側に回る前に始まり、暗くなるまで続きました。川のつながったあたりから数百羽の鴨が飛来していました。わたしは最後の銃声を聞いてから十分間待ち、そのあとクラブハウスに戻りました。クラブハウスに帰ると、ハリソンがまだ戻っていないことがわかりました。わたしはこのことはサイモンソンから聞きました。何でも、ハリソンとゴールトがそれぞれの射場に向かう途中で、大声を張り上げ、興奮した口調でいい合っていたということで、サイモンソンはそのことを怒っていました。

二人の怒鳴り声で、たくさんの鴨が脅えたため、サイモンソンは撃ち落とせなかったといって腹を立てていたのです。

　午後七時半になると、ハリソンの姪《めい》のミス・アイリーン・イーストが、クラブハウスのキッチンにやってきました。わたしはそのとき、そこで撃ち落とされた鴨を片づける準備をしていました。群れが飛んでいる間は、ほかの鴨が怖がるので、片づけることができないのです。昨晩のように風が北から吹いているときは、死んだ鴨はグース湖の南側の湖畔に打ち寄せられます。わたしは、当クラブのガイド見習いの二人、ノエル・チャールズとヴィネスに鳥を片づける手配をするようにいいつけました。ミス・イーストから叔父のハリソンが戻っていないことを聞き、わたしが行って、何があったのか見てきたほうがいいと思ったからです。彼女は辺りが暗くなっていたので、叔父さんが湿地にはまり身動きができなくなっているのではないかと心配していました。彼女のそんな様子を見て、インディアンの料理人、シタワンガ・サリーが励ましていました。彼女は、リーディ・ネックからの道はたやすくたどれるといっていました。

　わたしはミス・イーストをサリーにまかせて出かけました。月の光が少し差し込んでいました。リーディ・ネックまで行くと、二番射場でハリソンを見つけました。ハリソンは死んでいて、身体はすでに硬直していました。彼はあやまって自分を撃ったにちがいないとわたしは考えました。そして、連れて帰ろうと遺体を持ち上げました。クラブハウスからおよそ五十ヤードのところまで来ると、わたしは大声で呼びました。するとゴールトが走り出てきました。わたしは彼に、ハリソンが自分に誤射したみたいだというと、ゴールトは「何でこんなことに。アイリーンがひどいショックを受けるだろう」といったのです。

ミス・イーストはわたしの声を聞きつけ、すぐに駆けつけてきました。彼女はぼう然としていました。

われわれは遺体を運び入れ、ベッドに横たえました。そのとき、わたしは初めて傷口を見ました。料理人のサリーもそこに一緒にいました。

わたしは、「誤射ではこのようにはならない」といいました。

そういったのは、散弾がかなり広がっていたので、至近距離から撃ったのではないことがわかったからです。サリーもわたしに同意してくれました。彼女の意見が役に立つかどうかわかりませんが、参考にはなるでしょう。六十歳のインディアンの女性ともなれば、これまでに多くの死体を見てきているはずです。わたしは傷口に指を入れ、銃弾を取り出しました。そして、われわれは遺体を厚手の毛布で覆い、その場を立ち去りました。

部屋のドアには鍵をかけ、鍵は持って帰りました。なぜそうしたかというと、傷がひどかったので、遺体がミス・イーストの目に触れないほうがよいだろうと考えたからです。それからわたしは銃器室に行って、傷口から取り出した銃弾をほかのものと照合してみました。傷口にあったのは六号の散弾でした。クラブの会員で六号の散弾を使っているのは、ミスター・ゴールトだけです。ハリソンや、サイモンソン、ヒンクスはみな四号を使っています。この六号の散弾のことについては、わたしは誰にも口外しませんでした。

夜が明けてから、わたしはリーディ・ネックにもう一度行き、細部をすべて調べてみました。調べるのは簡単でした。柔らかい泥に足跡がはっきり残っていたからです。二番射場のところを通っていたのはゴールトの足跡しかありませんでした。彼が自分の射場から帰ってくるときにつけた足跡が水際に沿って続き、それはハリソンがいた二番射場へと向かっていました。そして、沈泥に彼の足跡がついていて、その向こうに射場がありました。彼はハリソンから十二歩も離れていないところにいたのです。彼はそこで立ち止まったのが足跡からわかりました。彼はそのときに撃ったのだと思います。そのあと彼は水際へと戻り、クラブハウスへとそのまま帰ったのです。

この調査をしたのち、わたしは古参の会員のサイモンソンにこのことを話しました。そして彼は警察に電報を打ち、通報したのです。

署名　T・カーター

わたしがこの供述書を声に出して読んでいる間、ジョーは、手書きあるいは印刷された言葉を読むときと同じように、ごく細部まで注意を払いながら耳を傾けていた。わたしが読み終わると、彼は何も質問してくることなく、ゴールトと話したいといった。ゴールトは背が高く年の若い警官の監視下に置かれていたが、刑事の指示を受けた警官は気を遣い、われわれをゴールトと三人だけにしてくれた。

ジョーは神妙な面もちながらも温かく握手をした。

「ミスター・ゴールト。今回の件は本当にお気の毒です。ミス・アイリーンがぼくを呼んでくれてよかったですよ」

「彼女があなたを呼んだのですか」ゴールトは大声でいった。

「ええ、そうです」

「それは、逮捕されて以来、一番うれしいニュースですよ。彼女はぼくの無実を信じてくれているることになる」


「もちろんですよ」ジョーはいった。「昨日、ミスター・ハリソンが遺体で発見される前に何があったのか、憶えていることをすべて話していただけますか」

ゴールトは少しの間、黙り込んだ。

「ではお話ししましょう」ようやく彼は口を開いた。「最初からご説明します。昨日の午後早くに、わたしはアイリーン――いえ、ミス・イーストと森に散歩に行きました。そのとき、彼女に結婚を申し込んだのです。彼女は承諾してくれました。わたしは金持ちではありません。でも、貧乏というほどでもないんです」

「そうですよ」ジョーは同意した。ジョーにとっては、ゴールトの収入の十分の一ですら、夢のまた夢といえる大金だった。

「それでも」ゴールトは続けた。「彼女の叔父さんのミスター・ハリソンには簡単に承諾してもらえないだろうと思っていました。わたしたちはなるべく話をこじらせたくないと考えていましたので、機会があれば、まずわたしからミスター・ハリソンに二人のことをすべて説明することにしたのです。わたしたちがクラブハウスに戻ると、ヒンクス、サイモンソン、ハリソン、それにガイドのカーターが夕方の猟にちょうど出ようとしていました。わたしも彼らに加わり、そして運良く、わたしはミスター・ハリソンの隣りの射場を引き当てたのです。サイモンソンとヒンクスは一緒に出ていき、わたしとミスター・ハリソンが残されました。そこで、わたしは話をしようと思い、アイリーンとわたしは結婚する約束をしていることを伝えたのです」

ジョーはわかったというように首を縦に振った。

「すると、ミスター・ハリソンは激怒したのです」ゴールトは続けた「彼は米国の裁判官だったのですが、わたしの予想をはるかに超え、裁判官とは思えないほど怒っていました。彼は、わたしのねらいは彼女ではなく、彼女の金だろうといってなじったのです」

「それはミスター・ハリソンの本心ではないでしょう」ジョーは裁判官のようにいった。「彼が盲目でなければの話ですが」

ゴールトは表情をゆるませた。

「ありがとう、ノヴェンバー。きみは森の廷臣《ていしん》だと、アイリーンからいつも聞いてましたよ。ハリソンについては、あえていわせてもらえば、彼がわたしにそれほどつらく当たるのはほかに理由があるのです。あいにくクラブのことで一度か二度、わたしは彼にさからったことがあったんです。今年の春、彼が推薦した者に、わたしは反対票を投じました」

「反対票？　それはどういうことですか」ジョーは訊いた。

「その人が会員になるのを反対したのです」

「なるほど。先を続けてください」

「さきほどいいましたが、彼はわたしをしかりつけました。わたしは、性急に答えを出さないでほしいと彼に懇願しました。いずれにしても結婚するつもりなので、快諾してほしいといったのです。すると当然ながら、彼はさらに激高したのです。わたしは、いまはこれ以上何をいっても無駄だと悟り、彼をおいて自分の射場のほうに行きました。そこは彼の射場の隣りで、リーディ・ネックの一番端にありました」

「どこで彼と別れたのですか?」

「彼の射場のこちら側から五十ヤードほど離れたところです」

「そのあとは?」

「自分の射場に入ってから十分もたたないうちに、鴨が飛来し始めました。そして次から次へと飛んできたのです。わたしは七十から八十の弾薬を使って撃ちました。ハリソンも立て続けに発砲していました」

「ハリソンの姿は見えましたか?」

「いいえ、葦が高く生い茂っていたので無理です。でも彼が撃った鴨が落ちてくるのを何度か見ました。地面から二、三十ヤードの高さでしたから」

ジョーはうなずいた。

「午後六時十五分になると、鴨の飛来はほとんどやみ、発砲の回数もある時点からどんどん減っていきました。六時半になると、銃声はすべてやみ、わたしはクラブハウスに戻ることにしました」

「ちょっとおたずねしますが」ジョーは口を挟んだ。「ハリソンが最後に発砲したのは何時だったか憶えていますか？」

「六時十分ごろでした」

「そのあと、彼の頭上に鴨が飛んできていましたか？」

「きていたと思います」

「それなのに彼は発砲しなかったのですか？」

「はい」

「そのことを変だと思いませんでしたか？」

「特に思いませんでした。辺りはかなり暗くなっていましたし、ハリソンは早撃ちのほうではありませんから」

「それでは、クラブハウスに帰る途中で憶えていることをすべて話してもらえますか」

「わたしは自分の銃と、ほぼ空になっていた弾薬嚢《のう》を取り上げて水際に沿って歩き、ハリソンの射場の向かい側まで行き、そこで立ち止まりました。彼をもう一度説得しようと思ったんです。彼の名前を呼びましたが、返事はありませんでした。そこで、泥土手をのぼり、もう一回大声で呼んでみました」

「土手の上からですか？　射場の中は見えなかったのですか？」

「見えたのは一部だけです。暗くなっていましたしハリソンの姿は見えなかったので、クラブハウスに戻ってしまったのだと思い、わたしは水際まで引き返し、そして帰ってきました」

「途中で誰かに会いませんでしたか？」

「南の湖畔で人影を見たような気がします」

「どの辺りでですか?」

「リーディ・ネックの三番射場の向かい側の辺りです」

「ほかにいっておきたいことはありませんか?」

「いいえ、これ以上思い出せることはありません。ただ、一つおたずねしてよいでしょうか。わたしはなぜ逮捕されたのですか? わたしに不利となる証拠などほとんどないはずです」

ジョーはゴールトの顔をのぞき込んだ。「そうだといいんですが」彼はいった。「でも、ちがうんです。実は、ミスター・ハリソンは六号の散弾で殺されていました」

「それはどういうことですか?」

「六号の散弾を使っているクラブ会員は、あなただけなんですよ」

「そんな!」

「いいですか、ミスター・ゴールト」ジョーは続けた。「この散弾の件だけでなく、ミスター・ハリソンの射場の前を通っていたのはあなたの足跡だけなんですよ。そのうえ、あなた方がいい争っていたところも聞かれています」

「すべてつじつまが合っている——完璧に話がつながっているというわけか」ゴールトは落胆の声を上げた。

ジョーはうなずき、それ以上何もいわずに部屋を離れた。

建物の外に出るとすぐに、わたしは彼に今回の件をどう思うか訊いてみた。

するとと彼はわたしの質問をそのまま返してきた。「あなたはどう思いますか？」

「ゴールトに不利な証拠はこれ以上ないほどそろっているな」わたしは気の毒そうにいった。「ここに射場で射殺された男が一人いる。その近くを通っていた人物は、被疑者だけだ。犯行には六号の散弾が使われた。六号の散弾を使っているのはやはり被疑者だけだ。それにいい争いをしていたことを重ね合わせると、誰が聞いたって相当あやしい。検察側が飛びつくような証拠が完璧にそろっている事件だよ」

「そのとおりです」ジョーは同意した。「それに一番困るのが、ゴールト自身の供述が何の役にも立たないことです」

「きみは彼が真実をいっていると思うのかい？」

「ぼくが確信しているのはその点だけですよ」

わたしはそれに反論した。

「確かにそうでしょうが、もし彼が嘘をついているのなら」ジョーはいった。「もっと上手に話をつくると思いませんか？　ともかく、リーディ・ネックに行ってみましょう」

そこでわたしたちはリーディ・ネックに向かった。ここで読者のみなさんのために説明しておく。リーディ・ネックは、前にお話ししたように、泥と葦でできた岬で、湖に向かって八百ヤードほど突き出ている。水面からの高さはどこも十二フィートない。

ノヴェンバー・ジョーはそこに足を踏み入れたとたん、限りなく注意を払いながら地面をくまなく調べ、そして歩きながら、そこに残っている足跡と彼には一目でわかる事実を次々に説明していってくれた。最初のうちはたくさんの足跡がついていたが、そのうち二人の足跡だけになった。

「ここを見てください」ジョーはいった。「鋲のついたブーツがハリソンで、モカシンを履いているのがゴールトです。ゴールトはここで、ハリソンにミス・アイリーンと結婚するつもりだと伝えています。ハリソンはかかとに力を入れて踏みつけるようにして立ち止まり、銃の床尾を泥の中に差し込んでいます」

「なるほど」

「そしてここで」ジョーは続けた。「二人は別れました。ハリソンの足跡は土手をのぼっていき、ゴールトの足跡はこのまま通り過ぎている。ひとまずぼくたちは、ゴールトのほうを追跡しましょうか」

そこで、わたしたちは追跡した。ゴールトの足跡は、彼のいた射場へとまっすぐ続いていた。ゴールトがおそらくしていたように、そこに身をかがめてみると、あたり一面生い茂る葦で四方の視界が妨げられていることがわかった。射場の泥の地面は、空になった装弾《シェル》で覆われている。

「彼はそこに膝をついて、鴨を待ちかまえていたんでしょう」ジョーはそういって、円形のくぼみを指さした。「彼が膝をついた跡です。ここには手掛かりになりそうなものはありませんね」

その後、わたしたちは再び、ゴールトの跡をたどり始めた。彼の戻っていく足跡は水際の低い水線に沿って続き、惨劇の現場のほぼ向かい側まで来ると、そこで急に直角に向きを変え、土手へと上がっていった。そこはハリソンの遺体が発見された射場から数ヤードも離れていなかった。

「彼はここで立ち止まっています」ジョーはいった。「かなり長い間ここにいたようです。それでは、ミスター・クォリッチ、ぼくは何か見つからないか調べてみます」

「大して見つからないよ」わたしたちの背後から声がした。「少なくとも、これまで見つかっていないような目新しいものは大してないさ。ノヴェンバー、おれがきみだったら、そんな割に合わないことはやらないな。ゴールトがやったんだよ。足跡を見れば一目瞭然だ」

「足跡は真実を語っているとは限らないともいわれていますよ、ティム・カーター」ジョーはきっぱりといい返した。

カーターはいかにも頑固そうな顔をした森の男で、茶褐色の髪はぼさぼさで短い頬ひげを生やしていた。彼が前に歩き出そうとすると、ジョーは手を突き出した。

「うしろに下がっていてください、ティム」彼はいった。「あなたの足で地面をかき回され、ずたずたにされると困りますから」

カーターは、葦の茂みにある流木の丸太にすわっていたわたしの傍らに腰を下ろした。そしてわれわれは一緒に、ジョーを見ていた。わたしは、ミス・イーストの切なる願いが頭のなかにあったので、同情の念をもって見守っていたのに対し、カーターは人を見下すような興味津々の表情を浮かべていた。

ジョーがこれほど丹念に調査するところはめったに見たことがなく、このことから私の期待はなえかけていた。彼はまず、足跡のすべての線をたどっていった。そのあと一通り測定し、最後には、たくさん散らばっている銃の送り蓋《ワッズ》を拾って、調べ始めた。その後、不意に彼は突進してくると、わたしの足元のすぐそばにころがっていたワッズを拾い上げた。

「あなたたちは、ぼくがこれをどこで発見したか証言してくださいよ」彼は大声でいった。

カーターは立ち上がった。「よかったら、その場所に印をつけてやろうか」彼は笑いながらいった。

「それはいい考えだ。お願いしますよ」

カーターは地面に木の枝を突き刺した。「さあ」彼はたずねた「次はどこかい?」

だが、ジョーはカーターのことなどまったく気にかけていなかった。ジョーはわれわれがさっきまですわっていた流木の丸太と、そこから近い湖畔の水際を調べるのに没頭していた。そしてようやく満足したらしく、わたしのところにやってきた。

「これを保管しておいてください」彼はそういって、銃のワッズをわたしに手渡した。「証拠として必要になるかもしれません」

カーターは聞きつけ、にやりとした。「終わったのか、ジョー」

「ええ、ここでは」

「次はどこなんだ?」

「南の湖畔です」

「おれも行ってほうがいいかな?」

「好きなようにしてください」

長い道のりを無言のまま進んでいった。この二人の森の男は明らかに対立していた。カーターはゴールトが犯人だと確信し、悦に入っているので、自分の結論に疑いを投げかけてくるような態度をうさん臭く思っている。一方、ジョーがどう考えているかはわからない。わたしには暗闇にしか見えないところでも、彼は光明を見出すことができるのだ。わたしはといえば、カーターがゴールトの仕業だとすぐに結びつけた一連の証拠——二人のいい争い、六号の散弾、犯行時に殺された男がいた場所から十ヤード以内にゴールトがいたという事実——を上回るような説得力のある推理は思いついていなかった。

わたしはもう一度よく考えてみた。だが、突破口は見あたらず、わたしはアイリーン・イーストの心情に思いをはせ、心のなかでうめき声を上げていた。彼女はゴールトの無罪を信じている。わたしは彼女よりもむしろ彼女のことを案じながら、ジョーが、無愛想なカーターに一泡吹かせてくれることを切望していた。しかし、わたしのこの切なる願いがかなえられるかどうかは、まったく見当がつかなかった。

しばらくして、われわれは南の湖畔にたどり着いた。

「今日、こちら側に誰か来ましたか?」ジョーは訊いた。

「わからんね。もし誰か来ていたとしても、きみだったら足跡を完璧に読みとれるんだろう?」

カーターはにこりともせずいった。

ジョーは答えずに、われわれにいまいる場所にとどまっているよう合図すると、湖畔から山に向かって斜めに横切っていった。その後、カヌーを置いてあるボートハウスに向かった。するとすぐに、彼が大声で呼ぶのが聞こえてきた。われわれが駆けつけると、ジョーはカヌーの一つをのぞき込んでいた。

「これが最後に湖に出たのはいつですか？」と彼は訊いた。

「金曜日以来、出ていないはずだ」

「それはおかしい」ジョーはいった。

われわれは、彼が指さす方向を目で追った。カヌーの底に小さい血だまりができている。

「これを説明してもらえますか、ティム・カーター？」

「ヴィネスとノエル・チャールズが、撃ち落とされた鴨を今朝拾いにいくときに、このカヌーを使ったんだろう」カーターはいった。

「二人はボートハウスに近づいていませんよ」ジョーはいい返した。

「二人の足跡はありましたが、向こうの丘の脇を通っています」

「どうやらきみは、この血だまりが今回の殺人事件にかかわりがあると考えているようだな」カーターはあざ笑うようにいった。

「そう思っていますよ」ジョーはいった。

クラブハウスへ歩いて戻っていく間、わたしの頭はすっかり混乱していた。先ほども述べたが、痕跡と手掛かりが交錯するなか、わたしは光明をほとんど見出せずにいた。そのうえ、見通しはいま、いっそう複雑な様相を呈していた。クラブハウスに近づくと、ミス・アイリーン・イーストはわれわれが戻るのを待っていたらしく、走り出てきた。

「お帰りなさい」彼女は息を切らしながら大声でいった。「何をしていらしたの？　真相はわかったの?」

「その質問にお答えする前に、会員の銃を見せてもらえませんか?」

「銃器室にすべてそろっているわ」

われわれは銃が保管されているクラブハウスの別館に入っていった。

カーターは銃を二丁、取り上げた。「これがゴールトの銃だ」

ジョーはそれを無造作に持ち上げた。「十二番径だ」彼は調べながらいった。

「そうとも」カーターはいった。「サイモンソン以外の全員が十二番を使っている。サイモンソンは十番だ」

「銃を二丁持っている会員は?」

「サイモンソンだけさ」

「彼の銃はどこにあるんですか?」

「彼がゆうべ使った銃はこれだ」

「この片割れ……もう一つの銃は?」

「そこのケースに入っているよ」

ジョーはその銃を拾い上げて組み立てると、注意深く眺めた。そしてまた同じように注意を払いながら分解すると、それをケースに戻した。

「ジョー、わたしに何か話してもらえることはないの? ねえ、ジョー」ミス・イーストは心配と期待が入り交じる紅潮した顔で興奮気味にたずねた。

「シタワンガ・サリーに聞きたいことがある」ジョーはいった。「それからミスター・ゴールトにも同席してもらいましょうか」

アイリーンが目配せすると、カーターはひどく憎々しげな表情を浮かべたまま、サリーと容疑者の男を呼びにいった。まず、ゴールトが刑事につき添われて入ってきた。その間に、ジョーはゴールトの銃を取り上げ、銃身に目を通していた。シタワンガ・サリーが入ってくると、彼は銃口を彼女に向けた。

彼女は生粋のインディアンであるが、彼女の仲間の多くがそうであるように、いったん青春の盛りを過ぎてしまうと、年齢不詳に見える。彼女の高い頬骨と細い髪の毛が陰気な目を取り囲んでいる。彼女は立ったまま、無表情な目でジョーをじっと見据えていた。ジョーは彼女を見返した。

「ちょっと訊きたいのだが、サリー」彼はようやく口を開いた。「どうしてミスター・ハリソンを殺したんですか？」

「ちがう、ちがう！　わたし、殺してない！　ゴールト、彼を殺した！」彼女は分厚い上唇の下から黄色い犬歯をのぞかせながら答えた。

ジョーは首を横に振った。「あなたしか考えられないんですよ、サリー」彼はいった。「あなたはそこのケースに入っているサイモンソンさんの二つ目の銃を使って、射殺したんです」

「わたし、ちがう！　わたし、殺してない！」彼女は叫んだ。

興奮のあまり、彼女は両腕を一瞬振り上げたが、すぐに下ろすと普段の冷静さを取り戻した。

「きみの調べた事実から話してくれないか、ジョー」刑事はきびきびといった。

「ええ、わかりました」ジョーは穏やかなうち解けた口調で話し始めた。「カーターが提出した証拠をくつがえす手掛かりを見つけるのに、かなり時間がかかりましたよ。ぼくはゴールトがやったのでないと確信していたので、犯人はほかの誰かにちがいないと考えていました。ところが、見つかった足跡はゴールトとカーターのものだけで、カーターの足跡は彼の証言を十分裏づけていました。そこで、ぼくは第三の人物をさがし始めましたが、その人物は、現場にカヌーを使って行ったとしか考えられませんでした。

ところが、注意深くさがしても、カヌーが着岸した形跡が見つかりません。それに、銃は水辺から発砲されたのではありません。水辺からだと、ミスター・ハリソンの遺体が発見された場所からあまりに遠く、撃つのは無理だからです。そうなると、残る可能性は一つだけです。犯人はカヌーでやって来ると、射場の近くに横たわる大きな流木の丸太の上に乗ってその端まで歩いていき、そこからミスター・ハリソンを撃ったのです。

その場合、丸太からミスター・ハリソンの遺体までの距離は十一ヤード以上ありますが、ご存じのとおり、散弾はそれほど広がっていませんでした。そうすると、犯人は誰であれ、威力を増し、散弾が広がらないようにするための絞り筒《チョーク》のついた銃を使ったにちがいありません。きっと、十二番よりも大きい番径の銃で犯行が行われたのだとぼくは思い始めました。そこで、あらためて調べたところ、まもなくワッズを発見しました。それはミスター・クォリッチが持っていますが、最近発砲された十番径のワッズでした。

さて、ミスター・ハリソンの持っていた銃は十二番径で、ミスター・ゴールトも同じく十二番でした。十番径の銃を持っていたのはミスター・サイモンソンだけでしたが、彼はクラブハウスに近い射場にいたので現場から最も離れていました。そのうえ、彼は靴底に鋲のついたブーツを履いていましたから、流木の丸太の上を歩いたならば、かなりはっきりと足跡が残ったはずです。そこでミスター・サイモンソンは除外されましたが、ぼくは、犯人が全絞り《フル・チョーク》の十番径を使い、モカシンかゴム靴を履いていた人物にまず間違いないと考えました。それからもう一つ大事な点は、今回の殺人は衝動的に行われたのではないことです。犯人は誰であれ、あらかじめすべてを計画していたのです」

「どうしてそんなことがいえるんだ?」刑事は口を挟んだ。

「六号の散弾が使われていたからですよ。六号の散弾を装塡《そうてん》された十番径の装弾はありませんでした。犯人はミスター・ゴールトに疑いがかかるように、わざとその弾薬を装塡したにちがいありません」

「なるほど」

「さて」ジョーは話を続けた。「これまでお話ししたのがリーディ・ネックで調べた結果ですが、そこではそれ以上の手掛かりがなかったので、次にカヌーを見にいきました。そもそもぼくとミスター・クォリッチは、ミスター・ゴールトから、犯行時間の直後に南の湖畔に誰かがいるのをみたという話を聞いていたんです。そこでそちらに回ってみたところ、案の定、一組の小さなモカシンの足跡に出くわし、それはカヌーを置いてあるボートハウスへと続き、そのあとまた戻ってきていました。

『シタワンガ・サリーだ』ぼくは心の中でつぶやきました。『この足跡は彼女のものに酷似している』と」

「しかし、あの血液、カヌーにあったあの血だまりは、ハリソンのものではなかったのかい?」

「いえ、ちがいます」ジョーはいった。「サリーのものですよ。彼女は力が弱いので、十番径の銃が、発射したときの反動で強く跳ね返ったんです。それで鼻血が出たのでしょう。彼女の腫れ上がった頬と唇をご覧なさい」

ジョーがいかに彼女に包囲網を敷いていったかを説明している間、わたしはそのインディアンの女の冷静な表情をずっと観察していた。ジョーが彼女の腫れ上がった口元を指さしたとき、彼女の顔に生気が戻ったかと思うと、わたしがこれまで見たことのないような、狂気にかられ、復讐心に満ちた表情を浮かべた。彼女は、自分が絶望的な立場に追い込まれていることを悟り、もはや取り繕うのを放棄していた。

「そうだよ、わたし、ハリソンを殺した!」彼女は声を張り上げた。「わたし、確かに、彼を殺した!」

「ああ、サリー」アイリーンは悲鳴のような声を上げた。「あなたは彼にいつもよくしてもらっていたじゃないの!」

「ハリソン、悪魔だ!」インディアンの女は激しい口調で答えた。「わたし、葉の《ムーン・オブ・リーブズ》月に彼を殺すと誓った。ハリソンは、わたしの息子、プレーリー・チキンを殺した」

「彼女は何をいっているの？」アイリーンはあわてふためき、こちらを見回した。

「わたしから説明しよう」刑事はいった。「葉の月というのは六月のことだ。ミスター・ハリソンはアメリカにいたとき、裁判官をしていたんだろう？」

「そうです」

「彼はときどき、保護地のインディアンの事件を扱わなければならなかったんだ。わたしの記憶によれば、この女の息子は、馬を盗んで警察沙汰になったはずだ」

「悪い男が、プレーリー・チキンが盗んだといった」サリーが口を挟んだ。「黒い服――黒い服の男が、話した、話した。それから、ボスのハリソン、話した。プレーリー・チキン、連れていかれた――遠く、遠くに。わたし、追いかけた」

「そうだった」刑事はいった。「たしか、プレーリー・チキンは裁判にかけられて、懲役十年の判決を受けたんだ。そのときの裁判官がハリソンだったんだろう。その後、プレーリー・チキンは刑務所で死んでしまった。そうだとすると、すべての説明がつく。インディアンは決して忘れないんだ」

「プレーリー・チキン、彼は死んだ。わたし、ハリソン殺すと誓った。いま、プレーリー・チキン、喜んでいる。わたし、もうすぐ彼のところに行く」インディアンの老女はそういうと、再び黙り込んだ。

「彼女は、ミスター・ハリソンのせいで自分の息子が死んだと思い込んでいたんだ」刑事はいい添えた。

「かわいそうに」アイリーンはいった。

本事件についてはさほどつけ加えることはない。その後の取り調べにより、刑事の述べた事実が確認され、そして、シタワンガ・サリーはハリソンがタマリンド・クラブにいることを知り、息子の復讐を果たすためにそこに勤めたことが明らかになった。おそらく彼女は、アイリーンとゴールトとの間に愛情が芽生えていることに気づき、自分に疑いがかかることなく復讐を完璧に果たすために、ゴールトに罪を負わせようともくろんだのだ。

〝血には血を〟というのが、いまもインディアンの信条となっている。単純で直接的な復讐の論理だ。

この事件は、ジョー自身の次の言葉でうまく要約されるだろう。

「ぼくたちの文明の正義というのは、インディアンにとっては、時には本末転倒に見えるのかもしれませんね」

第七章　ミス・ヴァージニア・プランクス事件

夜が明けてからずっと、ノヴェンバー・ジョーとわたしは無言のまま歩き回り、へら鹿を追いかけていた。しかし、鹿の姿はちらりとも見えない。見つかったものといえば、沼地に深く沈み込むようについていたり、山腹に彫り込まれるようについている不格好な大きい足跡だけだった。

突然、どこか前方で、二発の銃声が鳴り響いた。それから一分後、再び銃声が二発上がった。

「運が悪い」ジョーは口を開いた。「きっと、あの銃声でへら鹿はおじけづいてしまう。残念だ。あいつの立派な枝角は、広げると左右で幅五十六インチ以上ありますからね」

「なぜそんなことがわかるんだい？　その鹿を見たことはないんだろう？」

ジョーの灰色の目に、わたしの見慣れた表情が浮かんだ。

「広げると五十六インチ以上、あっても六十インチ以下であることは間違いありません……あ、気をつけてください。銃声で鹿が戻ってきています。いま、こっちに向かってますよ」

藪の中からこちらに突進してくる音が聞こえたかと思うと、まもなく堂々とした大きな雄のへら鹿が視界にあらわれた。

「このへら鹿です」ジョーがそういうと同時に、わたしは銃声を響かせた。「肩のうしろに命中してます。もう撃つ必要はありません」

千二百ポンド以上あるその大鹿は、死にものぐるいで突進していったが、前のめりになると、突然倒れ込んだ。そして、森は再び静まり返った。わたしたちが駆けつけると、鹿は息絶えていた。わたしはジョーのほうを振り返った。

「さあ、こいつの角を測ってみようじゃないか」わたしは少し意地悪くいった。正直なところ、ジョーはわたしをかつぎ、見たこともないへら鹿の枝角の寸法を四インチの誤差内でいい当てるふりをしたのだろうと、わたしは疑っていた。

「あなたの持っている鉄《かね》の巻き尺で測りましょう」ジョーはいった。

わたしが巻き尺を取り出すと、彼はそれを伸ばして角に当てた。

「五十八インチですよ」彼はいった。

わたしは、相棒のハンターを見つめた。

「ごく単純なことです」彼はいった。「この鹿が唐檜の森を通るときに角でこすった跡を、ぼくは何度も見かけているんです。枝角の寸法は、そこから見当をつけられますよ」

わたしは声を上げて笑った。「くそ、そうだったのか、ジョー。きみはあいかわらず――」

ところが、そこでわたしの声はさえぎられた。遠くからバン、バンと、ライフルの発砲音が聞こえ、その後また、バン、バンと音がした。時間を置いて、銃声が繰り返し響いていた。

「規則的な間隔をあけて、二回立て続けに銃声がしている」ジョーはいった。「あれは助けを呼んでいる合図ですよ。ほら、また聞こえている。銃声のする場所に行きましょう」

銃声の聞こえるほうに向かって、わたしたちは半時間歩いた。そして、ジョーは立ち止まった。

「ここに足跡がある――森に慣れていない体重の重い男です」

「足跡がくい込んでいるから、体重が重いことはわかる」わたしはいった。「だけど、森に慣れていないというのはどうしてわかるんだい？　この男はモカシンを履いているじゃないか」

「確かにそうです」ノヴェンバー・ジョーは足跡を指さした。「でも、彼はかかとと足の側面に力をかけて歩いています。足にけがか痛みでもなければ、普通はこんなふうに歩きませんよ」

わたしたちは急いで向かうと、男が一人、木立の間に立っているのが見えてきた。男は自分のライフルを持ち上げ、まっすぐ上に向けると、空に二回発砲している。

「あれはプランクスだ」ジョーは驚きの声を上げた。

「え？　去年、材木をさがしにきみと一緒に森に入ったあの富豪かい？」

「そうです」

彼に近づきながら、ジョーは声をかけた。プランクスはぎくりとしたが、こちらに向かって大急ぎでやって来た。彼は肩の厚い恰幅《かっぷく》がいい男で、大きな体は反り返り、大きなあごは、横柄そうな膨らんだ唇とどんぐり眼を際立たせるかのように前に突き出ていた。

「ノヴェンバーの家に連れていってくれないか――おや！　きみじゃないか、ジョー」

「そうですよ、ミスター・プランクス」

「ああ、よかった。実はきみに助けてもらいたいんだ。わしほどきみの助けを必要とする者はおらんだろうな」

「それはそれは。いったいどうされたんですか?」

「わしの娘が昨日殺されたんだ」

この言葉にわたしは息をのんだが、驚いたのはわたしだけではなかった。

「ミス・ヴァージニーが!」ジョーは大声を上げた。「そんなまさか。ミス・ヴァージニーを殺すなんて残酷なまねは誰もできませんよ」

プランクスは何も答えなかった。しかし、黙ったまま、彼は陰鬱ながらも説得力のある眼差しでジョーをじっと見つめている。

「いつのことですか?」

「昨日の午後五時前ぐらいだ。ともかく歩きながらいきさつをすべて話すよ。わしはここから四マイル先にあるウィルシャーのキャンプに滞在しておる。きみがこの付近に住んでいることをエドから聞いたんで、わしはきみをさがしていたんだ」

歩きながら、プランクスは次のように話した。彼はここ二週間、友人のミスター・ウィルシャーが貸してくれたバンガローに滞在している。そこに一緒にいるのは、召使いが一人、ニューヨークから連れてきた彼の娘の乳母《うば》だった中年の女性、ガイドが二人、そして料理人が一人だ。昨日、ミス・ヴァージニアは昼食の後、いつもよくしていたように釣り竿を持って、川に釣りに出かけていった。

「お嬢さんが出かけたのは何時でしたか?」ジョーはたずねた。

「午後一時半だ。三時ごろに、川の近くで木を切っていたガイドの一人が娘を見かけておる。

娘は釣り竿を置いて、本を読んでいたそうだ。五時にわしは娘のところに行ったんだ。すると娘はそこにいなかった。彼女の釣り竿は折れて落ちていて、そこにはもみ合った形跡と二人の男の足跡が残っておった。わしは大声で、エド――年を取ったほうのガイドだ――を呼んだ。彼は駆けつけてきて、わしらは一緒に跡をたどっていった。足跡はムースシャンク湖へとまっすぐ続いていた。悪党どもは自分たちのカヌーにうちの娘を乗せて、湖に漕いでいったんだ」

プランクスはここで一息つき、さらに続けた。

「わしらは湖を回って歩いていくと、反対側にやつらがカヌーを着岸させた場所が見つかった。そこから森に入ると、二人の男の足跡に再び出くわしたが、娘の足跡はもうそこにはなかった」

「それは確かですか?」

「ああそうだ。きみもあとで自分の目で確かめてくれ。川から湖までは、やつらが娘を連行していったことが足跡からわかっている。ところが、カヌーを降りたあとは、足跡のつき方が軽くなっている。やつらは娘を湖でおぼれさせたんだよ。そうとしか考えられん。そのあと、水面に何かが浮かんでいるのが見えたんだが、それは娘の帽子だった」

「ミス・ヴァージニーは、宝石類を身につけていましたか?」ジョーは訊いた。

「腕時計とネックレスをつけていた」

「どのくらいの値打ちのものですか?」

「七、八百ドルだ」

「なるほど」ジョーは考えながらいった。「それで、お嬢さんの帽子を見つけたあとは、どうされたんですか？」

「悪党どもの跡をたどっていくと、岩のごつごつした場所へと出た。だが、そのときはもう辺りがすっかり暗くなっていたので、それ以上何もできず、わしらは戻ったんだ。エドは、二人いるガイドのなかでも追跡するのが得意なので、夜が明けると、残っている足跡から何か解明できないかと考え、出かけていきおった」

「エドが？」

「わしがきみのところへ行こうと家を出たとき、エドはまだ戻っていなかった」

「日が暮れるまであと三時間しかない」ジョーはいった。「さあ行きましょう」

われわれは現場に向かった。巨体のプランクスは、その不格好な身体をもろともせず、実によくわれわれについてきた。

およそ一時間後に、われわれは川に着いた。土手には男が一人、立っていた。

「何か見つかったか、エド」プランクスは大声で訊いた。

「岩場には、目新しい痕跡は見つかりませんでした」

プランクスはジョーのほうを向いた。「犯人を捕まえてくれたら、五千ドルだ」彼はいった。

「おい、エド。家に戻って、何か変わったことがないか見てきてくれ」

ジョーはすでに仕事に取りかかっていた。川のそばには、誰が見ても明らかなほど、痕跡がはっきりと残っていた――被害者のほっそりとした足跡と、それより大きい二人の男のものがついている。釣り竿は、中央の接続部の上のほうで二つに折れたものが、最初に発見された場所にそのまま落ちていた。彼女はその釣り竿で自分の身を守ろうとしたのだろう。

ジョーはその現場を調べながら、土手のいたる所に目を向け、その付近を行き来した。プランクスは浮かない顔で土手の上から見守りながら、時折、ジョーに質問を投げかけていた。

「お嬢さんは下流に一エーカーほど行ったところで釣りを始め、釣り糸を二度引っかけ、そして二度目に引っかけたときに毛鉤《けばり》をなくしています。そのあと魚がかかりましたが、一度も釣り上げていません」ジョーは答えた。

「何だと。どうしてそんなことが全部わかるのかね?」プランクスはうなった。

「まず、お嬢さんの足跡は、木から釣り針をはずしたことを示しています。次に、枝に釣り針が刺さっているのが見つかりました。魚の件は、一目瞭然ですよ。お嬢さんはまず上流のほうに走ったあと下流へと走り、それからまた上流に向かい、そしてまた戻ったらしく、小さな円のようなものを描いています。そのように動いているのは、重い魚がかかったからに決まってます。さあ、今度は湖に行きましょう」

ジョーは文字どおり、においをかぎつけていくように、ゆっくりと前進した。地面の柔らかい部分には、二人の男のモカシンの跡が、かすかながらも、あちこちについていた。

「やつらは何かを背負っていたみたいだ」ジョーはいった。「彼女を運んでいたのでしょう。ちょっと待ってください。やつらはここでしばらく彼女を降ろしている」

その後、われわれが追跡して高台まで来ると、ムースシャンク湖が見えてきた。わたしは思わず立ち止まった。

大きな山のひざ元に、湖面が黒く広がり、静かに水をたたえている。その片側では、湖の底を見下ろすように森が水際まで迫り、もう一方では湖水がゆっくり脈打ちながら石だらけの湖岸へと流れ出て、岩肌をむき出し高くそびえている断崖の下へと広がっていた。太陽は木立の頂《いただき》をまだ照りつけているが、湖はすでに影の中に沈んでいる。そこはまさに、惨劇の舞台にうってつけの場所に見えた。

ジョーは、男たちがカヌーに乗り込んだことを示す足跡とほかの痕跡が残っている場所にたどりついた。モカシンを履いた足が沼の中で滑り、深くくい込んでいる跡があったことから、彼女をカヌーに乗せるのに苦労したことが見受けられた。

「やつらは娘を湖に連れ出して、殺したんだ」プランクスはうなるようにいった。「底をさらうだと？　さらったって無駄だ。水は地の底までまっすぐ落ちている。去年、ウィルシャーのところの者たちが調べたが、水深を測れなかったほどだ」

その後、湖の反対側へ回ってみると、着岸しているカヌーがあった。二組のモカシンの足跡は、水際の細長い泥地にははっきりと残っていたが、二年前の山崩れで落ちてきた石の残骸がある箇所に来ると見えなくなり、それ以上追跡できなくなった。ジョーは、思いのほか時間をかけてその上陸場所を忙しそうに調べると、山崩れの場所を直角に横切っていき、われわれの視界から姿を消した。

「向こうには断崖から小さな滝となって流れ落ちてきている小川があるんだ」プランクスは、ジョーが行ったほうを指さしていった。「水の音が聞こえるだろう」

ジョーが戻るまでにプランクスとわたしの間で交わされた言葉はこれだけだった。ジョーは急いでこちらに戻ってきた。

「ミスター・プランクス、ちょっと」ジョーは声をかけた。

「どうした?」

「お嬢さんは生きていますよ」

「本当か?」

「少なくとも、お嬢さんはここを通ったとき、生きていらっしゃいました」

「だったら、娘の通った跡はどこにあるんだ?」プランクスは、泥の上の足跡を指さしながらたずねた。「二人の大人の男の足跡しかないじゃないか」

「ええ、そうです」ジョーはいった。「そのことはあとで詳しくお話ししましょう。ところで、ここにとても心強い証拠を持ってきましたよ」ジョーは、わたしが彼にあげた小さい革のバッグを取り出すと、きれいな金色の長い髪の毛を一本つまみ上げた。「これを見てください。向こうの唐檜の森で見つけました」

プランクスは、大きな指でそれをそっと取り上げた。彼は見るからに感極まっていた。少しの間、無言のまま握りしめ、そしてこういった。「ヴァージニアの髪に間違いないよ、ジョー。うちの娘は生きておるんだな?」

「ええ、もちろんです。心配ありません。もうじき、お嬢さんの消息がわかるでしょう。ミスター・プランクス、ぼくが保証しますよ。これは殺人事件ではなく、単なる誘拐です。犯人たちはお嬢さんを殺すような馬鹿なまねはしませんよ。もっと抜け目がないやつらです。なにしろ、彼女はあなたのお嬢さんですからね。やつらは、お嬢さんを人質にとって身代金を要求してくるでしょう。それが彼らのねらいですよ」

プランクスの目に、不穏な表情が浮かんだ。「それがやつらのねらいなのか？　わしから金を巻き上げようたってそうはいかんぞ」

このときにはもう辺りはすっかり暗くなり、ジョーはこれ以上作業を続けられなくなった。わたしたちはプランクスと一緒に湖を渡った。ジョーとわたしはその晩、ムースシャンク湖の一方の端付近で野宿をすることにした。そこには湖水が流れ出ていた。

「ここだと、あの小さな滝と、山崩れした付近の丘に流れ落ちている一筋の水からさほど離れていません」ジョーはいった。「明日の朝早くに、あそこにもう一度行きたいんです。ここからが一番近いですからね」

ところが、その後の展開で彼の予定は狂ってしまうことになる。

夜が明け、朝食をとっていると、ジョーは立ち上がり、わたしたちの背後に生い茂る木立のほうをのぞき込んだ。彼が声を上げたので振り返ってみると、木立の影にぼんやりとした男の姿が見える。男はこちらをじっと見ている。ジョーの合図で、わたしたちは男に近寄っていった。男は若く、顔は真っ青で、かなりすり切れた都会風の服を着ている。

「ウォルター・カーヴィだよ、ノヴェンバー。憶えていないかい？」男はそういって手を差し出した。「去年、きみとミスター・プランクス、それから――それから――彼女と一緒に森に行ったじゃないか」

「ああ、思い出しましたよ。それにしてもミスター・カーヴィ、ここで何をしているんですか?」ジョーは握手をしながらたずねた。

「ヴァージニアのことを聞いたんですよ――放っておくわけにいかないじゃないか」カーヴィは声を荒らげた。

「心配はご無用ですよ」ジョーはいった。

「どうして? 彼女は殺されたんじゃないか! わたしも一緒に行きますよ。もし犯人を見つけたら――」

「とんでもない! 彼女は死んでいませんよ。ぼくのいうことを信じて下さい!」ジョーは灰色の瞳でわたしのほうをいたずらっぽく見た。「あなたが百ドル出してもいいと思うものを、ぼくはこのバッグに持っていますよ」彼はのぼってきた朝日に向けて例の金色の髪の毛をかざした。

カーヴィは頭のてっぺんからつま先まで身体を震わせた。

「ヴァージニアのだ。これと同じ髪の毛をもつ者はカナダに二人といませんよ。話を聞かせてください――」

「ぼくもお話ししたいし、あなたもぼくの話を聞きたくてうずうずしていらっしゃるようなので、少しお話ししましょう。プランクスの親父さんは、あなたに変なふうに話をしているようですね」

「そのとおりです。彼はわたしを嫌っています。それというのもヴァージニアがコンバイン社のシェルペルグと結婚したがらないからです。プランクスはわたしたちをもう何カ月も会わせてくれていません。それだけではなく、彼のせいで、わたしとわたしの共同経営者は破産してしまいました。彼のような金持ちにとっては、そんなことをするのは朝飯前です」カーヴィは苦々しくいった。

「事業をまた始められたらどうですか」ジョーは助言した。「何かわかったら、必ずあなたに真っ先にお知らせしますよ」

だが、カーヴィはなかなかその場を立ち去ろうとしなかった。ようやく彼が帰ると、わたしはカーヴィがヴァージニアの誘拐にかかわっているとジョーが疑っているのではないかと思い、たずねてみた。

ジョーは首を横に振った。「たとえそうしたいと思っても彼にはできませんよ。彼は好青年だし、そもそも彼のブーツと格好を見てください――彼は舗装道路の上で育っています。それでもミス・ヴァージニーは彼を気に入ってますけどね。とにかく現場に行きましょう、ミスター・クォリッチ。例の金色の髪の毛を見つけた場所から始めることにします。向こうの細い流れの上に張り出している枝に引っかかっていたんです。ご存じのとおり、彼女は帽子を落としてしまいましたが、とても豊かな髪を持っています。そこで、足跡が見つけられなかったとき――彼らは川底を通っていたからなのですが――ぼくはちょうど彼女の頭の高さに当たるところをさがしてみました。彼女の髪の毛が枝に引っかかったのではないかと思ったんですよ」

ところが、わたしたちが現場に向かおうとしたとき、下の森のほうから何やらわめいているプランクスの声が聞こえてきた。彼は、不格好なふらついた足取りであったにもかかわらず、驚くほど速い歩調でやってきた。

「きみのいってたとおりだ、ジョー。ヴァージニアは生きている。誘拐事件のようだ。これを見てくれ」

彼は手に細長い棒切れとも杖とも見えるものを持っていた。その杖のてっぺんは無造作に割られていて、その割れ目に紙切れが挟んである。

「エドがさっき、湖にあったカヌーの中でこれを見つけたんだ」彼は続けた。「悪党どもは夜の間に戻ってきて、これを置いていったにちがいない」

「その紙には何と書いてありますか?」ジョーはたずねた。

「『娘を返してほしいのなら、身代金を支払ってもらおう。われわれの取引条件を知りたければ、明日の晩、ブラック湖の古い丸太小屋まで来い。変なまねはするな。お前たちの動きは筒抜けだ。おれたちのあとを追うな。さもないと娘がどうなっても知らないぞ』と書いてある」

ジョーは棒を取り上げ、注意深く調べた。

「やつらはインディアンのやり方をまねて、地面に突き刺しておくつもりだったんだろう」わたしはいった。なぜなら、人里離れた川の土手やハンターたちが行き交うような場所の近くで、インディアンたちがそのような方法を使って、人目につくように手紙を置くのを見たことがあったからだ。

「彼らはそうするつもりでいたけれども、カヌーのほうが便利だと思ったのでしょう」ジョーは棒の両端をさわっていた。「まだ切ったばかりの唐檜の木です。犯人たちが泊まっている付近で切ったものでしょう」彼はいった。

「こんな唐檜は、そこいら中にたくさんあるぞ」プランクスは異議を唱えた。「それなのに、犯人が泊まっている付近で切ったものだとなぜいえるんだ?」

「これは、持ち運びできないような重い斧で切られ、割られているからですよ。ともあれ、ミス・ヴァージニーを捕まえているやつらに会うまでは、追跡するのはやめておきましょう。それではは今夜、ブラック湖ですね?」

「ああ、そうだ。ウィルシャーのところから西方にある榛の木の生えた沼地で待ち合わせよう」プランクスはいった。彼はそのあともしばらくとどまって話をしていったが、彼が帰ると、わたしたちは野宿場所をもっと便利なところに移し、夕方になるのを待った。

ブラック湖は、ウィルシャーの地所からおよそ五マイル離れたところにあるが、グレートラウトが豊富にとれることから、そこに時折訪れる釣り人たちに便宜が図られ、丸太小屋がたてられていた。わたしたちは早めに出発したので、その湖が見えてきたころにはまだ西の空に夕日が輝いていた。

小屋に向かう途中、プランクスは彼の立てた作戦をわれわれに伝えた。それは単純なものだった。彼が犯人たちを小屋の中に連れていって正々堂々と話し、そして頃合いを見計って、彼の娘の引き渡しを要求する。もし彼らが拒否したり難色を示そうものなら銃で脅すというものだった。

「こっちは三人いるんだ。やつらを片づけるのはたやすいだろう」プランクスはいった。

ノヴェンバー・ジョーは首を横に振った。「やつらはあなたが思っているような大馬鹿者ではありませんよ」彼はいった。

われわれは森の待避所となっている高台で立ち止まると、そこから釣り小屋を見下ろした。プランクスは双眼鏡を使って辺りを見渡している。

「人っ子一人おらんぞ」彼はいった。

実際、日が暮れてからわれわれが小屋に近づいたときも、そこには人の気配がまったく感じられなかった。それでもジョーは、われわれに待っているように合図すると、偵察に出かけた。彼はインディアンのように静かに滑るように歩いて姿を消した。彼が動いても、まるで幽霊のように、物音一つ聞こえてこなかった。それからおよそ五分後、小屋に急に明かりがつくと、ジョーはわれわれを呼んだ。

小屋に入ると、ランタンに火をつけたジョーが、荒削りのテーブルの上にある紙切れを指さしていた。

プランクスはそれをひっつかんだ。

「前のと同じ筆跡だ。こう書いてある。『われわれの身の安全を保証してくれれば、話し合いに応じる。これに同意するならば、湖畔でランタンを三回振ること。その合図は、われわれの自由な行き来を保証してくれることを意味する』」

「やはりやつらは馬鹿者じゃありませんよ」ジョーはいった。「ミスター・プランクス、どうしますか？」

プランクスはジョーにランタンを手渡した。「行って、ランタンを振ってきてくれ」

われわれは小屋の入り口から、ジョーが湖に歩いていくのをずっと見ていた。光が三回揺れると、彼に呼びかける声が聞こえた。

「聞いたか？　やつらはカヌーで待機していたんだ」プランクスはわたしにいった。「抜け目ないやつらだ」

その後、パドルが水をはねる音と、霜《しも》で覆われたい草がこすられるガリガリという耳障りな音が聞こえると、カヌーが着岸した。ジョーはそのときにはすでにこちらに戻り、小屋全体を照らすようにランタンを掛けた。そして、われわれ三人はテーブルの片側に並んで立っていた。

訪問者は、ドアの外でためらっている様子だった。

「やつらは二人だけだ」プランクスはささやいた。

そのとき、厚手の外套に身を包んだ背の低いひげ面の男が明かりの中にあらわれ、それに続き背の高いがっしりした体格の相棒が入ってきた。二人とも、黒い目出し帽をかぶり、口元まで隠している。わたしは彼らがモカシンを履いているのに気がついた。

「やあ」交渉役の背の高い男がいった。

彼の挨拶に誰も答えなかったところ、すぐに彼は続けていった。

「ミスター・プランクス、おれと相棒は、あんたと取引しにきた。おれたちはあんたの娘を監禁している。あんたには絶対に見つからない場所にだ。娘はあんたの思いもよらないところにいる」

「あんまり図にのるなよ」プランクスはうなるようにいった。

背の高い男は、プランクスの発言を無視して続けた。

「われわれの間に取引が成立し、身代金を受け取ったら三日後に、娘をあんたのところに無事返してやる。身代金は十万ドルだ。

これがおれたちの条件だ。そこであんたに訊きたいことがある。娘を取り戻したいかどうかということだ」

すると、思いがけなく事態が急展開した。

「その質問には簡単に答えられるだろうな」プランクスはゆっくりした口調でいった。「実をいうとわしは――」

そういいかけて、彼はリボルバーを素早く取り出した。しかし、プランクスの手が脳からの指令を実行に移すよりも、ジョーの手のほうが速かった。ジョーはプランクスの握っていたリボルバーをたたき落とした。

「この裏切り野郎が、プランクス！」誘拐犯は叫んだ。「あんたの信義の守り方というのはそれかい？　そっちがそのつもりなら、こっちにも考えがある。十万ドルの身代金という提案は取り下げだ。身代金は十五万ドルにさせてもらう」

「わしは、一セントたりとも払わんぞ！」プランクスは叫んだ。

「もし気が変わった場合は」誘拐犯は落ち着いた口調でいった。「白いハンカチをこの森の端にある木のどれかに掛けておけ。そして、身代金の札束は、その棚にある缶に入れておくんだ。その後まる二日たってから、娘を無事にあんたの手元に返してやる。だが、もし変なまねをしやがったら、娘はただじゃおかないぞ」

二人の覆面男は、それだけいうと小屋を去っていった。まもなく、彼らがパドルを漕いでいく音が聞こえてきた。われわれはしばらくの間、耳を澄ませていたが、その音が遠ざかって消えてしまうと、突然雷が落ちるような勢いで、プランクスはジョーをののしり始めた。

ジョーは顔色一つ変えず、その嵐に耐えていた。いつまで我慢するつもりだろうとわたしが思い始めたころ、ジョーはようやく口を開いた。すると、ジョーにまるで打ち倒されたかのように、相手は急に黙り込んだ。

「これで話がつきましたね、ミスター・プランクス。あなたはぼくに我慢されたでしょうが、ぼくもあなたに辛抱しましたよ。さあ、もうおとなしく出ていってください！」

プランクスは口を開き何かいおうとしたが、ジョーの顔を見ると気が変わったらしく、われわれのところを立ち去り、暗闇へと飛び出していった。

ジョーはすぐに明かりを消した。「もうプランクスは信用できません。彼はかんかんに怒ってます。でも、半時間もすれば彼はここに戻ってきて、ぼくたちはウィルシャーのところへの帰り方を教えてやることになりますよ」ジョーはくすくす笑いながらいった。

実際、彼のいっていたとおりに事態は展開した。おとなしくはなっていたが、まだひどく憤慨《ふんがい》しているプランクスを、わたしたちは暗い森を通って送り届けたのだ。そのあと、われわれの野宿場所へ帰る途中、ジョーは遠回りをし、持っていたランタンの明かりをたよりに、誘拐犯たちの足跡を調べていった。

ムースシャンク湖のそばで見かけたものと同じく、その足跡は水辺に非常に鮮明についていた。ジョーは、長いことそれを調べていた。

「この足跡をどう思われますか？」彼はようやくたずねてきた。

「モカシンを履いている――前に見かけた足跡の主の一人のものと同じだと思うな」わたしは答えた。

ジョーはうなずいた。

「おいおい、何だかきみは心ここにあらずのようだが」わたしは彼にいった。

「カーヴィとの約束はどうしましょうか」彼は答えた。「ぼくは今回の事件にこれまでになくのめり込んでいるんですよ。ミス・ヴァージニーを何がなんでも見つけ出さなければならない」

「彼女の跡を追えないのは、プランクス宛ての手紙に書いてあった脅迫のせいなのかい？」

「そうですが、理由はもう一つあります」

「それは何だい？」

「明日の夜までに、ぼくはミス・ヴァージニーと直接、話をしようと思っているからです」ジョーは静かな口調でいった。衝撃的な発言だったにもかかわらず、彼はそれ以上何もいおうとしなかった。

翌朝、ジョーは早起きした。

「今日はどうするつもりだ？」わたしは訊いた。

「ミス・ヴァージニーをかくまっている男の名前を見つけるつもりです。ミスター・クォリッチ、あなたはここで待っていてください。ぼくは用事がすんだら、すぐに戻ってきます。あなたは釣り竿をお持ちだし、この湖は魚がたくさんいますよ」

わたしはその返事で満足しなければならなかった。さわやかな朝の間、わたしは釣りをしていたが、気持ちはそこになかった。その代わり、わたしは、ミス・ヴァージニア・プランクスの失踪にかかわるさまざまな事実に思いをめぐらせていた。ジョーは出かける前、彼女を誘拐した犯人の名前を携えて戻ってくるといってわたしと賭けをしていったが、どんな手掛かりがあってそんなことをいったのだろうか。思いつくのは二人の男の足跡と、金色の髪の毛ぐらいのものだ。しかし、ジョーは今回の事件に夢中になっているし、そもそも彼ははっきりしたことがいえるようになるまで話をしてくれない男だ。一人で過ごしていると、時間の流れはひどく遅かった。この間に太陽が高くのぼり、そして天頂から傾き始めた。

午後二時ごろに、ジョーの呼ぶ声が聞こえた。

「賭けはどうなったんだ?」わたしは彼の姿が見えるなり呼びかけた。「賭け金を払うのはどっちだい?」

「あなたですよ、ミスター・クォリッチ」ジョーはいった。

「ほお、それで男の名前は?」

「ハンク・ハーパーという男です」

「おい、そいつの名前は聞いたことがあるぞ。彼は人格者として通っているはずだ」

ジョーは声を上げて笑った。「とにかく、やったのは彼です」ジョーはいった。「彼はオッター・ブルックにある自分の小屋に彼女を連れていったのだと思います」

「ちょっといいかい、ノヴェンバー」わたしはいった。「ハンク・ハーパーが今回の誘拐事件にかかわっているというなら、わたしはきみのいうことを信じるよ。確固たる根拠がなければ、きみは決してそんなことを口にしたりしないからだ。それでも、きみはこれまでのいきさつをすべてわたしに話してくれるべきじゃないかな?」

ジョーはパイプを取り出した。「わかりました、ミスター・クォリッチ。いずれにしてもハーパーのところに行くまでにいくらか時間がありますから、ぼくがなぜハンクに目星をつけたかを説明しましょう。最初からお話しすると、まず犯人は二人いました。そのうちの一人がハーパーです。もう一人は誰だかわかりませんが、これはさほど重要ではありません。ハーパーが見つかれば、その相棒のこともわかるでしょう。さて、ミス・ヴァージニーが釣りをしていたとき、二人はこっそり近づいて、彼女を連れ去りました。その後、彼らがカヌーに連れていったところまでは前にお話ししたとおりです。二人は湖を漕いで渡ると、ミス・ヴァージニーをカヌーに残して降り、そして彼女は自力でカヌーを漕いでいって、どこかに上陸したんです」

「それだったら、彼女は逃げられたはずじゃないか」わたしは大声でいった。

「彼女はライフルをずっと向けられていたので、いわれたとおりにするしかなかったんです。ぼくは彼女の上陸した場所を見つけ、あの小さい滝の水が流れているところまで足跡をたどっていき、そこで金色の髪の毛を見つけたのです。さあ、こうしてみると、すべてかみ合っていますし、身代金を要求するあの紙切れの言葉も、ぼくの推理をさらに裏づけてくれました。ブラック湖でのハーパーとの会話——交渉役の男はハーパーに間違いないでしょう——だってそうです。ぼくがプランクスのリボルバーをたたき落としたのはすごく申し訳なかったのですが、そうするしかなかったんです。だって、約束は約束ですし、プランクスは彼らの身の安全を保証すると誓っていたのですから。ところがその後、ハーパーの相棒が残していった足跡に目を落としたとき、ぼくは驚くべきことに気がついたんです」

「説明してくれ、ジョー！」

「その足跡を見て、ぼくは今回の事件を間違って理解していたことに気づいたんですよ。最初から最後までとことん間違っていました」

「間違っていた？　どうしてだい？　きみ自身がいっていたとおり、すべてがかみ合っているじゃないか」

「あの足跡を見て、何か気づきませんでしたか？」ジョーは訊いた。

「ごく普通の足跡で、とくに変わったところはなかったが」

「そうですか？　ぼくは実をいうと、それを見てびっくりしましたよ、ミスター・クォリッチ。全体重がモカシンの真ん中にかかっていたんです。かかととつま先の跡はほとんどついていませんでした」

ジョーは、その奇妙な点が何を意味するのか気づいてほしい様子でこちらを見たが、わたしは見当がつかず首を横に振った。

「その足跡は、モカシンを履いていた足がとても小さかった、つまり、モカシンよりかなり幅が狭い足だったことを示しています」

「まさか――」わたしはいいかけた。

「そうです」ジョーはいった。「ブラック湖にいた二番目の人物は男ではなかったんです。あれは、ミス・ヴァージニー自身だったんですよ」

「でも、もしそうだったら、彼女は思惑どおり行動できたじゃないか――わたしたちに助けを求めさえすればよかったんだ――声をかけてくれれば」

ジョーはさえぎった。「彼女には別の思惑があったんです。いいですか、ぼくは、今回の誘拐はミス・ヴァージニーのお芝居であるか、そうでなくとも彼女が同意したうえで誘拐されたと確信しているんです」彼はこの驚くべき発言の内容が十分理解されるまで待ち、そして先を続けた。「ぼくはこの結論に達したとたん、彼女が湖上でライフルを向けられて見張られていたことなどを含め、すべての推理が間違っていたことに気づいたんです。ええ、ことごとく間違っていました。彼女はただ周囲を漕いで回り、その後二人の男と合流しただけですよ。それからぼくはじっくり考え直し、彼女とぐるになっている男の名前を挙げる方法を見つけたのです」

「たやすいこととは思えないが」わたしはいった。

ジョーはにっこり笑った。「ぼくはすぐにウィルシャーの宿泊場所に駆けつけ、そこにいた女にミス・ヴァージニーの部屋から何かなくなったものはないかたずねてみました。彼女は何もないと答えました。そこで、少しめどが立ってきたんです。ぼくは去年、ミス・ヴァージニーと一緒に森にいたので、彼女が身の回りの品にいかにこだわるかをよく知っています。海綿や櫛《くし》、なかでも歯ブラシがなければ彼女は一日たりとも過ごせないんですよ——育ちのよい女性というのは、そういうものでしょうかね？」

「ああ、そんなもんだろう。それで——」

「それで」ジョーは続けた。「ぼくが考えているように、彼女が自分の自由な意志で行ったのであれば——そうでなければ、彼女はブラック湖に来なかったでしょう——つまり、もしぼくの考えが正しくて、彼女が計画を練り、誘拐を自作自演しているとしたら、一緒にいたあの男は、いわば彼女の召使いにすぎないでしょう。そして、彼女が真っ先にすることは、男をどこかの店に行かせて、必需品を買ってきてもらうことだと思います。彼女がプランクスの宿泊場所にのこのこ出ていって、自分のものを取ってくることなどできませんから、ハンクにたのみ、どこかで新品を調達してきてもらわなければならなかったはずです」

「それでどうだったんだい？」

「そこでぼくは、この地域周辺の店から当たってみることにしました。すると運がいいことに、ラベットにある大きな店に立ち寄り、そういった日用品を買った者はいなかったかどうかたずねたところ、ハンク・ハーパーが買いにきたというのです。彼が何を買っていったか訊いたところ、ヘアブラシ、櫛、歯ブラシ二本などの身の回り品だというのです。それだけ聞けば十分でした。それはミセス・ハンクのための買い物ではありません。彼女はインディアンとの混血で、週末などは身ぎれいにするのをよく怠っていますから」

「なるほど」

「買い物をしたのは昨日だったそうで、つじつまがすべて合います。あとは、ミス・ヴァージニーがなぜそんなことをしたかを突きとめるだけですが、その理由は今日中にわかるでしょう」


わたしたちがオッター・ブルックにあるハーパーの小屋にたどりついたときには、夜の十時を回ろうとしていた。まず、ドアをノックしたところ返事がなかったため、繰り返したたくと、ようやく、しわがれた男の声で、何の用だと怒ったように訊いてきた。

「ミス・ヴァージニー・プランクスに、ノヴェンバー・ジョーが少しばかり話をしたがっていると伝えてくれないか」

「おまえは酔っぱらいか」男は怒鳴った。「それとも頭がおかしいのか?」

「ぼくは、正々堂々と彼女の跡を追ってきている。彼女に会わなければならないんだ」

「彼女はここにいない」

「自分で確かめるから、中に入れてくれ」

「うちを脅しにくるやつは、おれがライフルを持って出迎えることになっている。用心するんだな」と、小屋の中から返事があった。

「そうかい。それじゃあ、帰ってミスター・プランクスに報告しておくよ」

ジョーがそういったとたん、ドアが開き、あでやかな魅力あふれる顔があらわれた。「入ってちょうだい、ジョー」と美しい声がいった。

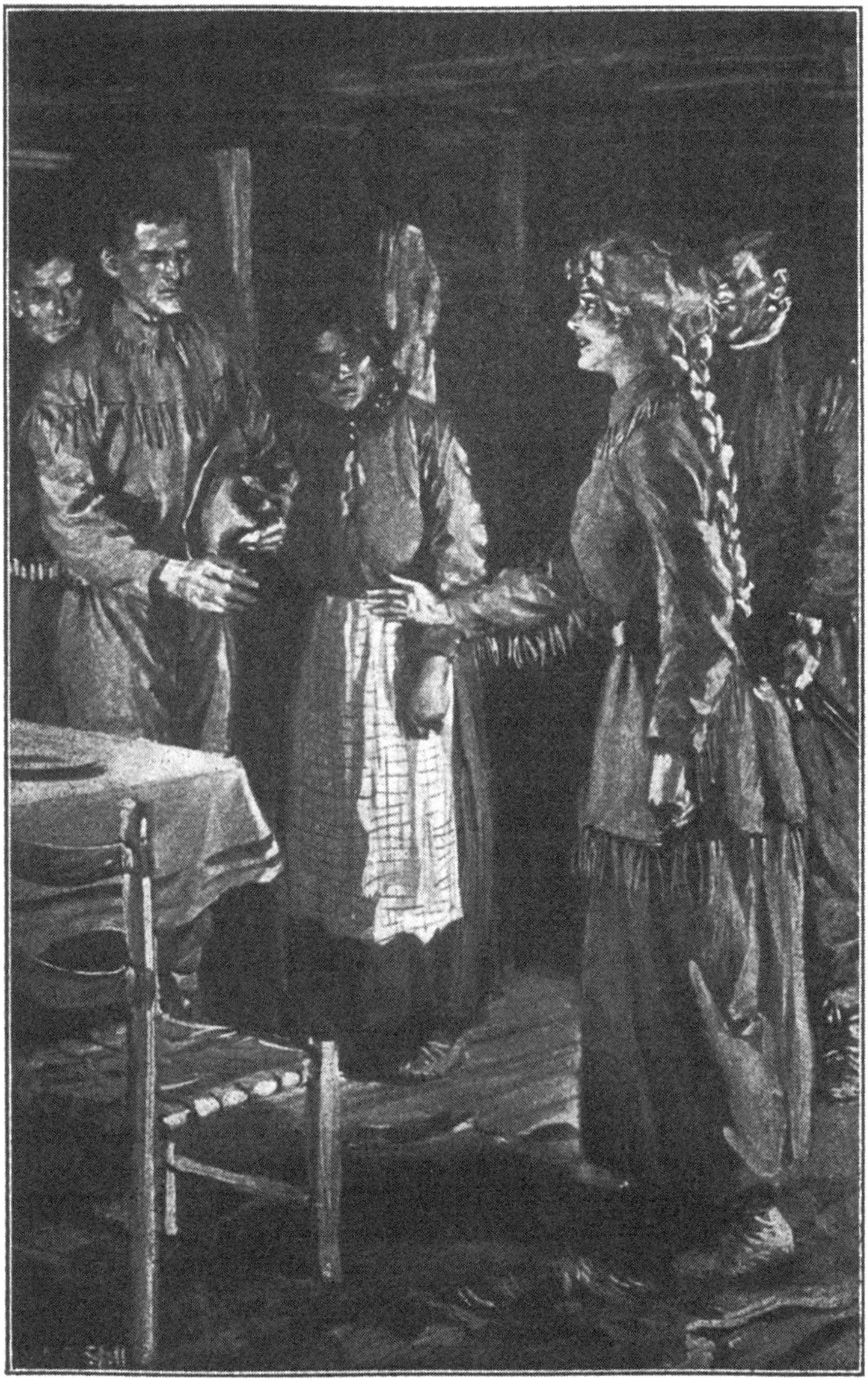

165　ミス・ヴァージニア・プランクス事件

「ありがとう、ミス・ヴァージニー。お邪魔させてもらうよ」ジョーはいった。

わたしたちは中に入った。ランプと炉火が、貧しいわな猟師の小屋の内部と、ミス・ヴァージニア・プランクスの背の高いほっそりした身体を照らし出している。彼女は鹿皮の狩猟用スカートをウエストのところでベルトで締め、輝くばかりに美しい髪は一本に太く編んで背中に垂らしていた。彼女は、何とも愛らしい笑みを浮かべながら、ジョーに手を差し出した。

「ジョー、わたしを引き渡したりしないでしょう?」彼女はいった。

「あなたからまだ話を聞いていませんよ、ミス・ヴァージニー」

ヴァージニア・プランクスは彼の目をのぞきこみ、そして笑った。「確かにそうね。でも、この方がいらっしゃるところでお話ししても構わないかしら?」

ジョーはあわてて、わたしが信頼のおける人間であることを保証してくれた。一方、ハンク・ハーパーはライフルを手にしたまま、背後からにらみをきかせている。そこには、インディアンの混血の女の黒っぽい顔も見えていた。しかし、その場を完全に取り仕切っていたのは、ミス・ヴァージニアだった。

「こちらのお二人にコーヒーを差し上げてちょうだい」彼女はミセス・ハーパーに大きな声で命じた。こうして、われわれはコーヒーを飲みながら、彼女の話を聞くことになった。

「コンバイン社のシェルペルク氏のことはご存じかしら?」彼女は話し始めた。「父は、わたしを無理矢理、彼と結婚させようとしていたんです。彼はどう見ても五十歳ぐらいで……彼と結婚するぐらいだったらおぼれ死んだほうがはるかにましだわ」

「身近に、もっと若くてハンサムな男がいるのではありませんか、ミス・ヴァージニー？」ジョーは意味ありげにいった。

ヴァージニアは恥ずかしそうに顔をさっと赤らめた。「もう、ジョーったら。あなたの目をごまかすことはできないわね。ウォルター・カーヴィを憶えているでしょう？」

「もちろんです。やっぱり彼なんですね。それはよかった。でも、彼は破産したそうですね」ジョーはごくあっさりといった。

「あなたにはすべてお話ししなければいけないわ。そうでないと、わたしが何をしたのか、なぜこんなことをしたのかをわかってもらえないもの。ウォルターを破産させたのはうちの父よ。父はそうやって、わたしたちの結婚を引き延ばそうとしたの。その後、シェルペルクの件が持ち上がったんだけど、彼では心の安らぎが得られないので、わたしはこれ以上耐えられなくなった。ご存じのとおり、父はとてもずるい人間で、わたしの勘定書は、どんなにかさむ金額でも払ってくれるのだけど、わたしには五ドル以上は決して持たせてくれなかった。そうやって、父はわたしを無力にさせたの。わたしはウォルターに会うことも、彼から連絡をもらうことも一切できなくなってしまい、シェルペルクが始終うちを取り仕切るようになってしまったのよ」

ジョーは気の毒そうにため息をついた。わたしも同じだった。

「そんななか、今回の誘拐事件を思いついたの。計画はわたしがすべて練り、ハンクに手伝ってもらったわ。ジョー、あなたがいたら、きっとあなたにお願いしていたでしょうね。ねえ、ジョー、わたしがあなたのいかによい生徒で、あなたの追跡方法をいかによく憶えていたかを知っているでしょう？　わたしはあなたに追跡の仕方を教えてほしいといって、よくおねだりをしていたもの」

「ミス・ヴァージニー、あなたはとても優秀な生徒でしたよ！」

「わたしが折れた釣り竿を置いたあと、ハンクと彼の弟がわたしをカヌーまで運び、そして、彼らが湖の向こう岸でカヌーを降りてから、わたしは自分であの滝のそばにある岩の近くへと漕いでいったの。そうすれば、警察であれ誰であれ、追い手の目をくらませられると思ったわ。でも、あなたをだますことができなかったのは、とてもショックだわ、ジョー」

「でも、ずっとうまくやっていましたよ――ブラック湖にいらっしゃるまでは」ジョーは彼女を慰めた。

「そういえばあのとき、あなたはわたしだとは気づかなかったのよね？」彼女は大きな声を上げた。「わたしは大きな足跡をつけるために、ハンクのモカシンを履いていたんだもの」

ジョーは足跡の件を説明し、自分がプランクスから首にされたこともつけ加えた。

「まあそうだったの。それにしても、あなたがあそこにいてくれてよかったわ。そうでなければ、ハンクが撃たれていたもの。あのことがあって、わたしは身代金を絶対に取ってやろうと決心したの。それはウォルターのために必要なのよ。わたしの父のせいで彼が失ってしまった分を、それで埋め合わせしてあげたいの」

「だったら、ミスター・カーヴィも今回の件にからんでいるんですか？」ジョーはいぶかしそうに訊いた。

「彼が今回のことを知っていると思うなら、それはとんでもない誤解よ」ヴァージニアは激しい口調で抗議した。「もし彼が知ったら、お金を絶対に受け取らないわ。わたしは差出人の名前も手掛かりも一切わからないようにして、彼にお金を送るつもりでいるの。ウォルターはあなたと同じくらい誠実な人よ、ノヴェンバー・ジョー」彼女は誇らしげにいい添えた。「彼のことを知っているくせに、彼を疑うなんて！」

「疑っているとはいっていませんよ。念のためにおたずねしただけです」ジョーはおずおずといった。「ところで、身代金はまだ手に入れていないんですね」

「まだよ。でも近いうちに手に入れるわ」

結局、ミス・ヴァージニア・プランクスが勝利を収めた。彼女は満額の身代金を手に入れたが、ミスター・プランクスは自分がだまされていたことに気づいていないようだ。ミスター・ウォルター・カーヴィも、匿名の後援者が誰なのか、いまもってまったく見当がついていない。それでも、確かなことが二つある――ミセス・ヴァージニア・カーヴィが幸せになったこと、そして、ハンク・ハーパーは地代を払う必要がなく、二百エーカーもの農地を耕し順調に暮らしていることだ。

第八章　十万ドル強盗事件

「本件は一切公にせず、内密にしておいていただきたい」銀行支店長のハリスはいった。

ノヴェンバー・ジョーはうなずいた。彼は支店長の個人用事務室にある椅子のごく端に腰かけていたが、その格調高い、豪華な家具調度品のそろった部屋に彼がいるのはひどく場違いに見えた。

「正直申し上げて」ハリスは続けた。「わたくしども銀行家は、顧客を動揺させるわけにはいかないのです。ご存じでしょうが、ジョー、とくにこのような郡部には、小口預金者がたくさんおられます。そのようなお客様が、あのいまいましいセシル・ジェームズ・アターソンが十万ドルを持ち逃げしたと知ったら、不安にかられるでしょう。わたくしどもを二度と信用してくれなくなります」

「十万ドルとは、とんでもない大金ですね」ジョーはいった。

「当行には、予備金が二千万ドル以上ありますよ。これは十万ドルの二百倍に当たります」ハリスは仰々しくいった。

ジョーは憂いを含んだ笑みを浮かべた。「それはそれは。それでしたら、アターソンに持ち逃げされても、おたくの銀行は痛くもかゆくもありませんね」

「彼を取り逃がすことがあったら、わたしとしてはたいそう不本意ですよ」ハリスはいい返した。「そろそろ本題に入りましょうか」

この前日の晩、カナダ・グランド銀行ケベック支店長のハリスは、わたしのところに電話をかけてきて、ノヴェンバー・ジョーを貸してもらえないかとたのんできた。ジョーはそのとき、わたしの所有する地所の一つで、丸太小屋を建ててくれていた。そこでジョーに電報を打ったところ、彼はそれを受け取ってから五時間もたたないうちに、二十マイルの道のりを歩いてケベックにやってきた。そして、いまこうして銀行の一室で、わたしとともにハリスから強盗事件の説明を聞こうとしている。

支店長は咳払いし、まず質問してきた。

「アターソンにこれまでお会いになったことは？」

「ありません」

「彼のことをご存じかと思っていましたよ。彼はいつも森で休暇を過ごしていましたからね――たいていは釣りをしていたようです。ここ二年は、レッド川で釣りをしたと聞いています。ところで、今回の件をお話しすると、土曜日に、わたしは彼に金庫室に行って、一ドルと五ドルの新札の束を持ってくるようにたのみました。手持ちの札が足りなくなったからです。その金庫には、たまたま無記名証券も多数入っていました。アターソンは、わたしがたのんだ札束を、鍵と一緒に持ってきました。それが土曜日の正午ごろのことです。この日は午後一時に閉店しました。そして、昨日の月曜日、アターソンは出社しませんでした。最初、わたしは気にとめていなかったのですが、午後になってもやってきません。欠勤の連絡もなかったので、わたしはあやしいと思い始めました。そこで金庫室まで降りてみると、十万ドル以上の札束と無記名証券がなくなっていたのです。

わたしはすぐに警察に通報し、警察は事情聴取を始めました。ここで、申し上げておきますが、アターソンは、フロントナックの向こうにある下宿屋に住んでおりました。日曜日には誰も彼の姿を見かけていません。しかし、仲間の下宿人のコリングスの話によれば、土曜日の夜十時半ごろに、アターソンが彼の部屋を訪れたとのことです。つまり、コリングスが彼の最後の目撃者となっています。アターソンはコリングスに、日曜日は出かけて南海岸で過ごすと話していたそうです。そしてこのあと、アターソンは姿を消してしまいました」

「警察はその後、何も発見していないのですか?」ジョーはたずねた。

「ええ、鉄道のどの駅にも、アターソンが立ち寄った形跡は見つかっておりません」

「警察は、百マイル四方の警察署すべてに電報を打って、連絡したのではありませんか?」

「ええ、連絡しています。それで、あなたにご足労いただくことになったわけです」

「というのは?」

「ローバーヴィルの巡査から、アターソンの人相に合致する男が、日曜日の早朝にストーンハム道路を北に向かって歩いているのを農夫が見かけたという目撃情報が寄せられたからです」

「そのほかの目撃情報は?」

「ありません」

「では強盗事件に話を戻しましょう。アターソンの仕業だとそこまで確信されているのはどうしてですか？」

「土曜日の朝の時点で、札束と証券は金庫にあったからです」

「それはどうしてわかったのですか？」

「それを確認するのがわたしの仕事ですから。わたしがこの目で確かめています」

「なるほど……それでは、金庫室に降りていった者はほかにいなかったわけですね？」

「行ったのはアターソンだけです。もう一人の行員は――従業員は金庫室には一人で行ってはならないという規則がありますから――、アターソンが降りていく間、階段の上で待っていました」

「鍵を持っていたのは誰ですか？」

「わたしです」

「鍵があなたの手元から離れたことは？」

「一度もありません」

ジョーは少しの間、黙り込んだ。

「アターソンは、こちらの銀行にどのくらい勤務していたのですか？」

「二年ちょっとです」

「これまでに問題を起こしたことは？」

「ありません」

このとき、事務員がドアをノックし、数通の手紙を持って部屋に入ってきた。ハリスはそのうちの一通の宛名書きの筆跡に気づくと、顔をこわばらせた。事務員が部屋を出ていくなり彼はその手紙を開封し、声に出して読んだ。

ハリス様
本状をもちまして、私はカナダ・グランド銀行のすばらしい高収入の職を辞めさせていただきたく存じます。在職中の判で押したような単調な毎日は、気骨ある男にとっては耐え難きものがありました。未払いとなっております私の先週分の給与で、牛乳と菓子パン《バスバン》を購入され、次回の重役会議に差し入れて下さいますようお願い致します。

C・J・アターソン

「消印はどうなっていますか？」ジョーは訊いた。

「リムースキ、日曜の午前九時半となっている」

「どうやらアターソンが犯人のようですね」ジョーはいった。

「わたしはずっと、そう確信していましたが」ハリスは声を張り上げた。

「ぼくはそう思っていませんでした」ジョーはいった。

「いまようやく確信されたと？」

「その考えに傾きつつあります。というのは、アターソンはその手紙を自分では投函していないからです。投函したのは彼のコン――ええと――何といいましたっけ？」

「共犯者《コンフェデレイト》とおっしゃりたいのですか？」

「そうです。共犯者が投函したのです。アターソンは土曜日の夜十時半にこの町で目撃されていますが、日曜の午前九時半の消印がつくようにリムースキで手紙を投函するためには、土曜日の夜七時発の急行列車で向かわなければ間に合わないからです。ただ、金を盗んだのは間違いなくアターソンでしょう。もし、ストーンハム道路で目撃されたのが本当に彼であるならば、ここからそこまで森を三十マイル進んでいく時間があったことになりますし、彼はそのまま進み、ラブラドルまで行っている可能性もあります。十万ドルを取り戻せるかどうかわかりませんよ、ミスター・ハリス」

「それは困る。あなたは彼のあとをたやすくたどれるのだろう？」

ジョーは首を横に振った。「彼の足跡をたどれといわれればできます」彼はいった。「でもローレンシャン高原に出たら、彼はきっとカヌーを盗んで水路で逃げてしまうでしょう」

「ふむ」ハリスは咳払いした。「彼を取り逃がしてしまったら、うちの重役連中は、あなたに二ドルの日当を払うのをしぶるでしょうな」

「日当二ドルですか？」ジョーはやんわりとした口調でいった。「十万ドルの二百倍の予備金がおありになるのでしたら、それが負担になるとはとても思えませんが」

わたしは笑った。「ちょっといいかい、ノヴェンバー。きみに代わって、わたしに交渉させてもらえないか」

「ええ、どうぞ」若い森の男はいった。

「それでは、きみの報酬だが、もし失敗した場合は日当五ドルを、成功した場合は取り戻した総額の一割を支払ってもらうということで、ミスター・ハリスに提示させてもらうよ」ノヴェンバーは目を丸くしてわたしのほうを見たが、何もいわなかった。

「では、ミスター・ハリス、そういう条件でよろしいですね?」わたしはたずねた。

「ああ、まあ、それでいいだろう。何だかうまいことしてやられたな」ハリスはいった。

ジョーは顔をほころばせて、われわれ二人のほうを見た。


それから二十時間後、ジョー、ホブソンという名の警官、それにわたしの三人は森の奥深くにいた。ローバーヴィルの農夫からごく手短に話を聞いたあと、古い人気《ひとけ》のない道路をいくつか通り過ぎ、ようやく、地元でいうところの〝森《ブッシュ》〟に入っていった。

「どこに向かっているんだ?」ホブソンはジョーにたずねた。

「レッド川ですよ。農夫が目撃したのがアターソン本人ならば、彼はそこに行っているでしょう」

「どうしてそう思うんだ?」

「レッド川にはスノー湖から水が流れ込んでいて、スノー湖には何人かのわな猟師がカヌーを置いています。七月といういまの時期には、わな猟師は一人もいませんから、アターソンは、カヌーを簡単に盗めます。それに、追跡を恐れる者は、自分の知っている土地に逃げ込もうとするものですよ。アターソンはレッド川で二回休暇を過ごしていたと、ミスター・ハリスが話していたではありませんか。それから」――ここまで話すと、ジョーは立ち止まり、地面を指さした――「これはアターソンの足跡です」彼はいった。「少なくとも十中八九、彼の足跡でしょう」

「しかし、きみは彼に一度も会ったことがないはずだ。それなのになぜわかるんだ？」ホブソンはたずねた。

「実は、この足跡には四時間前に一度、出くわしているんです。あなたがパイプに火をつけていたときのことですよ」ジョーは答えた。「その足跡は森から出てきていましたが、われわれがカルチエの農場の近くまで行くと、その足跡は再び森の中に戻っていました。その後、カルチエの農場から一マイル先で、足跡はまた森から道路へと出てきていたのです。そのように足跡が迂回しているのはなぜでしょうか？　それは、その足跡の主が、人目を避けようとしているからですよ。彼のブーツは八サイズの都会製で、鋲とゴム製のかかとがついています。さあ、行きましょう」

このあとのわれわれの行程の詳細については省かせていただく。また、ジョーが足跡を追いかけていく途中で、いかに固い地面や岩の続く場所をたどり、ところどころで引っかき傷や折れた小枝に目をとめていったかについてもここでは述べないことにする。警官のホブソンは、足跡の追跡に長《た》けてはいたが、自分に自信をもっているせいか、自分より明らかに優れているジョーに少々嫉妬しているようだった。

その晩、われわれは道端で眠った。ジョーによれば、泥棒はわれわれから何時間も先には行っていないだろうということだった。すべては、泥棒がレッド川に着き、カヌーに乗ってしまう前にこちらが追いつけるかどうかにかかっていた。とはいえ、暗闇の中では追跡できない。そこでやむなく野宿をしたのだ。翌朝、夜明けとともにジョーに起こされると、われわれは再び道を急いでいった。

しばらくアターソンの足跡を追っていたが、その後、足跡が道路からはずれていっているのを発見した。警官が大きな音を立てて突進しようとすると、ジョーは身振りで彼を制止した。

「静かに！」と、ジョーは耳打ちした。

そこで、われわれは音を立てないようにそっと進むと、五十ヤードも離れていない前方で、一人の男がいきり立ったように歩き回っていた。斜めに差し込んでくる陽の光で男の顔がはっきりと見える。意志の強そうな顔に小さな黒い口ひげがあり、さらに二日分の無精ひげが伸びている。絶望の極みにあるかのように頭を深く前に垂れた姿勢で、両手を振り回している。そして、静かな外気を通して、男がぶつぶつと単調につぶやく声が聞こえてきた。

われわれは背後から男に忍び寄っていった。そこで、ホブソンが前に飛び出し、男の手首に手錠をかけて叫んだ。

「セシル・アターソン、おまえを逮捕する！」

アターソンは操り人形のように跳び上がった。顔は真っ青になっている。彼はしばらくぼう然とした様子で立ちつくしていたが、ようやくのどが詰まったような声でいった。

179　十万ドル強盗事件

「おれを逮捕か？　そいつはよかったな」

「持っている金をこっちに寄こせ」ホブソンはいった。

ここで再び、間があった。

「ところで、おれはいったい、何の嫌疑がかけられているのか知りたいのだが」アターソンはいった。

「知りたいだと？」ホブソンはいった。「しらばくれるな！　グランド銀行から十万ドル盗んだ容疑じゃないか。盗んだ金をこっちに渡して、これ以上面倒をかけるな！」

「面倒などかけた憶えはない」容疑者はいった。

ホブソンはアターソンのポケットすべてに手を突っ込みくまなくさがした。しかし、何も見つからない。

「金は身につけていない」ホブソンは大声でいった。「こいつの荷物を調べるんだ」

男の荷物から、ジョーはウイスキーの角瓶、パン、塩、羊肉一切れを取り出した。入っていたのはそれだけだった。

「金はどこに隠した？」ホブソンは詰め寄った。

すると突然、アターソンは声を上げて笑い出した。

「つまり、おれが銀行強盗をしたというんだな？」彼はいった。「あいつらにはほとほと嫌気がさしていたから、誰かに襲われたのなら何よりだ。でも、やったのはおれじゃない。あんたとあいつらを不法逮捕で訴えてやるぞ」

そして、彼はわたしたちのほうに顔を向けた。「あんたたち二人は証人になってくれ」

「おまえはセシル・アターソンじゃないというのか？」ホブソンはいった。

「いや、まさしくアターソン本人だ」

「いいか、アターソン。金をどこに隠したか白状したほうがお前の身のためだぞ。そうしたら、裁判で弁護士がおまえの有利になるように働きかけてくれる」

「大きなお世話だ。おれは強盗のことなど知らないといってるだろう」

ホブソンは男を上から下までじろじろと見た。「そのうち気が変わるだろうよ」彼は皮肉っぽくいった。「さあ、仕事にとりかかろう、ジョー。金の隠し場所を見つけるんだ」

ジョーは地面に荷物を開いたまま、指を器用に動かし、わき目もふらず中身を調べていた。アターソンは疲れ果てたように、木の下でへたり込んでいる。

ホブソンとジョーはその付近を手早く調べた。数ヤード先で、アターソンの足跡は途切れていた。

「やつはここで野宿したんだ」ホブソンはいった。「すべてが歴然としている。くたびれ果てて、ここに倒れ込んだんだ。昨夜のことだろうな。ここは昔、野営地だったんだ」警官は風雨にさらされたバルサム製のベッドとキャンプファイアの痕跡をいくつか指さした。

「ほら」彼は続けた。「見てのとおりだ。ただ、問題はやつが銀行の金をどこに隠したかだ」

それから一時間以上かけ、ホブソンは思いつく場所をすべてさがした。しかし、ジョーはちがっていた。川のほうを二回、素早く見下ろすと、火をおこしてやかんをかけ、パイプに火をつけた。アターソンは木の下から、眠たそうな無関心な様子で、ことの成り行きを見ていたが、そんな彼の態度は、わたしの目にはひどくわざとらしいものに映っていた。

捜索をようやく終えたホブソンは、ジョーのいれたお茶を受け取った。

「ここいらには、隠していない」彼は容疑者に聞こえないように、低い声でいった。「それから」――彼はアターソンの横たわっている姿を手で指し示した――「あいつの足跡は、寝ていた場所で止まっていた。そこから一フィートも先に行っていなければ、百ヤード向こうの川にも降りていない。やつの行動は非常にはっきりしている」

「へえ」ジョーはいった。「そう思いますか?」

「ああ。やつはここに来る途中で、金を隠したか、共犯者に手渡したかのどちらかだ」

「そうなんですか?　ところでこのあとどうするつもりですか?」

「あいつはおれと二人きりになったら、洗いざらい白状するだろうよ」ジョーがアターソンにお茶のカップを持っていこうとすると、ホブソンは立ち上がった。

「おい、やめろ」彼は叫んだ。「金の隠し場所を白状しない限り、ここからケベックに着くまで、容疑者には飲み食いさせるな」

「さあ、そろそろ行ったほうがいいだろう」ジョーが肩をすくめながらたき火のそばに戻ってくると、ホブソンはいった。「きみたちは先に行ってくれ。おれは容疑者と静かに話をしたい」

「ぼくはここにとどまります」ジョーはいった。

「何のために?」ホブソンは声を荒らげた。

「ぼくは、盗まれた金を取り戻すために、ハリス支店長から雇われているんです」ジョーは答えた。

「しかし」ホブソンは忠告するようにいった。「アターソンの足跡は野宿したちょうどこの場所で止まっているんだぞ。ほかに足跡はついていない。つまり、誰も彼のところに来ていないんだ。それでもきみは、アターソンが札束と証券をここいらに隠していると思っているのか？」

「いいえ」ジョーはいった。

ホブソンはその返事に目を見開いたが、立ち去ろうとすぐに背を向けた。

「わかった」彼はいった。「きみはきみで勝手にしろ。おれはおれの方法でやる。ケベックに着くまでに、あいつを白状させるつもりだ。あいつは相当くたびれている。盗んだ金の隠し場所をおれにいうまでは、休憩も睡眠もとらせないし、すわらせもしない」

「彼は白状しませんよ」ジョーは断言するようにいった。

「どうして？」

「いえないからですよ。彼自身、どこにあるか知らないんですよ」

「馬鹿いえ」ホブソンそれだけいうと、きびすを返した。

ノヴェンバー・ジョーは、ホブソンが自分の手とアターソンの手首を縛り、われわれが来た道を戻って姿を消してしまうまで、そこにじっとしていた。

「さあ」わたしはいった。「これからどうするんだい？」

「もう一度、この付近を見てきます」ジョーはさっと立ち上がり、素早く地面を調べていった。わたしは彼に同行した。

「この事件をどう思いますか?」しばらくしてから彼は訊いてきた。

「まったくわからない」わたしは答えた。「足跡もそのほかの痕跡もまったく残っていないし、あるものといえば、この付近の二、三カ所にころがっている古い丸太だけだ――おそらくアターソンがたき火をするために拾ってきたものだろう。ホブソンがいっていたこと以外に何かわかっていることはあるのかい?」

「さあどうでしょうね」ジョーはそういうと、川のほうに降りていった。川は、五十ヤードも離れていないところにあったが、生い茂る木々にさえぎられ、われわれのいたところからは見えていなかったのだ。

それは流れのゆるやかな川で、川縁《かわべり》の柔らかい泥には、驚いたことに、ごく最近、カヌーが着岸した痕跡がついていた。そのそばの泥の上にも、パドルが横たわっていたような跡がかすかについている。

ジョーはそれを指さした。パドルは、カヌーから落ちたものと推察された。柔らかい地面に残っている跡がごくわずかであるからだ。

「カヌーがここにあったのはどのくらい前のことだろう?」

「おそらく夜明け――午前三時から四時の間でしょう」ジョーはいった。

「だったら、これは役に立つとは思えないな。着岸していたカヌーは、アターソンの強盗事件とは無関係だ。ここからさっきの野営地までは相当距離があるから、あの大金を放り投げるのは無理だし、足跡もついていないから、アターソンがカヌーにいた共犯者に盗んだ金を手渡すことはできなかったはずだ。そうじゃないかい?」

「そのようにも見えますね」ジョーは認めた。

「だったら、カヌーがあったのは単なる偶然の一致と考えられる」

ジョーは首を横に振った。「ぼくはそこまでいい切れませんよ、ミスター・クォリッチ」

彼はもう一度、川の近くの地面を素早く調べると、今度は来た道とはわずかにちがうところを通って、アターソンが寝ていた場所に戻っていった。そして、ベルトにはさんであった斧を取り出し、枯れた丸太を一、二本割って火にくべると再びやかんをかけた。この彼の態度からすると、わたしにはまだ闇に包まれ不可解にしか見えないこの事件に、彼は少なからず光明を見出しているように思われた。

「アターソンはホブソンに白状しただろうか」わたしは、ジョーの気を引こうとしていった。

「金を盗んだことを白状したとしても、銀行の金のありかは、誰にも教えることができませんよ」

「さっきもそういっていたな、ジョー。そのことに自信をもっているようだが」

「ええそうです。アターソンは隠し場所を知りません。なぜなら、次にアターソン自身が金を奪われたからですよ」

「金を奪われた?」わたしは大声でいった。

ジョーはうなずいた。

「奪ったのは誰なんだ?」

「身長は約五フィート六インチで、体重は軽く、非常に端正な顔立ちをした黒髪の者です。おそらく二十五歳以下だと思います。そして、レンドヴィル付近に住んでいます」

「ジョー、いったい何の根拠があるんだ!」わたしは大声を上げた。「それは確かなのかい? どうしてそんなことまでわかるんだ?」

「銀行の金を取り戻したあとに、お話ししますよ。一つだけ確かなことは――アターソンは懲役五年で服役するほうがよっぽどましだと思うだろうということです――でも、ミスター・クォリッチ、ぼくは先走りをしすぎたようです。お茶を飲んだらレンドヴィルに行きましょう。上流に向かって八マイル行ったところですよ」

レンドヴィルに着いたのは、まだ昼過ぎだった。そこは、カナダではそう呼ばれてはいるものの、村《ヴィル》とはおよそいえないところで、農場が数カ所に点在し、雑貨店が一軒あるだけだった。一軒の農場の家の前で、ジョーは立ち止まった。

「ここに住んでいるやつはぼくの知り合いです」彼はいった。「やつはなかなか意地の悪い男ですよ、ミスター・クォリッチ。ぼくはさぐりを入れて彼から聞き出すつもりです。探りを入れていることがばれたら、教えてくれないかもしれませんが」

農場主は家にいた。気むずかしい顔をした男で、彼の父親は半世紀前にスコットランド北部から移民してきたということだった。

「ちょっと訊きたいことがあるんだ、マッカンドルー」ジョーは話し始めた。「実は再来月に、へら鹿狩りの一行をレッド川に案内するつもりなんだが、そのとき、ぼくら一行と荷物をここからサンディ・ポンドの近くのバーント・ランズまで乗せていくのに丈夫な馬二頭と上等の軽四輪馬車を借りるとしたらいくらになるかな？」

「二十ドルだ」

「そんなにするのか？」ジョーはいった。「老いぼれ馬は買いたいといってるんじゃないんだぞ」

スコットランド人の男はひげのない唇――男はあごひげと口ひげを生やしていた――を開いた。

「それ以下だと引き合わないな」

「でもそれ以下で貸してくれるところもある」

「それはいったいどいつかいってみろ」マッカンドルーは皮肉っぽくいった。

「六週間前に、銀行員のアターソンをここに連れてきた者たちだ」

「何いってるんだ、そんなわけない」マッカンドルーは声を荒らげた。「銀行員のアターソンは若造のシモン・ポワンタレと一緒に徒歩でやってきて、やつらの新しい水車小屋で家族と一緒に住んでいたんだぞ。だから値段は二十ドルだ。そうでなきゃ、馬具をつけてやらないよ」

「だったら、シモン・ポワンタレのところに行ってみるよ。彼は評判がいいからな」

「評判がいい？　そいつはおかしい。だってあいつは……」

「もしかしたら、聞いたのは彼の弟のことだったかもしれない」ジョーはすぐにいい直した。

「どいつのことだ？」

「レッド川でアターソンと一緒にいたほうだよ」

「そんなやつはおらん。いるのは親父さんにシモン、それに二人の娘だけだ」

「そうなのか。とにかく、ぼくは狩りの一行の損にならないようにしたいだけなんだ」ジョーはいった。「あんたのところで手を打つ前に、ポワンタレのところはいくらか聞いてくるよ」

「ここで即決してくれるんだったら、十七ドルに値引きしてやってもいいぞ」

ジョーはさらに、アターソンはシモン・ポワンタレにかなり好意を持っていたようだといって追い打ちをかけると、マッカンドルーはいきりたった。

「アターソンがその家族に世話になったのは、シモンを気に入っていたからじゃないのか」ジョーは素っ気なくいった。

「おお、そうかい、そいつはこっけいだな。アターソンが気に入っていたのはシモンであって、あのフェードルというにやにや笑っている若い女じゃないというのか……大体、一人前の男がよくあんな……」

しかしここで、ジョーはマッカンドルーが抗議をするなか、農場をあとにした。

その次に訪れた雑貨店で、わたしたちはポワンタレの農場の場所を教えてもらい、そしてそこには、ポランタレの親父、娘のフェードルとクレール、息子のシモンがいて、ほかの息子たちは水車小屋で働いていることがわかった。

ジョーとわたしは、いろんな小道を通って丘の中腹にたどりつくと、そこから彼らの農場を見下ろすことができた。それからまもなく、わたしたちはドアをノックしていた。

ドアを開けてくれたのは、二十歳ぐらいの若い女性だった。彼女は、きらきらと輝く茶色い目と髪で、たいそう美しく見える。ジョーは彼女を一瞥した。

「あなたのお姉さんにお会いしたいのだが」彼はいった。

「シモン」と、彼女は呼んだ。「フェードルに会いたいという人が来ているの」

「何の用だ?」部屋の中から、男のうなるような声が聞こえてきた。

「ミス・ポワンタレへの伝言を持ってきているんです」ジョーはいった。

「クレール、おまえが伝言を預かっておけ」再びうなり声が聞こえた。

「彼女以外の方にはお伝えできません」ジョーはいい張った。

するとシモン自身が戸口にやってきた。筋骨たくましいフランス系カナダ人の若者で、髪は後ろになでつけ、黒い口ひげを生やしている。彼はこちらをじろじろと見てきた。

「おまえたちは見たことがないな」しばらくしてから男はいった。

「ええ。ぼくは南に向かっていますが、その途中で立ち寄って、伝言を渡すと約束してきたんですよ」

「誰にたのまれたんだ?」

「それは申し上げられませんが、ミス・ポワンタレは伝言を受け取られたらおわかりになるでしょう」

「だったら、フェードルに直接会ってくれ。彼女は下の方に牛を連れてきているはずだ。その下の牧草地に行けば会えるだろう」彼が手を振るほうに目を向けると、半マイルほど先の木の生い茂る丘の下に小川が流れているのが見える。「いいか、あの下に彼女はいる」

ジョーは礼をいい、わたしたちはその場所に向かった。

まもなく牛は見つかったが、女性のいる気配はない。それでも森に向かう小道に足跡がはっきりついていたので、わたしたちは無言のままその小道を進んでいったところ、松の木立がある付近で、広々とした屋根のない牛舎へと出た。その向こう端には牛が二、三頭見え、その近くに若い女性がこちらに背を向けて立っていた。彼女のつやのある黒い巻き毛は陽の光を受け、輝いている。

小枝がわたしの足下で折れ、彼女はその音で振り返った。

「何かご用ですか?」彼女は訊いた。

彼女は背が高く、実に魅力的で美しい顔立ちをしていた。

「アターソンにたのまれてやってきました。彼に会ってきたところです」ジョーはいった。

彼女はほんの一瞬、息をのんだように見えたが、彼女の顔には、高慢そうな驚きの表情が浮かんだだけだった。

「毎日、たくさんの人が彼に会っているわ。それがどうしたっていうの?」彼女はいい返した。

「今日、それに昨日だって、彼に会った人はそんなに多くないはずです」

彼女は濃い青い目でジョーを見据えた。「彼が病気になったとでもいうの? いったい、何がいいたいの?」

「これはこれは。レンドヴィルの人たちは新聞を読まないのですか? 彼のことが書き立てられていますよ。あなたはきっとこの件にご興味があるだろうと思っていましたが」ジョーはいった。

フェードルのきれいな顔が紅潮した。

「聞いたところによると」ジョーは続けた。「彼は勤めていた銀行から、十万ドルを盗んだそうです。そしてそのあと、彼は列車や汽船で逃亡せずに、森に向かったとのことです。うまくいったはずでしたが、ローバーヴィルの農夫に目撃されてしまいました。銀行は警察に彼を追跡させ、ぼくも一緒に来たというわけです」

フェードルはうんざりしたように顔を背けた。「それがわたしに何の関係があるっていうの？そんな話、たくさんだわ」

「待って下さい」ジョーはいった。「ぼくは警官と一緒に跡を追ってきたところ、すぐに古いコロニアル・ポスト道路でアターソンの通った跡に出くわし、その後まもなく、レッド川付近でアターソン自身に追いつきました。警官はアターソンを捕まえ、身体検査をしたんです」

「それでお金を取り戻したというわけ？」彼女は冷ややかにいった。「そんなばかばかしい話、これ以上聞きたくないわ」

「話はこれからですよ、ミス・ポワンタレ。警察は彼を逮捕したものの、何も見つからなかったんです。彼自身と彼が野宿した場所の周辺をくまなく調べましたが、何も見つけられませんでした」

「彼がどこかに隠したのよ」

「ええ、警察はそう考えています。ぼくも最初はそう思いました……しかし」ジョーは彼女の顔を見据えたまま、視線をそらさずに続けた。「彼の目を見てぼくの考えは変わりました。彼の瞳孔がピンの先のように細くなっていたからです」彼はここで一息つき、さらに続けた。「彼の荷物の中にウイスキーの瓶があったので、押収しておきました。あとで証拠として使うつもりです」

「何の証拠だっていうの?」彼女はいらいらして声を荒らげた。

「アターソンは睡眠薬を飲まされ、持っていた銀行の金を盗まれたことを示す証拠ですよ」ジョーは続けた。「今回の強盗事件は、アターソンが一人で計画したものではありません」

「何ですって!」

「おそらく、彼が最初に思いついたのは、六週間前に休暇で来たときのことでしょう……彼はすばらしく美しい女性と恋に落ちた。彼女の目は青く、黒髪で、あなたと同じようにきれいな歯を持っている。女性は彼に恋をしているふりをしていただけで、彼女が本当に好きなのは――誰かわかりませんが――おそらく自分自身だけだったのでしょう。ともあれ、彼女は自分の魅力を駆使して、アターソンに銀行強盗をさせ、金を持って森に逃げ去るように仕向けたのです。そして、アターソンは彼女の望みどおりに行動しました。彼が森に向かう途中で、彼女は待ち合わせて、食べ物と日用品を入れた荷物を彼に手渡したのです。その荷物の中には、睡眠薬を混ぜたウイスキーの瓶が入っていました。彼女は、その晩どこに野宿するのかたずねると、彼は何も疑うことなく場所を教えたのです。そこで、彼女はレッド川をカヌーに乗ってやってくると、アターソンが薬を飲まされて寝込んでいた場所の反対側に向かいました。そして上陸し、彼から金を奪ったのですが、犯人が誰であるか彼に知られないようにするため、昔ながらの手口を使い、自分の足跡を消したわけです。彼女はまれに見る行動的な女性で、計画どおりことを運ぶとカヌーに戻り、レンドヴィルの家に戻っていきました……彼女について、これ以上いう必要はありますか？」

ジョーが話している間に、フェードルの顔から赤みが徐々に消え失せていった。

「あなたってずいぶんお利口さんね」彼女は苦々しげにいった。「でも、どうしてそんな話をわたしにしなくちゃならないの？」

「あなたがアターソンから奪った十万ドルを返してもらいたいからですよ。ぼくは今回の件では、銀行の代理で来ています」

「わたしがですって！」彼女はすさまじい勢いで叫んだ。「わたしがその強盗事件にかかわっていて、十万ドルを持っているというの？……ばかばかしい！　わたしは何も知らないわよ。知ってるわけないでしょう？」

ジョーは肩をすくめた。「それはすみませんでした、ミス・ポワンタレ。ぼくはこれで失礼しますよ。これから警察に行って報告し、彼らにまかせることにします」彼が背を向け立ち去ろうとすると、数歩も行かないうちに彼女は呼び止めた。

「お利口さんのわりには、一つ見逃している点があるわよ」彼女はいった。「あなたのいったことが本当だとしたら、アターソンからお金を盗んだ女性は、単にそれを取り戻して、銀行に返してあげようとしているんじゃないかしら」

「そのようには思えませんね。何しろ、二人の証人がいる前で、その女性はそんなお金のことは何も知らないし、持ってもいないといい張ったじゃありませんか。いっておきますが、アターソンは自分がだまされていたことに気づいたら、きっと共犯者に不利な証言をするでしょう。いいですか、お嬢さん。あなたに残されている唯一のチャンスは、お金をぼくに渡すことです――いま、ここでです」

「あなたに！」彼女はあざ笑うようにいった。「ところであなたは誰なの？　いったい何の権利があってこんなことを……」

「ぼくは銀行の代理で来ています。マッカンドルーのじいさんは、ぼくのことをよく知っていますから、ぼくの名前をあなたにいうことができますよ」

「何という名前なの？」

「ノヴェンバー・ジョーと呼ばれています」

彼女は頭をのけぞらせた――それにしても彼女の一挙一動はすばらしく魅力的だった。

「じゃあ、お金がもし見つかったら……あなたはどうするつもりなの？」

「銀行に行って、ぼくは盗まれた金を一セント残らずすべて無事に取り戻すといってやりますよ……その代わり彼らが誰も訴えないことを条件にしてね」

「つまり、あなたはわたしが窮地に陥らないようにしてくれるというわけ？」

ジョーは彼女を見た。「あなたのことなど気にかけていませんよ」彼は素っ気なくいった。「ぼくが気にかけているのは銀行員のアターソンのことです。何しろ彼は、女のために銀行強盗を働いたというのに、その女からは裏切られ、自分の身を滅ぼしたんですからね。彼が必要以上の処罰を受け、ブタ箱でつらい目に遭うところなど見たくありませんよ……それに銀行側は、金を取り戻すことができればそれでいいんです。金を取り戻したら、強盗事件のことはあまり口にしないほうがいいと考えるようになるでしょう。だから、ぼくのいうことを聞いてください――さあ、いまからマッカンドルーのじいさんのところに確かめに行きましょうか、ミス・ポワンタレ。ぼくは証拠を押さえていますからね」

彼女はしばらくじっと立っていた。「じゃあ、マッカンドルーじいさんのところに行きましょう」彼女は急に大きな声でいった。「わたしが連れていってあげるわ。こっちから行ったほうが近いわよ」

ジョーは彼女のほうに向きを変え、わたしはあとをついていった。マッカンドルーには疑念を抱かせることなく、ジョーは自分の身元を彼女に納得させた。

日が暮れる前に、彼女はわたしたちにもう一度会った。「ほらこれよ」彼女はそういって、包みをジョーの手に押しつけた。「だけど、あなたも気をつけるのよ。わたしを愛して法を破った男はアターソンだけじゃないわ。夜、人寂しい森でよく考えるのね!」

その言葉を発しながら、彼女は鋭い白い歯で歯ぎしりしているのが見えた。

「やれやれ!」彼女の姿が遠ざかっていくのを見送りながら、ジョーは不意に声を上げた。「まったく往生際の悪い女ですよ、ミスター・クォリッチ」

ケベックに戻ると、ジョーは銀行支店長のハリスに、何も質問せず、訴訟も起こさないという条件を不承不承のんでもらうと、すぐに紛失していた金を銀行側に引き渡した。

その日の晩、わたしは質問することを禁じられていなかったので、あの美しいフェードルが、カヌーからアターソンが寝ていた場所に行くまで、いったいどのようにして足跡を隠したのか、ジョーにたずねてみた。

「行動的な女性にとっては簡単なことですよ。パドルに沿って岸を歩いていき、そしてカヌーに戻ると、泥地についたパドルの跡に水をかけたのです。パドルの跡が非常に薄かったのに気づきませんでしたか?」

「そうだとしても、上陸したあとはどうなんだ――彼女はどうやって足跡を隠したんだい?」

「昔ながらの手口ですよ。彼女は短い材木を二本持ってカヌーに乗り込んだのです。まず、彼女はそのうちの一本を地面に置いてその上に乗り、そのあともう一本を少し離れたところに置いて、そこに乗り移ったのです。そして次は、うしろに残った材木を取り上げて、同じことを繰り返していったわけです。なぜ彼女はそんなことをしたんでしょう? たぶん、彼女はそうすることで、アターソンの目を十分くらますことができると踏んだのでしょう。金を強奪されたあとに彼が女の足跡を見つけたら、彼女が疑われますからね」

「ところできみはたしか、アターソンが野宿していた場所を去る前に、彼から金を奪った者は中背で体重が軽く、黒髪だといっていたが」

「ええ、実際そうだったではありませんか。体重が軽いといったのは、材木が地面にそれほどくい込んでいなかったからです。背が高くないというのは、材木の跡がかなり狭い間隔でついていたからですよ」

「では黒髪というのは？」

ジョーは笑った。「それは今回のうちで一番揺るがぬ証拠でしたよ。そのおかげで、最初の時点で、犯人がフェードルであることがわかったようなものです。彼女がアターソンに渡した荷物の留め金に、きれいな黒い髪の毛が数本、からまっていたんです」

「だとしてもジョー、きみはレッド川にいたときに、アターソンから強奪した犯人は、二十五歳以下だといっていたが、それはどうしてだい？」

「ああ、そのことですが、髪の毛からまず犯人は女性であることがわかっていました。そうすると、アターソンのような一流の銀行員が移民の娘とつきあう気になったのは、女性の美貌に惚れ込んだとしか考えられないのではありませんか？　そういったたぐいの女性は早熟で、二十五歳になると容色《ようしょく》が衰えるものです。ミスター・クォリッチ、彼女の年齢は、いわずもがなだと思いますよ」

第九章　略奪に遭った島

それは空が澄み、星の輝く夜のことだった。ジョーとわたしは、アラスカ西部にあるフィヨルドの一つの近くで、たき火を囲みすわっていた。ここ西部にいる大物のへら鹿を求め、わたしたちは狩猟の旅に来ていた。

わたしが話していると、突然ジョーはわたしの腕をつかんだ。

「しーっ！」ジョーは小声でいった。「小川のそばを誰かが歩いています」

「まさか！」わたしはいった。「だって、ここは、人里から百マイルも離れているじゃないか――」

「こっちに向かってきていますよ」ジョーは立ち上がり、うしろに下がって陰に入っているようわたしに合図した。「ここら辺には不審なやつが出没するんです。十分に注意していてください」

待ち構えていると、まもなく、闇夜の中を人影が進んでくるのが見えた。

そして、「やあ、きみたち」と呼びかけてくる声が聞こえたかと思うと、もじゃもじゃの赤ひげを伸ばし、筋張った長い腕をした男が、光の輪の中に入ってきた。

「ポケットに手を入れていらっしゃるのは、寒いからですか？」ジョーは柔らかくいった。「ぼくは寒いからですが」

そのときわたしは、二人ともポケットからリボルバーを相手に向けていることに気がついた。新参者は、ゆっくりと手を差し出した。

「話をしようじゃないか」男は不機嫌そうにいった。「きみたちはいったい何者だ？」

「そちらからどうぞ」ジョーはいった。

「おれはジョン・スタッフォードだ」

「こちらにいらっしゃるのはケベックから来たミスター・クォリッチで、ぼくは彼の狩猟ガイドです。ぼくたちは大物狩りに来ているところです」

スタッフォードは鋭い目でわたしたちの野営場所を見回した。

「きみのいっていることは本当のようだな。おれの無礼を許してくれ」彼はいった。

彼が差し出してきた手を、ノヴェンバー・ジョーとわたしはしっかりと握った。

「きみたちを疑ってすまなかった」彼はいった。「だが、おれがどんな目に遭ったかを話したら、きっとわかってくれるだろうよ」

「それはそれは」ジョーはいった。「どうぞおすわりになってください。やかんにお茶が入っていますよ」スタッフォードは自分でお茶をいれて飲んだ。

「きみたちは」男はしばらくしてから口を開いた。「北北西の沖合へ八マイルほど行ったところにある島を知っているかい？」

「パンのような形をした島ですね？　知ってますよ」

「おれはその島——イール島の出身で、そこに養狐場《ようこじょう》をもっている。おれはバルディーズに出かけていて、昨日、島に戻ったんだ。二週間前に島を出るとき、ここからアンガヴァにかけての地域で一番高級とされている黒狐数匹の世話を使用人にまかせてきた。ところが、帰ってみると狐はすべて殺され、使用人はいなくなっていたんだ」

「使用人というのは誰ですか？」

「サムという名前のアリュート族の男だ。おれのところで三年働いていた。こういうと、きみたちはサムが狐を殺したんじゃないかと思うだろうな。実はおれも最初はそう疑った。しかし、やったのは彼ではないことだけは確かなんだ」

「それはどうしてですか？」

「まず、おれがもっている小舟は一艘だけで、先々週の金曜日、本土に行くときにおれはサムを島に残して、それに乗っていったんだ。本土の海岸から七マイル離れているから、彼は逃げたくても逃げられなかったはずだ。つまりこれが、犯人は彼ではないという一つ目の理由だ。もう一つの理由も確かなものだ。おれは実に巧妙なやり口で、おびき出されたんだ。これがその証拠の手紙だ」

養狐場の主はしわくちゃになった罫紙《けいし》一枚をポケットから取り出し、わたしに手渡した。わたしはそれを声に出して読んだ。

前略　奥様が、至急、貴方に来てほしいとおっしゃっています。奥様は来週の金曜日に、当院で手術を受ける予定になっておりまして、回復されるまでの間、お子さまたちのことを考えるとたいそう気がかりのご様子です。したがいまして、すぐにこちらに来ていただけないでしょうか。　草々

S・マクファーレン（医師）

わたしは手紙を彼に返した。「こんな知らせを受け取ったら、誰だって駆けつけるでしょう」

「ああ、だからおれはそうしたんだ」スタッフォードかみつくようにいった。「でも、それはわなだった。おれは十二日前にその手紙を受け取ると、サムにあとをまかせて大急ぎで家を出た。駆けつけるのに一週間かかったよ。おれの女房が住んでいる家にたどりつくと、女房はおれが来たのにびっくりしているんだ。そこで女房にその手紙を見せたのさ……するとどうなったと思う……手紙はまったくの嘘っぱちだったんだ！　それを知ったとき、おれは頭をぶん殴られたような気分だった。しかし、わなにはまってからまだそれほどたっていなかった。おれは空前の速さで、イール島に戻ったんだ……ところが、うちの養狐場はこっぴどくやられていた。黒狐も銀狐もすべて殺され、皮をはがされた死骸がころがっていた。そして、サムの姿はあとかたもなく消えていたんだ」

「犯人の心当たりはないんですか？」ノヴェンバー・ジョーは訊いた。

スタッフォードは歯ぎしりした。「誰かが腹いせでやったのかもしれん。それにしたって、犯

人は誰であれ、おれの小屋に数日とどまって、おれの寝床で寝ていたみたいなんだ……サムに何をしたのかもわからん。たぶん、頭を殴りつけて、海に放り込んだんだろう」

ジョーはうなずいた。

スタッフォードは続けた。「犯人が立ち去ってから時間はそれほどたっていないようだった。だから、きみたちのたき火の煙を見て、おれは小舟に乗って駆けつけてきたんだ。おれの養狐場を襲った犯人がいるかもしれないと思ってな。そんなわけで、手にリボルバーを握りしめてやってきたのさ……おれはもうやけっぱちだよ。三年間に築きあげたものをすべて台無しにされてしまった……ロビンソン・クルーソーと下僕のフライデーのように、おれはサムと二人だけで冬を三回乗り越えてきたのに……女房と二人の小さい娘をバルディーズに残したまま……」

「おたずねしますが、狐を殺す時期としてはちょっと早くありませんか?」ジョーは、少し間をおいてから訊いた。

「あと一カ月もすれば、毛皮の価値は四分の一上がっただろうな」

「ではなぜ……?」

「蒸気船は冬になると操業停止になるので、その前の運航している時期じゃないとおれをおびき出せないからだ。わかるだろう?」

「わかりました」ジョーはいった。「それでは、あなたは誰かが腹いせでやったと思うのですか?」

スタッフォードはにじり寄ってきた。

「こんな卑劣な仕業は、腹いせだけでなく金儲けの目的もあるだろう。一年のこんな早い時期でも、盗まれた毛皮は一万五千ドルの値打ちがあったんだ」

「それはすごい」ジョーはいった。「とくに疑わしい人物はいますか?」

「もしかしたらわな猟師のシンプソンかもしれん。あいつはこのところずっと、おれに悪意をもっていたからな。もしあいつが犯人なら、十分腹いせできただろう。ならず者なんだよ……あいつは……」

「いくら口でののしっても、人間も鹿も倒せませんよ」ジョーはいった。

そこでしばらく沈黙が流れ、わたしが口を開いた。

「もし盗んだ犯人を捕まえてくれる者がいたら、謝礼はどのようにお考えですか?」

「毛皮が戻ってこなかったら一切払えないが、もし毛皮を取り戻してくれたら、五百ドルを払うよ」養狐業者は答えた。

「ノヴェンバー、それでいいかい?」わたしはたずねた。

ジョーはうなずいた。

「どういうことだ?」スタッフォードはジョーのほうを向いてたずねた。「きみはそういうことが得意なのか?」

「修行中ですけどね」ジョーは答えた。

こうしてわれわれは、夜が明けしだいイール島に渡り、ジョーに現場を見てもらうことにした。

スタッフォードは、ジョーが事件を解決してくれることをさほど期待していないようだった。彼はジョーの能力について何も知らないのであり、それは無理からぬことだった。

われわれは早めに出発した。東の空がかすかに白み始めたころ、養狐業者の小舟に乗り込み、すぐに河口の砂州を横切っていった。砂州を越えたちょうどそのとき、イール島が朝霧の中に見えてきた。近づくにしたがい、それは人が住む気配のない不毛な環状珊瑚島であることがわかった。スタッフォードが舵柄《だへい》を握り、ジョーが帆脚索《ほあしづな》を操りながら、小舟を快調に進めていくと、やがてみすぼらしい投錨地《とうびょうち》にたどり着いた。

上陸すると、ジョーはすぐに辺りを見回し、足跡をさがしたが、何も発見できないようだった。地面は鉄のように固く、もう何日も人が通った形跡がない。この状況はわたしにとっては大変興味深いものだった。というのも、これまで目の当たりにしてきたジョーの推理の成功の大半は、何といっても足跡を読み解くことからもたらされていた。今回の事件では、おそらくそれは無理だろう。犯行が行われる前から、霜が地面に凍結していたからだ。

われわれは次に、スタッフォードの小屋へとのぼっていった。それは、フェルト材の屋根がついた木造の家だった。片側は巨岩の陰に、もう片側は突き出た尾根の陰にうずくまるようにしてたっている。

家主はドアを押し開けた。

「さあ、入ってくれ」彼はいった。

「待ってください」ジョーはいった。「泥棒は島にいた間、ここで寝泊まりしたとおっしゃっていましたね。もし犯人がいたときのままになっているのなら、まず中を調べたいのですが」

「好きなようにしてくれ」スタッフォードはいった。「おれは手をつけていないよ。きみたちのたき火の煙を見てすぐに島を出たから、ここにはそんなにいなかったんだ」

ジョーは中に入り、急いで小屋を調べた。部屋は狭く、そこにある家具といえば、荒削りの松材でできたテーブル、樽を切ってつくった椅子、それにごく普通の浅い木製の寝台だけだった。壁には小さい棚がいくつかしつらえてあり、そこには備蓄の食料品、数冊の本、料理用の深鍋、ナイフ、フォーク、皿が乱雑に積み重なっている。

ジョーは、いつものように注意を払いながら、それらすべてを素早く調べていった。小屋の中は日中でもかなり暗く、彼はマッチを次から次につけながら、ストーブのまわりを目を凝らして観察していった。

このあと、彼はテーブルの上に身をかがめ、自分のナイフを取り出すと、手前のほうについているしみと、向こう側にある同じようなしみを削り取った。

「終わりました」しばらくしてからジョーはいった。

ジョーの一連の調査を、あざけりにも似た信じがたい表情で見ていたスタッフォードは中に入り、ジョーが立ち止まっていた箇所すべてに視線を走らせると、さっと振り向き彼にたずねた。

「何か見つかったか?」

「ええ少しは」ジョーは答えた。

「いいか。おれが気づいたのは、悪党がおれの食料をかなり食べていったことだ」

「ぼくが見たところでは」ジョーはいった。「ここにいたのは二人です。ご存じでしたか……」

「いや、そんなこと知らんぞ。そいつらのことは何かわかっているのか?」

「いたのは男とその妻だと思います。妻は小柄で、たぶん、力の弱い女性でしょう。そして男のほうは、本を読むのが好きなようです。ともかく、文字が読める男です」

スタッフォードは、信じられない様子でジョーを見つめた。

「何だって?」彼は叫んだ。「おれをからかっているのか? じゃなきゃ、なんでそんなことがわかるんだ?」

「簡単なことですよ」ジョーは答えた。「ストーブの前に小さな扁平足の跡がいくつかついていますし、女性一人では、今回の事件をやらかすのは無理です。そうすると、あと男が一人いたことになります」

スタッフォードはうめくようにいった。「女は力が弱いというのは?」

「ぼくがそう推測するのは、女がストーブからやかんを下ろすときに、たいていいつも中に入っていた水をこぼしていたからです。そうでなければこんな跡はついたりしません。それに、ここには前についたしみの上に、もう一つ新しいしみができています。つまり、同じ場所で繰り返しこぼしていたことになります。女にとって、あなたのやかんは重かったんですよ、ミスター・スタッフォード」ジョーは真剣に説明した。

「いわれてみると確かにそうだ」スタッフォードは認めた。「しかし、本を読んでいたというのは……この説明はついておらん」

「テーブルが寝床のそばに引き寄せられていたからですよ。ここにテーブルの脚をこすった跡があります。それに、男はしみがついている端の近くまでランプを引き寄せています。テーブルの中央にはたくさんの古い油じみがありますが、端の近くにあるしみは最近ついたものですから、ご覧になればわかりますよ」

「いやはや、おそれいったな！」養狐業者はいった。「そのほかには？」

「強奪した犯人はきっとわな猟師でしょう。彼は最近、赤狐を殺してここに運び込み、皮をはいでいます」

「ここのどこで？」

「ストーブのそばですよ」ジョーはしゃがむと、短い赤い毛を何本か拾い上げた。「へたくそなはぎ方ですけどね」彼はいった。「それでは外に行って、島を一通り見てみましょう」

スタッフォードが道案内した。近いところに、皮をはがされた死骸がいくつかころがっていた。死骸は風雨にさらされ、黒ずんでいる。皮をはがされた死骸はいつ見てもおぞましい。ジョーは死骸をひっくり返した。すると急に、彼はとても重要な発見をしたときに見せる熱心な表情を浮かべ、かがみこんだ。そして、死骸から死骸へと次々に移りながら、すべてを調べた。

「何かあったのか？」スタッフォードはたずねた。時間がたつにつれ、彼のジョーに対する評価は、目に見えて高まっていった。

ジョーは背を伸ばした。「これは腹いせでやったものではありません」彼はいった。

「それはどういうことだ？」

しかし、ジョーはそれ以上何もいおうとしなかった。そこでわれわれは、その場を去り、島のあちこちにのぼっていった。スタッフォードは北に約五マイル行ったところにあるもう一つの島を指さし、そこでは価値の低い狐を飼育していると話した。

「おれの長女の名にちなんでイーディス島と名づけたんだが、あそこには赤狐と十字狐がたくさんいる」彼はいった。「生まれたこどもに黒い狐が混ざっていたら、捕まえてイール島に連れてくるんだ……おい、あれは何だ？」

スタッフォードは手を目の上にかざして立ったまま、イーディス島のほうをじっと見た。

「見ろ！　あれは煙じゃないか？　それともおれが幻を見ているのか？」彼は大声を上げた。遠くの岩から青みがかったもやのような煙が一筋立ちのぼっているのが、ごくかすかに見える。

「煙ですよ」ジョーはいった。

「でも、あの島には人は住んでおらん。さあ、あっちに行こう！　行くんだ！」スタッフォードは興奮して叫んだ。「悪党どもが、イーディス島も根こそぎにしようとしているのかもしれん。あいつらを追いかけるんだ」

「わかりました、ミスター・スタッフォード」ジョーはいった。「ただ、いいですか、あそこにいるのは毛皮を奪った犯人たちかもしれませんが、そうでなくてもがっかりしないでください。ぼくは、あれはあの島に置き去りにされたアリュート族のサムではないかと思っています」

「それはどうしてだ？」

「あの煙は狼煙《のろし》です。あそこで火を燃やしているのは先住民ですよ。それにイール島をこれまで見てきて、ぼくはサムは殺されていないと考えています」

「とにかく、行ってみよう」スタッフォードは大声でいった。「もしサムだとしても、彼の話が聞けたらおれたちの役に立つだろう」

それからすぐに、われわれはもう一度舟に乗り込み、イーディス島に向かってジグザグに舟を進めていった。島に近づくにつれ、煙はしだいに濃くなっていった。

「あれは狼煙に間違いありません」ジョーはいった。「あそこにいるやつは、やはり先住民です」

風にうまく後押しされ、舟が島陰に入っていくと、われわれの到着を待つ人影が海辺に立っていた。

「やっぱりサムだ」スタッフォードはいった。

そのアリュート族の男は、黄色人種によくある顔つきで、ずんぐりとした体型をしていた。口ひげは長く、鮮明で濃く、黒い色をしている。あごひげはそれよりもかなり薄く、彼のかぶっているぴったりとした赤い毛糸の帽子は、赤褐色の大きい丸い顔を際立たせていた。

小舟を浜につけると、スタッフォードは浜辺に降り、彼の下僕と先住民の言葉で早口にしゃべった。ジョーもわたしも彼らの会話はまったく理解できなかったが、まもなくスタッフォードが説明してくれた。

「サムはこういっている。おれがイール島を出ていってから四日たった夜、彼が夕食をちょうど食べ終えたときに、ドアをノックする音が聞こえたそうだ。てっきりおれが帰ってきたんだと思い、サムはドアを開けた。ところが誰もいないので、暗闇に出ていったところ、二本の腕が彼の身体に巻きつき、昔、病院で眠らされたときの薬のようなにおいのする布切れを顔にさっとかけられたというんだ――サムはバルディーズに行ったときに凍傷にかかり、足の指の大部分を切っているんだよ。サムはもがいたが、そのうちひどく気持ちが悪くなり、そして気がつくと、身体を縛られ、海上をいく小舟の底に横たわっていたそうだ。彼のそばには男が二人いた。サムは半時間ほど意識があったが、二人のうち覆面をしていた男が漕いでいた手を休めると、サムの胸に膝をつき、甘い香りのする布きれを彼の顔にもう一度かぶせたということだ。その後のことは記憶になく、目を覚ますとこの浜辺にいた。辺りはまだ暗く、男たちと小舟はもう消えていた。サムはまたひどく気持ちが悪くなり、そのあと一晩中、そして翌日も具合が悪く、死ぬかと思ったそうだ。

それでも夕方になるにつれ、気分がよくなり始めたので辺りを歩いたところ、魚の干物の入った樽を見つけた。たぶん、サムを島に置き去りにした舟が、彼が飢え死にしないようにと浜に放り投げていったものだろう。その後、サムは低木地帯にのぼり、火をおこした。それ以来、彼はここにいて、誰も見ていないそうだ。彼の話はこれだけだ」

「彼は自分を連れ去った連中の顔をまともに見ていないのですか?」

スタッフォードはジョーの質問を訳してサムに伝え、その答えを再び英語に直した。

「一人はあごひげを生やし、大柄の男だったそうだ。そいつはひさしのついた帽子をかぶっていたといっている。ほかにサムに何か訊きたいことはあるか?」

「ええ。彼はこの島に来てどのぐらいたつのですか?」

「八日間だ」

「ここではずっと何をしていたんですか？」

「ただぶらぶらしていたそうだ」

「どこで寝泊まりしていたのですか？」

スタッフォードは肩越しに親指を上げた。「この上の低木地帯だ」

ジョーはうなずいた。「では、彼の野営場所に行って、やかんでお湯をわかしましょうか。そこに行けば、きっと残り火が少しあるでしょう」

そこで、サムの案内で、われわれは低木地帯の中を進んでいき、途中にあった小さな湧き水でやかんを満たしたあと、彼の野営場所に到着した。わたしはそこを見回し、荒野に住む男の巧みな技量にあらためて目を見張った。

粗造りの風よけが火を覆い、寝場所の上には、丈の低い柳と唐檜の枝を器用に絡み合わせてある。

ジョーはくすぶっている薪をかき回して火をおこしたが、その最中に運悪く、やかんをひっくり返してしまった。

「やれやれ」彼はいった。「あなたの使用人に水をくみにいかせてもらえませんか」

スタッフォードはサムを使いに出した。ところが彼がいなくなるとすぐにジョーは膝をつき、黒く焦げた燃えさしを調べ、灰の中もくまなく探り始めた。

彼が何かをかぎつけていることは、たやすく見て取れた。しかし、いったいそれが何であるかはスタッフォードにもわたしにも皆目わからない。あわただしく調べを終えると、彼は身を起こした。

「あなたの使用人をもうしばらくどこかに行かせてもらえませんか。ただし、彼に変に思われないようにしてください」ジョーはいった。「彼が戻ってくる足音がしています」

「あいつが今回の略奪事件にからんでいるというのか？」

「ええ、間違いありません。それだけでなく、あなたの狐を取り戻すうえで、彼は唯一鍵を握る人物のようです。ほら、戻ってきましたよ」

それからすぐに、サムの姿が見えてきた。やかんを手に、岩の間の細い小道を歩いてきた。スタッフォードはアリュート語で話しかけた。サムは小さくうなると、おとなしくしたがってその場を離れ、島の真ん中にある丘にのぼっていった。

「湯がわくまでに、もう少し薪を集めてこいといいつけといたよ。さあいまのうちに、誰がおれの狐の毛皮を持っているときみは考えているのか、教えてくれ」

「誰も持っていませんよ」ジョーは答えた。

「何だって！」

「あなたの狐は死んでいません」

「死んでいない？　皮をはがされた死骸がころがっていたじゃないか！」

「確かに、死骸がいくつかありましたが、あれは一匹千ドルどころか、せいぜい十ドルの価値しかない赤狐ですよ」

「まさか——」

「あなたは、てっきりあれは自分の狐だと思っていらっしゃいました——あなたは養狐業者ですから、見分けられるはずです。でもぼくはあの死骸を細心の注意を払って調べてみました。すると、死骸の目は、黒狐の目の色ではなかったのです。これが一つ目の理由です。もう一つの理由は、赤い毛が少し付着しているのを発見したことです。毛皮をはいでも、その下の体には毛が何本か残るものです」

スタッフォードは黙ったまま、いわれたことを理解しようとしていた。

「しかし、何でまた、連中はわざわざ赤狐の死骸を運んできたりしたんだ?」彼はようやく口を開いてたずねた。

「それは簡単にお答えできますよ。連中はあなたの一番いい狐をねらっていたんです。盗んだ狐を遠くに運べないので、あなたにさがしにこられたくなかったのです」

「そうなのか?」

「もう一つの理由は、泥棒たちはイール島に六日以上いたことです。そもそも、あなたの狐をすべて捕まえて殺すのであれば、二日で十分です。でも、毛皮を傷つけないように狐を生け捕りしようとするともっと時間がかかります。だからあなたの狐はまだ生きていますよ。泥棒たちも遠くに行っていません。あなたの使用人は、誰が狐をもっているか知っているはずです」

「あいつがこの件にからんでいると決めつけているのはなぜなんだ?」

「彼はこの島に八日間いるといいましたね?」

スタッフォードはうなずいた。「来て八日になると、やつはいっていたな」

「彼は嘘をついています。このたき火を見た瞬間、嘘だとわかりましよ」

スタッフォードは顔をしかめ、ぐつぐつと音を立てているやかんを見下ろしていた。

ジョーは続けた。

「この気候で八日もの間、男が一人、毛布なしで快適に過ごせるほど火をたいていたにしては、残っている灰が少なすぎます。それに、彼が寝床をつくるために折った枝を見てください。切り口が真新しいです。そのうえ、彼はここに斧を持ってきていないのに、火にくべてある太い枝の黒く焦げた両端は、斧で切った跡があります。嘘をついているのは一目瞭然です。泥棒たちは二日ほど前にサムをここに運んできて、彼がこごえないようにいくらか木を切ってやり、あなたが帰ってくるまでもつ程度の食料を与えると、彼を置き去りにしていったのです」

「きみのいうとおりだろう。よくわかったよ。きみには感謝する」

ジョーは首を横に振った。「礼をいってもらうのはまだ早いですよ。その前にあなたの狐を取り戻さなくてはなりません。ただ、ぼくには誰の仕業かまではわかりません。もちろんサムを白状させれば話は別ですけどね」

「おれが白状させる。もうすぐ丘から戻るだろう」

「サムは、喧嘩は得意なほうですか?」ジョーは訊いた。「いずれにしても、慎重にしたほうがいい。あいつはナイフを持っている」

スタッフォードが自分のライフルに手を伸ばすと、ジョーはそれをさえぎった。

「あなたはじっとしていてください。ぼくが、伐採キャンプでの流儀をお見せしますよ」

サムと思われるたくましくずんぐりした人影がこちらに向かってきた。彼がかがみ、運んできた薪を地面に放り投げたそのとき、ジョーは片方の手で彼の肩をつかみ、もう片方の手で彼のベルトからナイフをひったくった。するとすぐさま、サムの顔に狂犬のような表情が浮かんだ。彼は歯ぎしりし、うなり声をあげながらジョーに飛びかかった。

しかし、サムはとても力がかなわない男の手中に捕らえられてしまった。彼は何度も反撃を試みたが、身体の大きい若い森の男に地面にねじ伏せられたところを、スタッフォードとわたしがばたつかせていた両足を縛り上げた。

首尾よくことを終え、われわれは彼をころがした。

「さてと」スタッフォードはいった。「おれの狐を盗んでいったのは誰だ?」

サムは首を横に振った。

スタッフォードはリボルバーを取り出し、尾筒《ブリーチ》を開けて装塡されていることを確認すると、撃鉄を起こした。次に、彼の腕時計をサムの面前に突きつけ、長針が十二を指すまであと五分しかないと告げた。

「おれはやつにいってやった。もし白状しないなら」彼はいった。「長針が十二を指したら撃つぞと」彼はわたしたちのほうを向いた。「きみたちはここにいないほうがいい」

「え!　あなたはまさか」私は叫んだ。

スタッフォードは目配せした。ジョーとわたしは下の浜辺に降りていった。

それから十五分後に、スタッフォードはやってきた。

「どうなりました？」わたしはたずねた。

「あいつは洗いざらい白状した」そういってスタッフォードはジョーを見た。「すべてきみがいっていたとおりだった。犯人は、養狐業者で商売敵のユルゲンセンだ。おれが発った日の晩に、彼は妻と一緒にイール島にやってきて、二日前までいたそうだ。その間ずっと、やつらとサムはおれの狐を捕獲するのに明け暮れていたということだ。その後、やつらはサムをここに連れてきたんだ。ミスター・ジョー、最初から最後まできみのいっていたことは正しかったよ」

「このあとどうしますか？」

「とるべき道は二つある。このあとはすべてを警察の手にゆだねるか、もしくは、このままこの風にのって、ユルゲンセンの住んでいるウプサラ島まで漕いでいくかだ。といっても、おれ一人では行けない。とんでもない事件だし、証人になってくれる者がいなければ、やるべきでない。それにおれはずっときみたちと行動をともにしてきたからな」

「ミスター・クォリッチはどう考えているかわかりませんが」ジョーはいった。「おそらく最後まで見届けたいと思っていますよ」

「もちろんだよ」わたしはいった。


このあと、小舟に乗っていた十六時間のことについては説明を省き、ウプサラ島にあるユルゲンセンの小屋のドアをスタッフォードがノックするところから話を再び続けることにする。ウプサラ島に着いたときには日が暮れていた。

スタッフォードがドアの真ん前に立ち、ジョーとわたしはうしろに下がっていた。ドアがさっと開くと、大柄で黄褐色のひげを生やしたスウェーデン人が何の用かとたずねてきた。

「おれの狐を取り戻しにきたんだ」スタッフォードはいった。

「どの狐のことだ？」スウェーデンなまりの英語でいった。

「おまえが盗んだ黒狐と銀狐だよ」

「馬鹿いえ」

「だまれ！」スタッフォードは叫んだ。「十日前、おまえとおまえの女房は、おれをわなにかけてバルディーズに追いやったあと、イール島に行った。そこに八日間とどまり、おれが持っていた狐を一匹残らずかっさらっていった。おまえが狐を殺していないことはわかっているんだぞ。皮をはいだたくさんの赤狐の死骸をころがしておいて、それがおれの狐だと思い込ませようとしたんだ。そして、三日前に、おまえたちはイール島を出た……」

スタッフォードがこう話していると、その大柄のスウェーデン人の肘の下から、ひからびた女が割り込んできた。顔は細長く、邪悪そうな目をしばたたかせながら、スタッフォードを見据えている。

「で、何だっていうんだ？」ユルゲンセンはあざけるようにいった。

「それで、イーディス島まで漕いでいき、おまえたちと共謀したサムをそこに置き去りにしたんだよ」

大柄のスウェーデン人はドアのそばにあったライフルをさっと取り上げると、外に出てきた。「ここから出ていけ」彼は声を荒らげた。「さもないと——」彼はジョーとわたしに気づくと、言葉を切った。

「出ていけというなら出ていってやる」スタッフォードはすごみをきかせていった。「だが、そうすると、今度は警察を連れて戻ってくることになるぞ」

「ミスター・ユルゲンセン、聞いてください」ジョーはそっと口を挟んだ。「そうなった場合、間違いなく刑務所に入れられ、十五年間出られなくなりますよ」

「おまえは誰だ？」ユルゲンセンは怒鳴った。

「この人はおれに、おまえの女房は力が弱く、やかんを持ち上げるたびに水をこぼしていたことを教えてくれたんだ。おれの家のストーブのそばにおまえの女房の足跡がついていたといってな。それから、この人は、イーディス島でサムがおこした火の中に、斧で切った跡のある薪を見つけたんだよ。サムは斧を持っていなかったはずなのにな。おれはこの人にはものすごく借りがあるんだ」

「降参だな」ユルゲンセンはとげとげしくいったが、しだいにうなだれていった。「おれにどうしろというんだ——条件をいってくれ」彼はようやく訊いてきた。

スタッフォードはすでに返事を用意していた。「おれの狐をすべて返すんだ。それから利息、つまり罰としておまえの狐を二匹もらうことにする」

「もしいやだといったら？」

「いやだとはいわせない。おれの狐はどこにいる?」

ユルゲンセンはためらっていたが、この状況ではどうみても、ほかにとるべき道はなかった。

「狐は犬小屋に入れてある」彼は答えた。

「針金の囲いの中にいるのか?」スタッフォードはむっとして声を荒らげた。

「そうだ」

「檻《おり》の中では、毛皮はまともに育たないぞ」スタッフォードは、道楽に没頭している愛好家のような熱っぽい口調でかみつくようにいった。「狐はできるだけ自然に近い環境で育てなきゃ、色つやが損なわれるんだよ。色素腺に影響が出るんだ——」

「ふん、そんなことはすべて、『発色の科学』という本で読んだよ」

「そうです」ジョーはいった。「ミスター・スタッフォードの家にいたときに、本をかなりお読みになったようですね。ミスター・スタッフォードの寝床に横になりながら」

ユルゲンセンはびっくりして目を上げた。「おれを見ていたのか?」

「いいえ」

「じゃあ、なぜ知っているんだ?」

ジョーは笑った。「蜘蛛《くも》が教えてくれたということにしておきましょう」

第十章　フレッチャー・バックマンの謎

わたしはまどろんでいた。それはかなり夜更けのことだった。旅が終わりケベックに帰る途中、ノヴェンバー・ジョーとわたしが前の晩遅くに乗り込んだ列車は、線路のすぐ脇まで迫りくる森の中を、轟音を立てながら進んでいた。すると突然、悲鳴が立て続けに上がった。それは、悲嘆と恐怖からくるつんざくような高い金切り声だった。

その瞬間、寝台車全体が目をさました。六、七人の乗客が絨毯《じゅうたん》を敷いてある床に飛び出したが、彼らの表情と態度には、驚きと狼狽《ろうばい》の色がありありと浮かんでいる。

「個人車両からだ」誰かが叫んだ。「中に誰がいるんだ?」

ひげを生やした男が答えた「フレッチャー・バックマン夫妻だ」

「女の叫び声だったぞ」

「何があったか見にいこう」

ひげの男とあと二人の者が廊下を走っていくと、ちょうどそのとき車両に入ってきた車掌と、鉢合わせになった。

「何があったんだ?」誰かが息を切らしていった。「殺人事件でもあったのか。さあここを通してくれ」

車掌はしかめっ面で彼らをじろじろと見た。「ふん。ミセス・バックマンが悪夢を見たんだよ。それだけだ」彼はつっけんどんにいった。

車掌のいっているのは嘘だと、わたしにはわかった。その後の彼の行動を見て、それをいっそう確信することになる。彼は入ってきたドアに鍵をかけると、四方八方から投げかけられる乗客の質問、抗議、不信、助言の声が渦巻くなか、すべて無視して素早く車両を通り抜けていった。それからすぐに、彼はノヴェンバー・ジョーを連れて再びあらわれた。ジョーは寝台車の客には目もくれず、前の車両に進んでいく。

通り過ぎざまに、ジョーはわたしに「来てください」とささやいた。服を着たまま横になっていたわたしは、そのまま急いでコートをはおり、あとをついていった。電灯に照らされた車内からひんやりとした夜明けの白い薄明かりの外に出ると、列車は、両側に密生している木々が黒く湿りを帯びて空に向かってそびえ立つなかを、勢いよく走っていた。

車両と車両の間にあるデッキで、車掌はジョーに手短にこういった。「ノヴェンバー、きみに来てもらったのは、ともかく証人になってほしいからだ」

そのあと、われわれは再び電灯のもとを通って、個人車両に入っていった。そこで目の当たりにした光景は、とても忘れることができない。女性の身体が廊下をさえぎるように倒れていて、輝くシルクのひだの間からのぞいている顔は白墨のように白く、意識はなかったが、まだ恐怖で引きつっていた。

さらに、彼女から車両の向こう側へと視線を移すと、寝台の近くで男が頑丈な真鍮《しんちゅう》の留め金のところから首を吊り、ぶら下がっていた。

男はやせぎすで口ひげが垂れ下がり、ぎょっとするほどはげている。そして、列車が揺れるたびに男の身体はゆらゆら傾いていた。だが、いかにも恐ろしいのは、ピンク色の頭が小刻みに揺れていることだった。男はオレンジ色のパジャマ姿で、裸足のかかとが寝台の横板にとんとんと当たっていた。

われわれはすぐに男を降ろしにかかった。しかし、われわれの腕に硬直した身体の重みがかかったとき、男はかなり前にこと切れていたことがわかった。

「フレッチャー・バックマンだ。間違いない」車掌はいった。「硬直してからかなり時間がたっている。もう助からないだろう……この列車に医者は乗っていないが、誰か女性二人にたのんでミセス・バックマンの面倒をみてもらおう。彼女の意識が戻る前に、ここから運び出してしまうんだ」

車掌とわたしで彼女の身体を持ち上げると、二分もたたないうちに、親切な人の手に彼女をゆだねることができた。

車両に戻ると、ジョーはまだ遺体を調べるのに没頭していた。われわれが戸口にあらわれると、彼は手を上げ、下がっているよう警告した。

「ちょっと待っていてください」彼はいった。「そこから話してもらえませんか、スティーブ。話が途中になっていましたね――」

車掌は、最初にジョーに声をかけたときに説明していた内容の続きと思われることをしゃべりだした。「さっき話したが、悲鳴が聞こえたので中をのぞいたら、ちょうどそのときミセス・バックマンが倒れたんだ。おれはフレッチャーに駆け寄ったが、さわった感じから、何をしてももう手遅れだとわかったんだ。そこできみのところに行った――」彼は言葉を切った。

ジョーは何も答えなかった。

「彼女は向こうの小さい個室で寝ていた。ミスター・バックマンはいつも夜半まで起きて仕事をしていたんだ。彼は今夜のようにここの寝台でよく寝ていた」車掌は続けた。「ジョー、これは自殺だろうな」彼は前かがみになり、寝台の枕にのっているゆがんだ死に顔をのぞいた。

「もう入っていいですよ」ジョーは無愛想にそういうと、ミセス・バックマンの寝室に入っていった。そこにあるドアからは車両の後部デッキに出られるようになっている。ジョーが忙しそうに何度も出入りしている間に、車掌のスティーブは歩き回り、彼独自の観察をしていた。

ここで、事件のあった車両について少しばかり説明しておくことにする。場所は広くないが、ひじ掛け椅子二脚と前に述べた寝台が心地よく備えつけられている。暑い季節に使用するハンモックは巻き上げられて羽目板に結びつけられていたが、哀れなバックマンの遺体がぶら下がっていた留め金は、このハンモックを吊るときに片方の端を引っかけるためのものだった。

その左側には事務机があり、上には筆記用具がのっている。ほかにタイプライターがあり、そして、折りたたまれた書類の入った革のバッグが口を開いたまま置いてあった。車両の両側には窓がついている。しかし、左側の窓は日よけがかかっているのに対し、右側は窓ガラスがむき出しになったままで、そこからは西に沈んでいく黒い夜の雲が見えていた。

スティーブが驚きの声を上げたのでそちらを見ると、彼はタイプライターに挟まっている紙にタイプされた文字を読んでいた。そのときまだ遺体の傍らに立っていたジョーは、あたりを見回した。スティーブは部屋を横切り、彼のところに行った。

「間違いなく自殺だ」スティーブはいった。「でもなんでまた、そんなことをやらかしたのかな。彼はいまや百万長者だったし、日を追うごとに金持ちになっていたというのに。おれにはさっぱりわからん」

「自殺？」ジョーは小声で聞き返した。「どうして自殺なんですか？」

「彼は自分のベルトで首を吊っていたんだぞ」スティーブは答えた。「ベルトには彼の名前が入っている。それに、もっと確かな証拠が、向こうのタイプライターの上にある。自分の目でそれを読んでみろよ」

わたしはジョーと一緒に机のところにいった。タイプライターにまだ挟まっている紙の上部には、商用文が十行ほど打ってあった。そしてその一インチほど下の真っ白い部分に次のような言葉が浮き上がっていた。

〝神よ、どうかお助けください。わたしはこれ以上耐えられません〟

「この世からおさらばしようとするとき、こういった泣き言をよく書き留めるんだ」車掌はいった。「これで一件落着だな」

「そうかもしれませんが」ジョーはいった。「ただ、それをタイプしたのはバックマンではありませんよ」

「ほかの誰だというんだ？」

「彼を吊した男ですよ」

車掌はせせら笑った。

「じゃあ、誰かがここに入ってきてフレッチャー・バックマンを吊したというのか？」

「そのとおりです」

「だったらもちろん、バックマンは喜んで首を吊られただろうな！」

「バックマンは吊される前に死んでいたんですよ」ジョーはいった。

「そんなことがなぜいえるんだ？」スティーブは大声を上げた。

「遺体を見ればわかります――」ジョーは説明し始めた。

車掌が前に進もうとすると、ジョーは彼の腕をつかんだ。

「ここを踏み荒らす前に、あなたのブーツの靴底を見せてください。さあ、机にしっかりつかまって！」

ジョーは上に向けられた靴底を素早く調べた。

「はい、いいですよ」彼はいった。「では遺体のところに来てください。この首のところですが、ベルトの跡がついています。でも、ここを見てください」彼が指さしたところには、丸みを帯びた青黒いあざがいくつかついている。「革のベルトではこのような跡はつきません。このあざは、人間の指でつけられたものですよ。バックマンは、ものすごく力の強い二本の手で絞め殺されたんです」

スティーブは納得いかない様子だった。

「でも、彼は首を吊っていたんだぞ！」彼はいい張った。

「彼が死んだあとに、犯人は彼のベルトを使って、吊り上げたんですよ。おそらく、犯人は自殺に見せかけたほうが都合がいいと考えたんでしょう。それで、犯人はタイプライターのところに行って、その言葉を打ったんです。とても利口なやり口です。あやうくしてやられるところでした」ジョーは言葉を切った。

スティーブは顔を上げた。その表情は変わっていた。

「いわれてみると、そのとおりだ」彼は認めた。「それにしてもおれにとっては、とんでもない事件だ。こんなことが起こって、おれは会社を首になるかもしれない」

「生前のバックマンを最後に見たのはいつですか？」ジョーはたずねた。

「午前零時だ。サイレント・ウォーター・サイディングをちょうど過ぎようとしていた」

「そのとき、彼は一人でしたか？」

「そのときは一人だった。ミセス・バックマンはもう寝ていたんだ。でも、彼はそれより半時間ほど前に誰かと話していた――あごひげを生やした男だ。おれはそいつの名前は知らないが」

「その男はまだ列車に乗っているはずですね。事件が起きてから、一度も停車していませんから」

「もちろんだ」

「だったら、その男はずっと待っていたのかもしれない――」

だが、ジョーは、それ以上いおうとしなかった。するとそのとき、われわれのうしろのノブが回りドアが勢いよく開けられた。そこにはミセス・バックマンが立っていた。彼女の肩越しに、彼女に付き添っている女たちの顔がのぞいている。

「いっておくけど、夫は、殺されたの。殺されたのよ！」彼女はわめきたてた。「自殺だなんて馬鹿なことをいわないでちょうだい。あの人は、決して自殺なんてしないわ――絶対に！」

彼女は悲しみのあまり取り乱していたが、恐怖の表情はもう消えていた。彼女はいま、夫の敵《かたき》を討つことしか考えていなかった。まさに悲劇の人となっていた――もはや若くない華奢《きゃしゃ》な女性は、宿命からもたらされた途方もない痛手の衝撃に対して、一途に立ち向かおうとしている。

「お気の毒に。この方は自分のおっしゃっていることがわかっていないんだわ」付き添いの女の一人がつぶやいた。

「おだまりなさい！　わかっているわ！　夫は殺されたんだといってるのよ。あなたたちは誰もわたしのいうことを信じてくれないの？」彼女は両手を合わせ、指をぎゅっと握りしめている。

「誰も信じてくれないの？」

ジョーが前に進み出た。

「奥さん、ぼくは信じますよ」彼はいった。「いま調べているところです――」

彼女は自分の感情を何とか抑えようとしていた。

「何が見つかったのか教えてちょうだい。わたしをのけ者にしないで。夫は死んでしまったけくれるでしょう？」

「殺人事件とする形跡がたくさん残っていますよ」ジョーは穏やかな口調でいった。「これから見て回るつもりでしたが、その前によろしければ、二、三、お伺いしても構いませんか？」

「何でも訊いてちょうだい！　でも、その前にあの人たちを追い払ってもらえないかしら」

ジョーはスティーブに目配せした。

「ドアに鍵をかけてください。それから何もさわらず、動かさないようにしてください」ジョーはそういうと、寝台の上の哀れな姿が目に入らないように、ミセス・バックマンを遠くの個室へ案内した。

彼はすぐに、彼女のために心地よい腰掛けを用意した。しかし、彼女はすわろうとしなかった。彼女は、ただ一つの願いをかなえることに全身全霊を傾けているように見えた。

「わたしに何をおたずねになりたいの？」

「あなたとご主人はなぜここにいらしたのか、あなたがたはどこに行こうとされていたのか、どちらからいらしたのか、そして、あなたがあやしいと思われるものは何か、といったことです。思いつくことをすべてお話しいただけませんか。どんな些細なことでも構いません」

すると、ミセス・バックマンは、次のように、簡潔にてきぱきと説明してくれた。

「おそらく、バックマンの名をご存じのことかと思います。たいがいの人なら知っています。主人はアメリカで最も信頼のおける最高の石油専門家といわれておりました。そして、ジャイアント・オイル社の大株主でした。二週間ほど前、状況の変化があり、主人はニューヨークを発ち、タイガー・リリー油田に出向かなければならなくなりました。ジャイアント社はそこを買収するか、支配株式を買い取ることを検討していたのですが、それにあたってじかに意見を得たいと考え、うちの主人を行かせて現地調査をさせようということになったのです」

彼女は熱心に聞き入っているジョーの顔を一瞥し、続けた。

「ご存じかと思いますが、この路線はタイガー・リリー社の東部支社のすぐ近くを通っています。そこで、わたくしどもは、個人車両を連結して乗ってまいりました。一週間前の木曜日から、わたくしどもは車両に乗り、側線で待機していたのです。この間ずっと、主人は仕事にかかりきりになっておりました。おととい主人は仕事を終えましたが、昨晩よりも前に発つ急行列車はなかったので、この列車を待ち、日が暮れる直前に、わたくしどもの車両を連結したわけです。

わたくしと主人は一緒に夕食をすませると、その後、この列車の乗客のノールズという男から主人に会いたいという申し入れがありました。主人はひどく困惑しておりました。といいますのも、ノールズというのは大型の小売り向け石油倉庫の責任者をしていたのですが、仕事上のミスから首にされたということでした。それでも主人は、可能なときはいつでも面会する主義でしたので、ノールズに来るように申しつけました。ノールズがやってくるとすぐに、わたしは席をはずしましたが、見たところ彼は大柄で苦虫をかみつぶしたような顔をし、みすぼらしい服を着た男でした。

わたしはこの個室に入り、本を読み始めました。しばらくの間、二人は何やらぼそぼそと話していましたが、それから急に声が大きくなり、いくつかの言葉がはっきり聞こえてきました。『おれを呼び戻してくれないのか。考え直してくれ！　おれには女房と子どもがいるんだ』ノールズの声でした。『それは無理だ。わかっているだろう』と主人の声がしました。それに続き、主人が『ジャイアント・オイル社は決定をくつがえすことはない』というと、『せいぜい、用心しとけよ』とノールズが叫んだのです。わたしはすぐにドアを開けました。男がひどく恐ろしい冷酷な形相をしていたので、ぞっとしました。それでも、わたしがあらわれたとたん、男は身をひるがえし、車両から出ていきました」

「ご主人は、男についてほかに何かおっしゃっていませんでしたか？」

「とくにいっておりませんでした」彼女は息を震わせながら答えた。「主人は、わたしがノールズの怒鳴り声を聞きつけて部屋に入ってきたことに少しとまどっていました。でもすぐにそのことは忘れ、わたくしどもは一時間ほどすわって話をしました。十時を回ると、わたしは疲れてきたので、もう寝ると告げました。主人はやるべき仕事があってあと二時間ほどかかるということで、わたしの邪魔にならないようにここで寝るといっていました」

「その仕事の内容はご存じでしたか？」

「ええ、タイガー・リリー油田に関する報告書をつくることです」

「ジャイアント社がそこを買収するかどうか決めるための報告書ですか？」

彼女はうなずいた。

「報告書は、その性質からすると、ある一部の人たちにとっては大変な価値があるのではないですか？」ジョーはいった。

「主人は、誰かが報告書の内容を前もって知ることができれば、大儲けできると申しておりました」

「それはどうしてなのかお話しいただけますか？」

「タイガー・リリー社を訪れていたある日のこと、主人はわたしにこう説明してくれました。タイガー・リリー社の株価は一カ月前には八ドルだったのが、ジャイアント社が買収する予定だという噂が広まり、十二ドルに上がったというのです。その十二ドルが現在の株価となっています。主人によれば、報告書の内容が買収に有利なものだと二十ドル、いえ三十ドルにも跳ね上がるが、買収に不利な内容だと、当然ながら、ものすごく下落するということでした」

「よくわかります」

ミセス・バックマンは続けた。「主人が出した結論が買収に賛成するものか、それとも反対するものかは、わたくしですらまったく知りませんでした。わたしがうかつに口を滑らすことを恐れ、主人は企業秘密を決して話してくれなかったのです。ですので、主人の報告書がどのような方針を示していたのか、わたくしにはまったくわかりません」

「ご主人が、報告書の作成をぎりぎりまで延ばしていたのは、ずいぶん変ではありませんか？あなたがたは側線で何日か待機されていたということですし、いま伺ったお話では、ご主人はおといにはすべての情報を入手されていて、あなたがたは急行列車を待つのみだったはずです。それなのに、ご主人はこの旅行中の深夜まで、報告書を書くのを引き延ばしていたことになりますね?」ジョーはたずねた。

「そのことはわたくしから説明できますわ」ミセス・バックマンは答えた。「主人はこれまでずっと、大変商業価値のある企業秘密を数多く扱ってきましたので、秘密主義が身にしみついておりました。そのため、ぎりぎりになるまでは何事も書面に残さないというのが習慣になっていたんです」

「なるほど、それはごもっともです」ジョーはいった。「それでは、奥さんが寝たあとに、何か物音は聞こえませんでしたか?」

「眠りにつくまで、主人がタイプライターを打っている音が聞こえていました。一度目をさましたとき、主人が歩き回る音が聞こえたような気がしましたので、もう寝るようにと主人に声をかけました。返事はありませんでしたが、その後静まりかえったので、わたしはまた眠ってしまいました。あのときわたしが起きていさえすれば、主人を救えたかもしれませんわ」彼女はそういって顔を手で覆ったが、やがて気を取り直した。「そのあと、わたしは恐怖にかられ飛び起き、明かりをつけたのです。午前三時をとっくに過ぎていました。わたしは上着をつかんで、となりの部屋に駆け込みました。そのときの光景はご存じのとおりです」

「奥さん、最後にもう一つだけお伺いしたのですが、誰がこのようなことをしでかしたのか、心当たりはありますか?」少し沈黙したあと、ジョーはたずねた。

「何と申し上げればよいかわかりません――ノールズは捨て鉢になっているように見えましたわ。彼が脅し文句をいっているのも聞こえましたし。それにしてもあなたはどなたで、どうしてここに――」

二人が話をしている間、戸口を見張っていたスティーブがここで口を挟み、ジョーのことを説明したが、彼女はほとんど気にとめていない様子だった。スティーブが話し終わらないうちに、彼女は両手をジョーの腕に置いた。

「憶えていてちょうだい。犯人を見つけてくれさえすれば、わたしは有り金全部をはたいても構わないわ。あなたはまず、どこから取りかかるつもりなの?」

「この車両から調べます。時間がなかったので、まだ隅々まで見ていないんです」ジョーはいった。「でもその前に、ご主人の鞄の中に目を通して、タイガー・リリー社の報告書が入っているかどうか見てみましょう」

報告書は見つからなかった。その後、スティーブはミセス・バックマンを連れていった。彼女は話し終えて緊張の糸が切れたのか、倒れ込みそうになっていた。

「大した女性ですよ」ジョーは大声でいった。「ねえ、ミスター・クォリッチ。ぼくは彼女のために犯人をさがし出して、必ず取り押さえてみせますよ」

わたしたちはその車両に残り、ジョーは、彼独特の手早い綿密な方法で調べ始めた。絨毯、椅子、テーブル、壁をくまなく見ると、日よけのない窓のそばにしばらく立っていた。その後、机の上にあったペンと紙の向きを変え、そして、例の言葉が打ってあったタイプライターに挟まれた紙をしげしげと見つめた。結局、目にみえる成果といえば、彼が三本のマッチ棒――そのうち二本は木軸マッチ、一本は蠟マッチだった――と、三本の葉巻の吸いさし、それに泥のかけらを少しばかり収拾したことだった。

調査が終わりかけたころ、ジョーは、寝台の下の暗い隅にころがっていた引き出しの取っ手に目をとめ、それを机の引き出しにはめ込んだ。その取っ手を見つけたことで、彼はどうやら自分の推理を見直すことになったようだ。彼はもう一度絨毯を越えていき、日よけのかかっていない窓の下で長いこと立ち止まっていたからだ。その後、彼は遺体のほうを向き、最後にベッドの上をじっと見た。枕の後ろには『ペリウィンクル』という本が、開いたページを下にして置かれていた。

「読みながら寝ていたようですね」ジョーはいった。「絶望のどん底にあったとは思えません」

わたしはうなずき、何かわかったのかと訊いた。

「絨毯の上ではなかなか足跡をたどれません。これが森で起きた事件ならば、犯人のことがもっとわかるでしょうけど――」

そこに車掌がドアを押し開け、急いで入ってきた。

「おい、ジョー、証拠が固まってきたぞ」彼は大声でいった。

ジョーは灰色の目で、相手の興奮した顔を一瞬見据えた。

「誰に対するものですか――」

「ノールズだよ。決まってるじゃないか。午前零時過ぎに、彼が寝台車をこっそり通っていくところが目撃されているんだ」

「誰が見ていたんですか？」

「トンプソンという、赤毛の男だ——このドアの隣りの寝台にいたそうだ。彼はノールズが通り過ぎるところを見ていたが、そのときは気にかけていなかったそうだ」

「ノールズと話をしましょう」ジョーはいった。

それからまもなく、われわれはその容疑者と面と向かっていた。ミセス・バックマンの「苦虫をかみつぶしたような顔をし、みすぼらしい服を着た男」というのは、実に的を射ていた。彼は五十歳ほどで、猫背ながらもたくましい肩をし、こめかみ付近と無精ひげには白いものが混じっている。しかし、日光のもとでは、男は単にみすぼらしいだけでなく、全身がぼさぼさでだらしなく、身なりにまったく構っていないことが見て取れた。一目見たときからこの男がうさんくさく思われ、わたしは一緒にいればいるほどこの男そのものに、そして彼の狡猾《こうかつ》で執念深い顔つきに嫌気がさしていった。最初、彼は何を訊かれても答えようとしなかったが、ジョーの気さくな態度と差し出された煙草で、彼のかたくなな態度はしだいにほぐれていった。

われわれ四人は、居心地の悪い厨房の隅にいた。

「そうだ」ノールズはいった。「おれは三カ月前にはジャイアント・オイル社のトレヴィル石油倉庫の所長をやっていたが、嘘の密告をしたやつがいて、バックマンから首にされたんだ。だから昨夜バックマンに会って、おれが彼をどう思っているかいってやったんだよ」

「つまり、『せいぜい、用心しとけよ』といったんだろう?」車掌のスティーブが横から口を出した。

「おまえは盗み聞きをしていたのか?」ノールズは少し驚いた様子でいった。「そんなたぐいのことをいったかもしれんな」

「では、バックマンに二度目に会ったときは、どうだったんだ？」スティーブは続けた。

「おれはバックマンに一度しか会っていない」

ここでジョーが口を開き、「本当のことをいったほうが身のためですよ」と静かにいった。

ノールズはわなにかかった動物のようににらみつけ、「おまえたちはなんでこんなことを訊いてくるんだ？」と声を荒らげた。

「バックマンがこの夜更けに首を絞められて殺されたからだ」

ノールズはそれを聞いて息をのんだ。「何だって！　それは本当か？」

「おまえが知らないはずないだろう」スティーブがかみつくようにいった。

「それはどういうことだ？」

「バックマンが殺される直前に、おまえが寝台車を通って行くところが目撃されているんだよ。証拠が上がっているんだ」

ノールズは真っ青になった。

「誓っていうが、昨夜おれはバックマンには一度しか会っていない」

「だったら、寝台車で何をしていたんですか？」

スティーブが問いただしている間、黙って立っていたジョーにこう訊かれ、ノールズは彼のほうを向いた。

「おれは本当のことだけをいう」ノールズはいった。「おれは寝台車を通った。バックマンに腹を立てていたので、もう一度会って訴えるつもりだった」

「ではなぜ、彼に会わなかったんですか？」

「会えなかったんだよ。会いにいこうとしたら、彼の車両のドアに鍵がかかってたんだ」

「鍵がかかってた？」ジョーが大声でいった。

「黙れ、こののらくら者が！」スティーブは冷笑した。「そんなつくり話をしたって無駄だ。おまえが嘘をついていることはわかっている。おれが駆けつけ、バックマンが死んでいるのを見つけたとき、ドアには鍵がかかっていなかったぞ。バックマンがいったん降りてきて鍵を開け、もう一度首を吊ったとでもいうのか」

「おれは本当のことをいっている」ノールズは繰り返しいった。「おまえたちはみんな、おれが殺《や》ったと思っているだろうが」

すると、ジョーがみんなを驚かせた。

「ぼくはあなたが殺したとは思っていませんよ」彼はいった。「ぼくはあなたがバックマンを殺してないことを、あなたと同じくらい確信していますよ」

「何だって！　じゃあ、誰が殺したというんだ？」車掌は声を荒らげた。

「ドアに鍵を閉め、ノールズが訪れたときに中にいた者ですよ」

スティーブは唇を尖らせた。「本当か？　そいつがつかまるまで、おれはノールズがここから逃げないように見張っているからな」

「そうしてください」ジョーはいった。「ところで、ミスター・ノールズ、マッチを一本もらえませんか」

ノールズはポケットからマッチ箱を取り出した。

「それから、あなたの手を机の上に広げてください」ジョーは続けた。

彼は黒く汚れたぎざぎざの爪がついた大きな手を、われわれに見えるように、手の平を下にして置いた。

「親指を見ておいてください」ジョーはいった。

それだけいうと、われわれはまた、スティーブと三人になった。

「スティーブ、あなたの出してきたノールズに不利となる証拠はすべて崩すことができますよ。陪審が、有罪と宣告しないようにね」ジョーはいった。

「そのお手並みをぜひ拝見したいものだな！」

「では聞いてください。車両の床には二種類のマッチ棒がありました――これがそうです」ジョーはそれを手の平に広げた。「そして、ここにあるのがノールズのマッチ箱にあったものです。この蠟マッチはバックマン自身が、こちらの二本の木軸マッチは犯人が使ったものですよ。どちらも、ノールズの使っているマッチの銘柄ではないことは、一目瞭然です」

「それだけでは、陪審を説得できないぞ」

「これだけではありません」ジョーはいった。

「もう一つあります。あなたがたは、ノールズの手のぎざぎざに割れた爪を見たはずです。親指の爪は、四分の一インチほど伸びていました。あの長さの爪で、男ののどの皮膚に裂傷も引っかき傷も残さずに、首を絞めることはできませんよ。ご覧になったとおり、バックマンののどにはあざしか残っていませんでした。この証拠には、どんな陪審でも納得するはずです」

車掌は、少々ばつが悪そうな顔をしていた。「きみには降参だよ、ジョー。だが、ノールズじゃないとすると、いったい誰が犯人なんだ?」

「ノールズよりも二十歳ほど若く、とても行動的でたくましい男でしょう。自負心が強いやつで、爪をはさみで切っていて、いずれにしてもかなり高い教育を受けています。それから、この鉄道の路線を熟知しています。バックマン夫妻が寝ている間に、犯人は列車の速度が落ちるどこかの地点で車両に飛び乗り、後部ドアから乗り込んできたのです。犯人がねらっていたのは、タイガー・リリー油田についての報告書です。犯人はそれをさがしているときに、バックマンが目をさましたので、彼に飛びかかったんですよ」

「バックマンは何でまた、警報を鳴らさなかったんだ?」

「彼は犯人に気づかれないように、机に近づこうとしたんですよ」

「机に? 何のために?」

「自分のリボルバーを取るためです。引き出しに入れてあったのです。彼の手に届きそうになったのですが、犯人ともみ合いになり、引き出しの取っ手がとれてしまったんです」

「しかし、引き出しにリボルバーはなかったぞ。おれはこの目で見ているんだ」

「そうです。でも、犯人が持ち出すまでは、そこにあったんですよ」

「バックマンを殺したあとまで、犯人はなぜリボルバーが必要だったんだ?」

「人間は、リボルバーが手元にあったら、おそらく首を吊ったりしないでしょう。リボルバーを使ったほうがずっと楽に死ねますからね。つまり、リボルバーが発見されてしまうと、自殺に見せかけられなくなるんですよ」

スティーブはうなずき、ジョーは続けた。

「バックマンは懸命に抵抗しましたが、相手の力がはるかに強かったんです。犯人はバックマンを殺すつもりはありませんでした――このことはあとで証明できると思います。ところが、犯人は彼が大声を上げないように首を絞めたのです。強く絞めすぎたことに気づくと、たぶん数分間、うろたえたと思います。しかし、犯人はものすごくずる賢く、人の目をくらますために、バックマンを吊したのです。そして、ドアに鍵をかけると、そこにあるバックマンの椅子に腰をかけて、バックマンの葉巻を一本吸いました」

「え?」スティーブは大声を出した。「バックマンがそこで首を吊っているのに?」

「そうです。葉巻の吸いさしが三本あったんですよ。そのうち二本はバックマンがシガー・ホルダーを使って吸ったものでしたが、あとの一本の端には噛んだ跡がたくさんついていました。つまり、犯人はそこにすわって葉巻を吸いながら、これからどうすべきか考えていたんです。バックマンが死んでしまったのは、いろんな意味で厄介だったのでしょう。犯人は、二十分ほどすわっていましたが、日よけをはずしたあそこの窓にときどき行って、外の様子を伺っていたようです」

「絨毯にその足跡がついていたのか?」スティーブは訊いた。彼はノールズの件で、まだ少し気分を害していた。

ジョーは意味ありげに笑った。「ええ。犯人のモカシンには湿った泥がついていました。それでまず、犯人はあなたではないと確信したんですよ、スティーブ。ぼくが見たとき、あなたの靴底は乾いていたし、そもそも履いているのはブーツですからね」

スティーブがここで絶叫した言葉を書くのは控えておこう。

「犯人は何度も窓のところに行っていますが」ジョーは続けた。「それは、車両から飛び降りることができそうな地点をさがしていたからです。さっきもいいましたが、犯人はこの路線をよく知っています。スティーブ、そこで聞きたいのですが、午前一時ごろに列車が速度を落として通過するカーブはありますか?」

「シンパニー湖にかかっている大きなトレッスル橋を渡る直前で速度が落ちるよ」

ジョーは少しの間、考え込んだ。「犯人はそこで飛び降りたのでしょう。そうだとすると、彼には今後どうすべきか考える時間が多少あったことになる。ぼくの考えでは、彼の計画は予定通りに運ばなかったのです」

「どういうふうに?」

「そのことはすべてあとでお話ししますよ」

「きみは本当に恐ろしいやつだな、ジョー。犯人を手中に収めているも同然だ。それにしたって、犯人はどこから乗り込んできたんだ?」

「わかりません。でも、バックマンを殺す少し前のことです。彼のモカシンは乾く間がなかったのですから。このことからも、彼は最後の停車駅で乗り込んできて車両にずっと隠れていたわけではないことがわかります。いまぼくたちが考えなければならないのは、彼を捕まえることです。セブン・スプリングスで速い機関車に乗って、この路線を後戻りすることはできますか？」

「もちろんできるよ」スティーブはいった。

二十分後にセブン・スプリングスに着くと、それから二十分もしないうちに、ノヴェンバー・ジョーとわたしは、地方警察の刑事とともに、機関車で線路を後戻りしていた。かつて経験したことがないすさまじい速さで、機関車を走らせていた。シンパニー湖の上を轟音を立てて通り過ぎると機関車はようやく止まった。われわれは降り、線路の両側を調べ始めた。すると、ジョーが大声で呼ぶので、彼のもとに走っていった。

「ここが犯人が飛び降りた場所ですよ」彼はいった。「見てください。彼は足を踏み外して、土手をころがり落ちています」

われわれが立っていた場所では、線路が高い土手の上に沿って走り、その南側には、野生のラズベリーの茂みがまばらに生えていた。線路の脇には、モカシンを履いた二本の足の跡がしっかりついていて、そこから土手の下に向かって、ラズベリーの茎がなぎ倒されてできた小道が唐檜の木々の下まで続いている。

「犯人はずだ袋のように、ここをころがっていったんです」ジョーはいった。「列車はかなりの速度を出していたにちがいありません――彼が思っていたよりも速かったんでしょう。それからここを見てください。唐檜のところです。彼はここで立ち上がっています。さあ、これから彼の足跡を追いかけましょう」

　われわれは、五十ヤードほどを難なくたどっていくと、地面から一フィートほど上で切り倒されたばかりの唐檜の若木に出くわした。そこには、その先の細い部分が小枝や葉とともに散らばっている。

　ジョーとポロックスという名前の警官は、切り口がぎざぎざになっているその小さい木を注意深く調べた。ジョーは、地面に散らばる木の切りくずと樹皮まで手に取っていた。

「やつはここで何をしていたんだろう?」ポロックスはいった。「火はおこしていないし」

「そうみたいですね」ジョーはぶっきらぼうにそういうと、急いで跡をたどっていった。

　そこから百ヤード先までは、ラズベリーの茎の間に足跡がはっきり残っていた。そのあと、足跡は土手をのぼっていったのち、ついに完全に途絶えてしまった。

「してやられたな!」ポロックスは叫んだ。「やつは線路に沿って歩いていっている。どっちの方向に行ったのか、さっぱりわからない」

「ええ。でもぼくたちをまくことはできませんよ」ノヴェンバー・ジョーはいった。「そんなことはさせません。ところで、この線路沿いで一番近い郵便局はどこにありますか?」

「サイレント・ウォーターにある」

「ポロックス、機関車を呼びにいってもらえますか。ぼくたちができるだけ早く、サイレント・ウォーターに着けるように」

　ポロックスはただちに呼びにいき、そしてわれわれは再び、線路上を急いだ。

「あの急行列車は、シンパニー湖のトレッスル橋を今朝の午前三時二十分に通過している」走っていく機関車の轟音の中、警官は大声でいった。「いま午前七時だ。犯人はわれわれの前にいるとしたら、四時間ほど先を行っていることになる。だが、サイレント・ウォーターまで十八マイルあるから、線路上でやつをぎりぎり捕まえられるかもしれない」

しかし、細心の注意を払い、目を光らせていたにもかかわらず、サイレント・ウォーターに着くまで、前方に人影はまったく見えなかった。サイレント・ウォーターは非常に小さい群区であるため、われわれは目立たないように駅を通過し、二百ヤード先まで行ったところで機関車を停め、そこで飛び降りた。そして、そこから急いで引き返すと、郵便局に行った。

「三角巾で右腕を吊った男が、こちらに手紙を出しに来ませんでしたか?」ジョーは郵便局長にたずねた。

「来ていないよ」

「本当ですか?」

「わたしは今朝、ここにずっといたよ」

ジョーはポロックスを自分のほうに引き寄せた。「急いでお願いします! 電話をかけて、ここから二十マイル以内にある郵便局すべてに警戒令を出してください。もし、右腕を三角巾で吊した男が手紙を出しにきたら、逮捕するようにいってください。そいつは牛革のモカシンを履いていて、図体の大きい男です。でも、ぼくは犯人はきっとここに来るだろうとにらんでましたけどね」

ポロックスが電話のところにたどり着こうとしたそのとき、ジョーは振り返り、彼の肩をつかむと、外から見えないようにカウンターのうしろに押し込んだ。次の瞬間、粗末な布で手を吊した背の高い若い男が郵便局のドアを開けて入ってきた。

「二セント切手をくれ」男はぶっきらぼうに郵便局長にいった。

切手を受け取ると、その見知らぬ男は唇の間に切手を挟んだまま振り向き、左手をポケットに突っ込んだ。そして、男が長い封筒を取り出したその瞬間、ジョーとポロックスが飛びかかった。

「いったいどういうことだ——」男は叫んだ。

しかし、ノヴェンバー・ジョーはその封筒を取り上げた。

「この男を捕まえてください、ポロックス。見てください、この封書は、ジャイアント・オイルフィールド本社宛てになっています。中身はタイガー・リリー社の報告書で、そして、この男がフレッチャー・バックマンを殺した犯人です」

「今回の事件はとても簡単でしたよ」われわれは再び同じ路線に乗ると、ジョーは話し始めた。「そもそものきっかけは、バックマンの車両の絨毯についていた泥のしみです。その泥はまだ濡れていました。ところが、バックマンが殺されたときには、列車はどこにも停まらずにすでに三時間走っていたのです——それだけの時間があれば、暖房のきいた車内ではどんなブーツでも乾いてしまうでしょう。そうすると、犯人は列車の乗客ではないことになります——まずこのことがはっきりわかりました。

次に、殺した犯人は誰であれ、若くて敏捷《びんしょう》なやつにちがいありません。なにしろ、時速十五マイルで走っている列車に飛び乗ったわけですからね。それに、かなり高い教育を受けています。そうでなければ、タイプライターは使えません。さらに、犯人はこの路線を熟知している者です」

「それはどうしてわかったんだい?」

「バックマンの車両にあった窓の一つの日よけが上がっていたのを憶えていますか。絨毯についた足跡を見ると、殺人犯は何度もその窓のところに行っています。犯人はなぜそんなことをしていたのでしょうか。飛び降りる場所をさがしていたにちがいありません。この路線をよく知る者でなければ、その場所はわかりませんよ」

わたしは、ノヴェンバー・ジョーのその推理に疑問をもった。

「たぶん犯人は、列車の速度が落ちるのを待っていただけじゃないのか?」わたしはいった。

「ちがいます」ジョーは答えた。「そうだとしたら、犯人は葉巻に火をつけたりしませんよ。火をつけたのは、犯人は二十分間、待たなければならないことを知っていたからです。それにこのことは、犯人が非常に冷静な人物であることを示しています」

私はうなずいた。

「ノールズについてですが」ジョーは続けた。「彼が事件にまったく関係ないことについては、すでに理由をいくつか説明しました。葉巻とマッチ、それに彼の山猫のような爪が、その証拠です」

「それにしても、どうして犯人が腕を三角巾で吊しているとわかったんだい?」

「彼が列車からころげ落ちた場所の近くで、若木が切られていたのを憶えていますか？　切られていたのは二フィートもありませんでした。犯人は何のためにそんな長さの唐檜の切れ端を必要としたのでしょう？　歩くときの杖代わりにもなりませんから、ぼくは犯人は手首をねんざしたのではないかと考えました。つまり、その切れ端を添え木にしたのではないかと。列車から落ちたとき、きっとかなりの衝撃があったはずです」

「でも、ねんざしたのが右手だと考えたのは？」

「唐檜の切り口を見ればわかりますよ。左手を使ったような下手な切り方でした。つまり、犯人は右腕をけがしていたんです」

「では、犯人が手紙を出そうとしていたというのは？　それもサイレント・ウォーターで投函すると考えたのはどうしてかい？　犯人は急いで国外に逃げてしまう可能性が高いように思えるが」

「犯人はサイレント・ウォーターの郵便局に立ち寄るだろうと、ぼくは確信していました。このことを説明するには、少し前にさかのぼらなければなりません。まず、犯人は事前に報告書をのぞこうとしていただけです。彼の目的、そして彼を雇っていたやつらの目的は、世間を出し抜いて、バックマンの出した結論を知ることでした。犯人はバックマンを殺そうと考えていたのではなく、成り行きでそうなってしまったのです。その結果、彼は報告書を現場から持ち去らなければならなくなったのです。なぜなら、報告書はジャイアント・オイル社の手に渡らなければ、彼にとっては一セントの価値もないからです。彼は、報告書をそのままジャイアント社に届けなければならなくなったのです。彼が考えたのは、線路に沿って戻り、バックマン自身が投函したように見せかけられる場所から郵送することでした。彼はバックマンの死を自殺に見せかけ、容疑がかからないようにして事を運ぼうとしたんですよ」

「しかし、ジャイアント・オイル社は、バックマンの悲惨な死に方を知らされたあとも、彼の報告書にもとづいて決定するだろうか?」

「もちろんしますよ」ジョーはいった。「彼らは、バックマンが事件のあった前の晩に報告書を書き終え、すぐにそれを投函したと考えるだけです。そうすると、会社は報告書にもとづいて決定を下し、犯人——彼の名前をぼくはまだ知りませんが——は数十万ドルの大儲けをしていたでしょうね」

「ところで、ジョー」わたしはいった。「バックマンの報告書はどこにあるんだい?」

ジョーはにっこりと笑みを浮かべた。「いまジャイアント・オイル社に送られている途中ですよ。ぼくたちが郵送しておきました」

「報告書は買収に賛成する内容だったのかな?」

「もちろん封筒は開けていませんが、犯人は、彼が書いた電報文の紙切れを持っていました。そこには、ただひと言、『購入すべし』とありましたよ。ですからミスター・クォリッチ、よかったらすぐに、タイガー・リリー社の株を十五株、ぼくに買ってきてくれませんか」ジョーはいった。「去年の冬、ぼくは銀狐を捕まえましたから、そのぐらいのお金は持っています。その報告書は、たぶんそれを金色の狐に変えてくれるでしょう。あなたも急いで行って、株を買ってきたらどうですか。そうしたら、ぼくたちの話題によく出るアフリカへの旅が実現するかもしれませんね。ぼくは、そこにいるライオンをしとめてみたいんです。ライオンは、レヴィ付近の見世物小屋で一度見かけたことがありますが、ケベックに向かう途中のフェリーまで、吠える声が聞こえるほどでした。ぼくはセオドア・ルーズベルトに見習って、アフリカに行ってライオン退治をしてみたいですよ」

第十一章　リンダ・ピーターシャム

ノヴェンバー・ジョーは、サイレント・ウォーターという絵のように美しい名前で知られる小さい側線でわたしに別れを告げた。

「ミスター・クォリッチ、新しい炭鉱の契約が成立したらすぐにまた戻って来てください。そうしたら、今度は狼狩りにでも行きましょうか。月夜の晩には、黒湖《ラック・ノワール》の氷面に狼の群れがやってくるんです。そんな霜の降りる夜は、森はしんと静まりかえり、何マイルにもわたってふくろうの声が鳴り響いているんですよ」

わたしはまた来られるように最善を尽くすとジョーに約束したが、運命はわたしに逆らい、その冬はまったく訪れることができなかった。そんなわけで、メイン州の国境地帯にわな猟の旅に出ていたジョーからは、時折便りをもらっていたにすぎなかった。ロールトップの机にすわり、雪に覆われている家のひさしとむき出しの電柱を眺めていると、大きな岩陰で昼食のためにやかんでお茶をわかしているジョーの姿がわたしの心に浮かび、机を閉じて彼のところに無性に行きたくなることがいく度もあった。わたしが行ったらきっと歓迎してくれるだろうに。

しかし、仕事の足かせはそう簡単に振り払うことができず、わたしが再び森で休暇を過ごせるようになる前に春が来てしまった。そのころわたしは仕事で定期的にボストンを訪れていたが、ある日、ボストンの代理人のオフィスにいると、リンダ・ピーターシャムからわたしに電話があり、昼食を食べに来てほしいといってきた。

「悪いけど先約が入っているんだ」わたしはいった。

「だったら、その約束を延ばしてちょうだい」

「それはできるかどうかわからない。明日だったらたぶん――」

「だめよ――先約の人は明日でも大丈夫なんじゃないの――誰に会うつもりか知らないけれど。わたしは今日あなたに来てもらいたいの」

「用件は何なんだ?」

「それはあなたが来てから話すわ。とにかく来てちょうだい」

わたしはもう一度、自分の立場を説明しようとしたが、リンダはそれ以上聞く耳をもたず、電話を切ってしまった。わたしは、金髪が輝く小さいギリシャ彫刻風の頭、紺青色の二つの目、それに、かなり生意気そうな口元を思い出し、思わず笑みを浮かべていた。

結局、わたしは行くことにした。というのも、リンダのことは彼女が生まれてこのかた知っているし、それに先約を破ることで貴重な鉱山を買収する機会を失うことになっても、わたしはさほど困らないからだ。自分の楽しみのために金を遣うことができるのは、金持ちに許された数少ない特権の一つだ。実をいうと、わたしはこれまでずっと、相続し、蓄積してきた何百万ドルという財産のしがらみからことあるごとに逃れようとしてきた。わたしは金銭の追求にはほとんど関心がなかった――おそらくそれゆえに、触れるものすべてが金に変わっていったのかもしれない。

ピーターシャム家はリンダとその父親からなる。父親のミスター・ピーターシャムは、仕事の取引関係においては一目置かれる実力者であるが、家庭では自分の魅力的な娘の願いをかなえてやるという一つの明確な目的のためだけに存在していた。ピーターシャム家に行くと気持ちよく過ごせるのは、彼らが非常に幸せな人たちだからである。実際、彼らの戸口に一歩踏み入れると、とたんに気分が高揚し始めるのだ。私は握手をしながら、リンダにそういった。

「そういってもらえると、自制心が保てそうよ。今日は何だかとてもいらいらしているから。さあ、中に入ってすぐに昼食にしましょう」

ピーターシャム家は大邸宅で、人をもてなすことで有名であったが、そのとき招待されているのは自分だけであることに気づき、わたしは驚いた。

「リンダ、招いてもらって本当に光栄だよ。トム・ゲッチリーやヴァンホーン青年は、もし私の代わりにここにいられるとしたらいくら払うだろうな」席につきながら、わたしはいった。

リンダはわたしのほうを向いたが、目ははるかかなたを見ている。

「何のこと？　わたしと二人きりで昼食をとることをいっているの？」

「そうだよ、思いがけない喜びだ」

「まあ、ジェームズ！　喜びだなんてとんでもないわ。これは必要があってなの。わたしはあなたに話があるのよ」

「そういってたな。だったら話してくれないか。わたしはいつでも聞くよ」

「いまじゃなくて、昼食を食べてからにしましょう」

召使いに給仕されながら、わたしたちはとりとめのない話をしていたが、その間もずっと、リンダはいったい、何の話があるのだろうかとわたしは思いをめぐらせていた。彼女の目の奥底には、何か深刻な思いが秘められているのが見て取れる。彼女は明らかにそのことに気を取られていて、わたしの話すことに漫然と受け答えをしていた。

そのあとようやく、彼女の私室《ブドワール》で二人だけになると、彼女はすぐに話し始めた。

「ジェームズ、わたしのためにしてほしいことがあるの。わたしの父にあることをさせないように、あなたから説得してもらいたいの」

「わたしに？　わたしにきみのお父さんを説得しろというのかい？　そんな必要はないだろう。きみは自分の思うがままに、お父さんに何かをやらせたりやめさせたりできるじゃないか」

「そう思っていたんだけど、わたしでは無理なのよ」

「それはどうして？」

「実は、父はカルマクスに戻る気になっているの」

「カルマクス？」

リンダは青い目を開いて、わたしのほうを見た。

「あなたは聞いてないの？」

「何を？」

「去年の九月、あなたはいったいどこにいたの?」

「メイン州とボース地方の境界にある森で過ごしていたよ」

「どおりで知らないのね。でもカルマクスのことは聞いたことあるでしょう?」

「ああ、それは、ジュリアス・フィッシャーが山岳地帯に建てた邸宅だ。彼は昔そこによく狩猟と釣りをしに行っていたんだ」

「そうよ。あなたがその家を見たらきっと気に入るわ。いい部屋がたくさんあるし、山の斜面に沿ってたっているから何マイルも先まで見晴らしがきいているし、そのうえ戸口のすぐ外には小川が流れているのよ。父は去年そこを買ったときに、ジュリアス・フィッシャーがもっていると主張していた狩猟権もすべて手に入れたの。森にはへら鹿があふれるようにいるし、ビーバーもかわうそもいるわ……だからこそ、問題が生じてきたのだけど」

「そもそもフィッシャーがカルマクスに狩りに行っていた当時から、問題があったんだ。彼はあわてて逃げ帰ったとわたしは聞いていたよ。きみのお父さんはそのことを知らなかったのかい?　ミスター・ピーターシャムはその場所にどうしてかかわることになったんだ?」

「さあ、きっと父の単なる気まぐれよ」リンダは、いまどきの娘がしびれをきらしたときの、ほとほとうんざりした口調でいった。

「あの辺りは、危ない地域なんだ」

「そのことを父は知っていたわ。あそこの森と山には何世代にもわたって、土地を不法占拠しているわな猟師たちが住み着いているもの。もちろん、彼らは土地は自分たちのものだと信じている。父はそのことを知っていたし、それに父は、ジュリアス・フィッシャーが彼らに提示して与えた補償金は不十分だと考えていたの」

「きっとそうだろう」わたしはいった。ジュリアス・フィッシャーの補償金に対する考え方は、たやすく想像がつく。彼には、仕事上で会ったことがあるからだ。

「そこで、父はこの件をよく調べてみたところ、不法占拠している者たちのいい分にももっともなところがあることがわかり、彼らに公正を期すようにしたのよ」

わたしは相づちを打った「お父さんのことだから、きっと十分すぎるほどしてあげたんだろう」

「そういってもらえるとうれしいわ、ジェームズ。彼らはもちろん、法律上は何も所有していなかったのだけど、わたしの父は彼らの権利――というか、彼らが自分たちの権利と考えているものに対して、かなりの代価を払ってあげたのよ。誰もが喜んで、満足しているように見えたし、わたしたちもこの春、そこに釣りをしに行くことを心待ちにしていたわ。でもそのとき、父の雇っていた猟区管理人の一人が、銃撃されたという知らせが入ったの」

「銃撃された?」

リンダは、ほれぼれするようなギリシャ彫刻風の頭でうなずいた。

「ええ。去年の秋、父は野生動物を管理してもらうために猟区管理人を二人雇って、冬の間ずっとそこにいてもらったの。彼らからは、不法占拠者たちとうまくやっていると報告があったのに、ある日突然、そのうちの一人のビル・ワークという名の管理人が、彼の野営地で銃撃されたのよ」

「殺されたのか?」わたしはたずねた。

「いいえ、でも重症を負ったの。彼によれば、弾丸を心臓に命中させるのは簡単だったはずなのに、膝を打ち抜かれたということよ。それは辞めろという警告だろうといってたわ」

「あそこにいるやつらは野蛮人のようなものだからな」

「そうね。だけど、それだけじゃないのよ。実は三日前に手紙が来たの。わたし宛てになっているけど、内容は父に向けられたものよ。手紙を書いた者は、きっと父に会ったことがあって、簡単に脅しにのるような人間でないことを知っているので、わたしを通じて父を脅迫しようと考えているんだわ。それはもう恐ろしい手紙なの」

「その手紙を見せてくれないか?」

リンダは引き出しの鍵を開け、薄汚れた紙切れをわたしに手渡してくれた。古い帳簿からちぎった紙に、次のような言葉が書かれていた。


ピーターシャムのくそ野郎。おれたちの森に来るのなら、五千ドルを支払ってもらおう。金を持ってこい。そうしたら受け渡し場所を連絡する。おまえにとってはそんなのははした金だろう。金を払うことで撃たれずにすみ、おまえたちの身の安全が守られるんだ。


「これをどう思う?」リンダはたずねた。

「いたずらだろう」

「ねえ、ジェームズ。わたしにこんな馬鹿なことを書いてきて何の役に立つのかしら？　父もあなたと同じようなことをいってるわ。でもわたしはこれは本気で書いていると思うの。あなただって、本当はそう思っているんじゃないの？」

わたしは返事に詰まった。

「この手紙はいたずらだと思うの？」

「いや、その、正直なところ、そうともいえないだろうな」

「つまり、わかりやすくいうと、もし父は五千ドルを払わなければ、銃撃されるというわけね」

「そうとも限らない。お父さんはこの秋、何もカルマクスに行く必要はないじゃないか」

「でも、父はきっと行くわ。これまでになく行く気になっているもの。あなたは、父の人への対応の仕方を知っているでしょう。その手紙は単なるはったりだろうと父はいい張っているわ」

「誰がその手紙を書いたのか、お父さんに心当たりはないのかい？」

「ええ、まったくないそうよ」

わたしは少し考えてから口を開いた。「リンダ、わたしを呼んだのは、本当にお父さんにカルマクスに行くべきではないと説得するためかい？」

リンダは人を馬鹿にしたように唇をゆがめた。「そういうべきではないかもしれないわね。あなたが説得しても父がどう答えるか想像がつくわ……何をいってもらっても無駄かもしれない。あなたは説得の仕方を知らないし」

「わたしにその才はないというわけか？」

すると、彼女はにっこりと笑いかけてきたので、わたしはすぐ気を取り直した。「まあ、そうかもしれないけど、ただ口で説得するよりも、実際に助けの手を差し伸べてくれるほうがずっといいわ」

「きみの助けになるなら、わたしは何でもするつもりだ」

「当然よ。ぜひお願いしたいわ」

「じゃあ、何をすればいいんだ？」

「いま話すわ。父は、カルマクスに断固として行くつもりなので、あなたもわたしたちと一緒に行ってもらいたいの」

「わたしたちって？」

「もちろん、わたしも行くつもりよ」

「そんな、とんでもないよ。お父さんは絶対に許さないだろう」

「そうはさせないわ、ジェームズ」彼女は柔らかい口調でいった。「それに、どうしてわたしが行ってはいけないの？」

「危険だからだ」

彼女は毅然《きぜん》とした様子で、丸いあごを突き出した。「カルマクスの人たちだって、女性に危害を加えたりしないと思うわ。それに、父はわたしにとってこの世で一番大切な人よ。わたしは行くわ」

「だったら、わたしも一緒に行こう。それにしても、きみのお父さんが、そんな危険を冒してまで旅に行こうとするのはどうしてなんだ？」

「父はもともとカルマクスを気に入っているし、それに、猟区管理人を銃撃したり、こんな手紙を送りつけてくるのは、自分を脅迫しようとしている一部の者の仕業だと考えているの。わたしたちの一行は頼もしい面々がそろうから、父は脅迫している犯人を見つけられると思っているのよ。ところで、サー・アンドルー・マクレリックから聞いたのだけど、あなたはこのところ秋になると、優秀な狩猟ガイドと森で過ごしているそうね。そのガイドは、〝モヒカン族の最後〟のアンカス、つまりフェニモア・クーパーの小説に出てくる年寄りのわな猟師みたいに、足跡を読みとれるんですって？」

「そのとおりだ」

「何という名前なの？」

「ノヴェンバー・ジョーだ」

「ノヴェンバー・ジョー」彼女は繰り返した。「彼の姿がすぐに思い浮かんでくるわ。灰色のやぎひげをはやした、眼光の鋭い、枯れた感じの老人よ」

わたしは吹き出した。「すごいじゃないか。見事にいい当てているよ」

「その人にも来てもらいたいわ」彼女は要求した。

「彼はたぶん、メイン州の森を百マイル奥に入ったところにいると思うよ」

「だったら、連れ出してきてちょうだい。お願いよ」

「もし連絡がついたら、そうしよう。電報用紙を二枚もらえないか。時間を無駄にしたくないからな」

リンダは用紙を見つけてくると、わたしが書いているところを肩越しにのぞきこんできた。ジョーに次のような電文を書いた。

一カ月の旅の準備のうえ至急ケベックに来られたし。最重要用件発生。

クォリッチ

これが一通目の電報だった。二通目はハーディング農場のミセス・ハーディング宛てに書いた。そこにある小さい郵便局に、ジョーは定期的に手紙を取りにいっているからだ。二通目は次のように書いた。

ノヴェンバー・ジョーに電報送付す。必要に応じメイン州奥部への使いの手配を乞う。実費後日お支払いする。

ジェームズ・クォリッチ

リンダは両方の電文に目を通した。「どうしてミセス・ハーディング宛てなの？」彼女はたずねた。

「一人の有能な女性は、並の男十人分の価値があるものだ」

リンダは思いやりのある眼差しをわたしに向けた。

「ジェームズ、あなたがなぜ事業で大きな成功を収めているかが時々理解できるわ。あなたって見かけによらず、本当に有能な人ね。それに」彼女はあわててつけ加えた。「親切でいい人だし、わたしはものすごく感謝しているの」

わたしはこのあとまもなく暇乞いした。翌日、ジョーから返事を受け取った。

金曜早朝に伺う。

ノヴェンバー

わたしはリンダに電話をし、この電文を読み上げた。

「奇特な未開地のじいさんね！」と彼女はいった。

第十二章　カルマクス

金曜日になると、わたしのところにジョーから長距離電話がかかってきた。彼は約束どおり、その日の明け方にケベックに到着していた。そこで、彼とはプライアムヴィルで落ち合うことにした。プライアムヴィルというのは、カルマクスが奥深くにある山岳地帯から最も近いところにある鉄道の駅だ。わたし自身は、ピーターシャム家の人々に同行していくことにした。

プライアムヴィルに到着するまでの話はここでは省略し、その進取的な町に着いてから起こった一連の出来事から取り上げることにする。駅に着くと、列車の窓から外を見ていたリンダが突然大きな声を上げた。

「ねえ見て！　すごくすてきな若い男性がいるわ！」

「どいつのことだ？」わたしは何食わぬ顔でたずねたが、われわれを待っているジョーの背の高い姿がわたしの視界に入っていた。

「どこにすてきな男性がそんなにたくさんいるっていうの？」彼女はいい返した。「もちろん、あのきこりのような人よ。あら、こちらのほうにやって来るわ。わたし、あの人に話しかけてみるわね」

わたしが答える前に、彼女はプラットホームに軽やかに飛び降りると、青い瞳に子どものような表情を浮かべながら、ジョーのほうを向いてこういった。

「あの、この列車はここに何分停まるかご存じかしら?」

「この列車は普段、ここにはまったく停まりませんが、乗客を降ろすために、誰かが信号旗を振って停めていましたよ。ところで、何かお手伝いしましょうか、お嬢さん?」

「ご親切にどうも」

このとき、わたしは列車から降りていった。「やあ、ジョー!」わたしはいった。「元気だったかい?」

「ええ、お陰様で、ミスター・クォリッチ。二頭立ての最高級の四輪馬車二台と、ロシアの王様が乗るような軽四輪馬車を待たせてあります。ここから山岳地帯に向かう道は、ビーバーが十マイルほど先までダムをつくっていて水があふれていますが、馬車で通っても問題ないそうです。ですからミス・ピーターシャム、ずぶぬれになる心配はありませんよ」

「どうしてわたしの名前をご存じなの?」リンダは大声でいった。

「あなたのことを伺っていたからですよ」ジョーはまじめな顔で答えた。

リンダはわたしのほうを見た。

「なかなか奇特な未開地のじいさんだろう!」わたしはいった。

彼女は一瞬口を曲げたが、すぐに笑顔になった。「あなたがミスター・ノヴェンバー・ジョーなのね。あなたのお噂はミスター・クォリッチからかねがね聞いているわ。彼の電報を受け取ったとき、あなたはメイン州の森にいらしたんですって?」

「ええ、そうです。ミセス・ハーディングがインディアンにたのんで、電報を送り届けてくれたんです。ぼくはもう少しでインディアンから受け取りそこなうところでしたが、ぼくのわな場をたどっている彼の足跡を見つけ、伝言を持ってきていることがわかったんです」

リンダは目を見開いた。「彼の足跡から自分に伝言を持ってきていることがわかったの? それはどうして?」

「ごく簡単なことです」ジョーはいった。「彼はわな場に沿って一目散に突き進んでいて、わなを一つものぞいていなかったからですよ。インディアンはわな場を通るとき、何か獲物がかかっていないか必ず見ていくものです。つまり、そんな興味がなかったということは、何か目的があって急いでいたことになります。インディアンがそんなに急いでぼくを追っているとしたら、伝言を持ってきているとしか考えられませんよ。ともかく、そういうわけで伝言を受け取ることができました。ミスター・クォリッチ、さあ荷物をこちらに渡してください」

われわれは駅を出ると、待っていた四輪馬車に荷物を積み込んだ。馬車の一台は、小柄で黄ばんだ顔をした男が御《ぎょ》していたが、それはもう一人の猟区管理人のパティックだった。

ミスター・ピーターシャムは、銃撃されたビル・ワークの具合についてたずねた。

「彼は順調に回復していますよ、ミスター・ピーターシャム。だけど、彼の硬直した足は、一生治らないようです」

「それは気の毒なことだ。銃撃した犯人の身元についてはまだ何もわかっていないのか」

「ええ、わかっていません」ハティックはいった。「たぶんわからないままでしょう。やつらはみな、山の中で結託していますからね」

そんな心躍る話をしながら、われわれの小さな一隊は出発した。リンダの希望で、ジョーがミスター・ピーターシャムが乗る軽い外国製の四輪馬車の御者の代わりを務め、そして、馬車を走らせていくなか、彼女は彼に、これまでの一連の出来事をとてもわかりやすく説明していった。ジョーは耳を傾けながら、「へえ、そうなんですか！」「それは本当ですか！」といった彼独特の返事をしていた。女性の話を聞くとき、彼は決まってそのような相づちを打つのだ。彼はいつものようにそんな受け答えをしながらも、その口調は、まさにふさわしい箇所で事実を強調し、また、話し手の雄弁さを何気なくほめるものだった。

こうして、われわれは進んでいった。最初、ぬかるんだ平原地帯が一面に広がるなか、沼地のようになっている道路を、車軸の高さまでしぶきを上げながら通っていくと、われわれの前方に見えていた紫色の山々がしだいに青色に変わり始めた。そして、山のふもとの丘陵地帯に近づくにつれ、それはさらに緑色へと変化した。その間ずっと、わたしはノヴェンバー・ジョーをうらやんでいた。

間に合わせの昼食をとるために松の木が繁る一画の付近に停まると、ジョーは手早くたき火をおこし、熟練した斧さばきで粗削りながらも心地よい腰掛けをこしらえてくれた。さらに、彼は一瞬姿を消したかと思うと、三ポンド半ほどの鱒《トラウト》を携えて戻ってきた。われわれにはせせらぎの音しか聞こえてこない小川に行き、彼ならではの手早い方法で、捕まえてきたのだ。このような活躍に、リンダの青い目からは、わたしには少々大げさにみえるほど、あからさまな賞賛の視線が彼に注がれていた。

「あなたのノヴェンバー・ジョーって、完璧じゃないの」彼女はそうわたしに耳打ちした。

「本当にそう思うのなら」わたしはいった。「勘弁してやってくれよ。彼の頭の皮まできみの戦利品に加えないでもらいたいな」

「あら、これまでの人たちはみんなはげてたわよ」彼女はいった。「彼の髪の毛で十数人分がまかなえるわね！」

こうして昼が過ぎ、午後遅くなってからわれわれは薄暗い松林の中の広い道に入っていった。夕方になって出てきた風は、松林の上でうめくような音を立てて吹き渡り、無数にある小さな湖では黒い水が苔《こけ》に縁取られた湖畔に向かって荒々しく打ち寄せている。

そのときわたしは、パティックがライフルを肩からはずし、脇にある四輪馬車の積み荷の間にそれを置くのに気がついた。馬車がこれまでより暗い細い道に入っていくと、彼の目はいつも、何かの森の動物のようにそわそわと落ち着きがなくなり、木陰を素早くのぞきこんでいた。この旅路において、とある出来事に遭遇したのは、日が暮れようとしていたときだった。大したことではなかったが、それでもわれわれ全員に強い印象を与えるものだった。進んでいた道が、突然広い空き地に出ると、そこには見たこともないようなみすぼらしい掘っ建て小屋があり、その前で一人の男が丸太を切っていた。通り過ぎようとしたとき、男はこっちをちらりと見上げたが、その顔は、まるで中世の囚人のようだった——手入れされていないあごひげはからまり合い、灰色がかった髪の毛はぼうぼうにのびている。とりわけ男の二つの目は憎悪をむき出しにし、こちらをにらみつけている。これはたぶん、よそ者に対して根強くもっている当然の嫌悪感であり、山岳地帯ではめずらしいことではないかもしれない。しかし、これまでいろんな話を聞いてきたわれわれは、その残忍そうな顔つきに何やら不吉なものを感じていた。

現地に到着すると、日はすっかり暮れていた。彼らの家は、低い細長い建物で驚くほど広く、文字どおり松林の間にたっていた。窓辺にはそのかぐわしい松の枝が当たり、かさかさと音をたてている。ここがのどかな田園地帯のただなかなら、これほど快適な別荘はないだろう。しかし、この未開拓地では、うっそうとした陰鬱な森が四方から迫り、人をおじけづかせている。

われわれは家の中に入り、夕食が用意される間に、ミスター・ピーターシャム、ジョー、そしてわたしの三人は、けがを負った猟区管理人のビル・ワークの部屋を訪れた。彼は、傍らの椅子で蠟燭が細々燃えているなか、ベッドに横たわったままパイプをふかしていた。

「ええそうです、ミスター・ピーターシャム」彼は質問に答えていった。「去年の秋、あなたが帰られたときには状況は少し落ち着いたかと思っていましたし、実際、冬の間も何事もなく平穏に過ぎました。わな猟は多少行われていたようですが、そのほとんどは、あなたが出入りの許可を与えていた地域でのことです。不法占拠者たちは、粗暴なところはあっても満足している様子でしたし、われわれ猟区管理人には友好的とはいえないまでも、敵対していたわけではありませんでした。ところが一週間前の金曜日、パティックが東部の境界に行ったので、わたしは、去年コーガンが網で川鱒《かわます》をとっていたサンリス湖に行こうと思いました。ところが、そこに向かったもののの、出発が少し遅れたため、自分の野営場所を整える前に日が暮れてしまいました。そこで、火をおこしてやかんで湯をわかしていたのですが、そのとき、上の岩場から弾丸が飛んできたんです。気づいてみると、この膝に弾丸が貫通していて、ひどいけがを負いました」

「どのくらい離れたところから、銃撃してきたのですか？」

「八十ヤード、もしかすると百ヤードかもしれません」

「先を続けてください」

「さきほどいったように、日が暮れてきていたので、わたしは逃げ場所を求めて、茂みにころがり込みました。でも、わたしを撃った者は、その後は銃撃してきませんでした。犯人はわたしを殺すつもりはなかったのです。殺すつもりだったら、わたしの足を撃ったように、心臓に弾丸を命中させるのは簡単でしたから。わたしは傷口を一番よいと思う方法で縛りましたが、幸いにも弾丸は大きな動脈に当たっていませんでした。その翌朝、わたしは丘の上にはっていき、のろしを上げるとパティックがやって来てくれ、わたしはここに運び込まれたのです」

「パティックは、あなたを銃撃した犯人の足跡をさがしたのですか？」ジョーはたずねた。

「さがしましたが、何も発見できませんでした。日暮れから夜明けにかけて、にわか雨が少し降っていましたし、そこの丘は、ほとんどが岩地でできているんです」

「わかったよ、ビル」ミスター・ピーターシャムはいった。「わたしに雇われているときに、このようなけがを負ってしまい、申し訳ない。きみを撃った犯人の心当たりはないんだろうね？」

ビルは首を横に振った。「まったくありません」と彼はいった。

第十三章　山の男たち

こうしてわれわれはカルマクスにやって来たが、最初の二、三日は小川で釣りをして過ごしていた。ここを訪れた本来の目的にかかわる出来事といえば、ジョーが、一緒に行きたいといい張るリンダとともにサンリス湖まで歩いていき、ビル・ワークの事件現場を見てきたことだけだった。古い足跡はもちろん、とっくに雨で洗い流されていたので、わたしもほかの者たちも、ジョーの無駄足になるのではないかと危惧していた。ところが、ジョーは使用済みの薬莢《やっきょう》をわたしのところに持ってきた。

「ビル・ワークの足を撃ち抜いた弾丸は、これから発射されています。これは丘の上で見つけました。ウィンチェスター社製の古い七六年型モデルの四五 - 七五、センターファイアー式ですよ」

「きみとリンダはすごい発見をしたじゃないか」

「彼女はこのことをまったく知りません」ジョーはいった。「彼女は知らないほうがいいと思いますよ、ミスター・クォリッチ」

「きみはこれを見つけたけれど、彼女にはひと言もいっていないというわけかい？」

ジョーはにっこりとした。「取り立てていうほどのことではなかっただけですよ。彼女が湖のそばでブローチを落としてしまったので、それをさがしていたのですが、そのときにぼくはこれを見つけたんです」ジョーはその使用済みの薬莢を指さした。「この山岳地域では、ウィンチェスター社製の一八七六年型四五‐七五口径のライフルはいたるところで使われています。数年前に、この地域にあった大型金物店が倒産して、この口径のライフルが大量にたたき売られたんです。一丁をほんの二、三ドルで買えたので、ほとんどの家が持っていますし、二、三丁買った家もあるぐらいです。それでも、ビル・ワークを撃った犯人がこの種類のライフルを使っていたことがわかったのは、損なことではありませんよ。このことはひとまずぼくたちの秘密にしておいてください、ミスター・クォリッチ」

「わかったよ」わたしはいった。「それにしたって、ジョー、いまの状況はどうも解せないな。ここに来て四日になるのに、何も起こらないじゃないか。ミスター・ピーターシャムのところには、要求されている五千ドルの置き場所について、犯人たちから連絡はないそうだ」

「何かわけがあるんでしょう」

「わたしには思いつかないが」

「砂のせいかもしれませんね」

「砂のせい？」わたしは聞き返した。

「そうです。お気づきではありませんか？　ミスター・ピーターシャムにたのんで、荷車二台分の砂を湖から運び込み、家の回り全体に撒いてもらったんですよ。砂には足取りがはっきり残りますからね。足跡をつけないで家に近づくのはほとんど不可能でしょう。ただ、最初に雨が降る夜、つまり足跡を洗い流してしまうほど雨が降るときは注意が必要です……」

「やつらが来るというのか？」

「ええ、たぶん来るでしょう」

しかし、ジョーの予想は当たらなかった。もちろん、彼の推理は十分的を射たもので、犯人たちは、足跡を残すとわれわれに身元がばれてしまうと思い、家のドアに伝言を貼りつけにこられなかったと考えられる。結局、手紙はごく普通の方法で郵送されてきた。手紙が入っていた安っぽい店の封筒にはプライアムヴィルの消印がついていた。


ピーターシャムへ。金曜日の夜十一時に、バトラーズ・ケアンに一人で来い。そのときに金を持参しろ。金はそこで手渡してもらう。


その下に棺の絵がぞんざいに描かれていた。

ピーターシャムは、ジョーとわたしにその手紙を声に出して読んでくれた。

「バトラーズ・ケアンというのはどこなんだ？」ピーターシャムはたずねた。

「ぼくは知っています」ジョーはいった。「バトラーズ・ケアンは、ここから西に二マイルほど行ったところの丘の上にあります」

「行かれるんですか？」わたしは訊いた

「金を持ってかい？　とんでもないよ！」

「金を持たずに行くのはまずいですよ」

「どうしてだ？」

「撃ち殺されるかもしれません」

「わたしはまず悪党どもと話し、それでも撃ってくるならば応戦するつもりだ」

「われわれ三人で行きましょう」わたしはいった。

しかし、ジョーはこの考えには賛成でないようだった。

「そんなことをしても意味がありません、ミスター・クォリッチ。やつらは油断なく見張っています。そこにぼくたち三人がのこのこ出ていったら、撃たれてしまいますよ」

「こちらも撃ち返せばいいじゃないか！」

「ミスター・ピーターシャム、おっしゃるとおりです。でも、こちらが撃てるかどうかはわかりません。やつらは岩場の中に隠れているでしょう。それに、月が少しでも出ると、ぼくらはやつらから丸見えになってしまいますが、ぼくらからはやつらを見ることはできません。ですから、そんなことをしても無駄ですよ」ジョーはいった。

「ならば、どうすれば無駄じゃないというんだ？」

「ぼくがこっそりとバトラーズ・ケアンに行って、やつらの様子を見てこようかと思っています」

「それはだめだ！」ピーターシャムはきっぱりといった。「そんなことはわたしが許さん。撃たれてしまうと、きみ自身がいっていたじゃないか」

「ぼくたち三人だと撃たれるといったんです。ぼくだけだったら大丈夫です。三人そろって行くと目立ちますが、一人だと気づかれません」

「わたしが行っても行かなくても、やつらはバトラーズ・ケアンに来るときみは思うのか？」

「もちろんです。彼らはあなたがいうことを聞いてくれるかどうかを知りたいのです。現場に行かなければそれがわからないじゃないですか。さあ、ミスター・クォリッチ、ぼくが一人で行ってもそんなに危険でないと、ミスター・ピーターシャムに話してあげてください。ぼくが森の中を音を立てずに進んでいく術を知っていることをご存じでしょう。今晩、ぼくはいちかばちかやってみますから」

こうして結局、ジョーに行ってもらうことになった。もちろん、ピーターシャムとは十分に話し合ったうえでのことだった。

夜になると激しい風が出てきたが、空は澄み、時折ふわふわした綿雲が月面を素早くさえぎっていった。ジョーは、そのように月が雲に覆われる一瞬をねらって裏窓から抜け出すと、またたく間に夜の闇に飲み込まれていった。

「すごい男だな」ピーターシャムはいった。わたしはうなずいた。

「イロコイ族も顔負けの男じゃないか。バトラーズ・ケアンでは何を見てくるのだろう」

ジョーが再びあらわれたのは午前零時過ぎのことだった。ピーターシャムとわたしは、彼にどうだったかとたずねた。

ジョーは首を横に振った。「お話しできることはありません。何もなかったんです。誰も見かけませんでした」

「何だって？　誰も来なかったのか？」ピーターシャムは大声を上げた。

「ええ、誰も来ませんでした」

「きみはどこにいたんだ？」

「ケアンの頂上で身をひそめていました。ちょうど人目につかない場所があるんです」

「よく見渡せる場所にいたのなら、誰か来たらきっと気づくだろう」

「絶対とはいえません。月が雲に隠れて暗くなったことが何度かありましたから、そのときに来ていた可能性もあります。それでも、やつらは来ていなかったとぼくは思いますけどね。いずれにしても、大雨が降らなければ、もうすぐ確かめることができます……あそこにはバトラーズ・ポンドと呼ばれているきれいな小さい湖がありますから、ミスター・クォリッチは、釣り竿を持っていってください。日の出とともにそこに行って、あなたが鱒を釣っている間に、ぼくは周辺を見て回り、足跡をさがしてみることにします」

そこで、わたしたちはそのとおりにした。しかし、ジョーはさがしたにもかかわらず、何の痕跡も発見できなかった。彼は朝食の時間になるとわたしのところにやってきて、そういった。

「誰も来ていなかったというわけか」わたしは、小さな火でベーコンを焼いている彼にいった。

「そうですね」

わたしは鱒を一さし釣ると、彼とともにカルマクスに歩いて戻り、家の中に入る前に、外をひと回りしてみた。撒いてある砂には、見知らぬ足跡はついていなかったが、家に入ると、ミスター・ピーターシャムがひどくいきり立っていた。

「脅迫してきた犯人の一人が、パティックと長いこと話をしたそうだ」彼はわたしたちにいった。

「本当ですか?」

「信じられんが、そうなんだ」

「それはいつのことですか?」

「今朝早くだ。きみとジョーが出かけたあとのことだ。何があったかというと、パティックは起きるとすぐに、昨日岩にぶつかって裂けたカヌーを修理するために、松ヤニの缶と粗布の端切れとスズ板を持って出ていった。そして、作業を始めたとたん、両手を挙げろと命じる声が聞こえてきて、彼はびっくりしたそうだ」

「へえ! それで?」

「もちろん、彼は両手を挙げた。ほかになす術がなかったんだ。すると、カヌーのちょうど上のほうにあった大きな岩のうしろから男が出てきたそうだ」

「それは、見覚えのある男だったんですか?」

「いいや。そいつは赤いハンカチを顔に巻いて鼻と口を隠し、目深にかぶっていたフェルト帽のつば下から目だけをのぞかせていたそうだ。そして、ライフルを持っていて、話している最中、パティックの胸に突きつけていたらしい……とにかく、パティックをここに呼ぶよ。このあとのことは、彼からじかに説明してもらおう。そのほうがいい」

パティックは呼ばれてやって来ると、さきほどピーターシャムから聞かされた話をほぼそのまま繰り返したあと、こう続けた。

「犯人は、醜い顔に赤いハンカチを巻いていたので、見えていたのは目だけでした。やつは始終、わたしに銃をしっかり突きつけていました」

「銃の種類は何でしたか?」

「わかりません。といいますか、気づきませんでした」

「では、彼は何かいっていましたか?」

「やつはそうやってわたしに銃を突きつけ、少ししてから口を開きました。『ピーターシャムにこういっておけ』と、やつはいいました。『金をすぐに払うかどうかは彼しだいだ。金を持って、すぐさまバトラーズ・ケアンに行き、それを岩のそばの大きな平たい石の上に置いてこなければ、今晩までにおれたちから報復があり、一生後悔するはめになるとな。ベン・パティック、おれがいわんとしていることはわかるだろうな。だったら、ピーターシャムの親父に金を払うようにいうんだ。払うのは早ければ早いほどいい。もし、ピーターシャムがずらかろうとしたら、おれたちはプライアムヴィルに向かう道中で彼をひっつかまえてやるからな』やつはこう話すと、わたしに腕時計をカヌーの上に置くようにいいつけ――カヌーは裂けている箇所がよく見えるように、逆さにしてあったんです――、半時間そこから動くなといったのです。そして半時間がたってから、わたしはすぐに戻り、こうしてお話ししているわけです」

「そいつはどんな格好をしていたんですか？」ジョーはたずねた。

「ありきたりの格好でした。黒っぽい古い上着に、ぼろぼろのズボンとモカシンを履いていました」

「男の靴下は何色でしたか？」

「そこまで見えませんでした。そいつはズボンをハーフブーツのモカシンのなかに押し入れ、膝のところでバックルを留めていましたから。そんな靴は、プライアムヴィルに行く途中の店ならどこでもたくさん置いてあります」

「背は高かったですか、それとも低かったですか？」

「中背でした」

「そいつはあなたのところから立ち去ったあと、どこに向かっていきましたか？」

「西のほうです。浅瀬に沿って行ってしまいました」

「半時間たってから、そいつの足跡をたどってみましたか？」

パティックは目を見開いた。「足跡は残っていませんでした」

「残ってなかっただと！　それはどうしてだ？」ピーターシャムは声を荒らげた。

そこでジョーが口を挟んだ。「つまり、男は、川底にあった石の上をずっとつたって歩いていったというわけですね？」

「そのとおりです。いずれにしても、わたしがやつの足跡をさがしてうろうろしていたら、ビル・ワークのように撃たれていたかもしれません」小男はそういって締めくくった。「何しろやつらはわれわれをずっと見張っていますから」

わたしたちは一瞬黙り込んだ。そして、ピーターシャムはパティックのほうを向いていった。「ベン、今回の件をきみはどう思う？　きみは、この地域の不法占拠者たちのことはある程度わかっているはずだ。やつらは本気でいっていると思うか？」

「あいつらがふざけてやっているとは思えません」パティックは苦々しくいった。「ミスター・ピーターシャム、僭越《せんえつ》かもしれませんが、どうしても申し上げておかなければなりません。もし、この場所にとどまりたいとお考えならば、金を払わざるをえないでしょう」

「わたしは払うつもりはない。よく知っているだろうが」

「聞いてください、ミスター・ピーターシャム。これはわたしの考えです。でも、払わなければきっと大変なことに……」猟区管理人は途中で言葉を切った。

「何だ？　何だというんだ？　最後までいってくれ」

「払わなければ、お嬢さまの身に危険がおよぶか、もしくは殺されるかもしれません」

「娘が？」

「わたしはそのように理解しています。ほかに考えられませんよ。やつは、あなたが一生後悔することになるといったんですから」

「何ということだ！　どんなにたちの悪い無法者だって、女性に危害を加えたりしないぞ。そう思わんか？」ピーターシャムはわたしのほうを向いた。

「リンダがここにいるのは大変危険だと思います」

「だったら、娘は帰らせよう」

しかし、リンダを呼んで事実をありのまま伝えても、彼女は絶対にカルマクスから離れないといい張った。

「では、わたしに金を払えというのか」ピーターシャムはいった。「そもそも、今回の脅迫は、やつらにとってはまだ序の口に決まっている。いったん金を払うと、やつらはこれからも、千ドル、いや、一万ドルほしくなるたびに、わたしを脅して手に入れようとするだろう。しかし、おまえを危険にさらすわけにはいかん——金を払おう」

ジョーはピーターシャムのほうを向いた。「あなたがここで譲歩されたら、ぼくが一緒に来たかいがないじゃないですか。そんなこけおどしにひるむのは、ぼくは反対です」

ジョーのことをよく知るわたしは、彼がそのような強い口調で自分の考えをきっぱりというのを聞き、驚いていた。しかし、リンダは手をたたいた。

「そうよ、いいなりになるなんて馬鹿げているわ。わたしに危害を加えようとする者がいたら、ジョーがきっと、そいつを後悔させてくれるわよ。そうでしょう、ジョー?」彼女は目を輝かせながら、彼に視線を投げかけた。

「全力を尽くしますよ」ジョーは答えた。「それではミスター・クォリッチ、ぼくはここにいるベン・パティックにたのんで、今朝犯人が彼に銃を突きつけたときに立っていた場所を教えてもらうことにします」

そういうと、ジョーは小川へと向かい、わたしも同行した。まもなく、われわれはパティックが修理をしていたカヌーのそばまでやってきた。

「ここがわたしのいたところで、犯人はそこに立っていました」パティックはすぐそばにある小さい岩を指さしながらいった。「それから、ここが腕時計を置いた場所です」

ジョーは細部まで目を走らせると、小川の浅瀬に沿ってしばらく歩いていき、その後、戻ってきた。

「やつの足跡は見つかりましたか?」パティックは訊いた。

「いえ、湖までずっと石が連なっていました。たぶん、犯人はカヌーに乗ってきたんでしょう」

「そうでしょうね」パティックは同意すると、その日の朝早く、突如中断されてしまったカヌーの修理に再び取りかかった。

わたしたちが家に戻ると、リンダは居間で釣り道具を準備していた。彼女はすぐにジョーにたのんだ。

「ミスター・クォリッチからもらったこのイギリス製のルアーをいくつか試そうと思うの。これから釣りに行って、この長い継ぎ竿を使いたいんだけど、これを直してもらえないかしら?」

ジョーは釣り竿を取り上げ、調べながらいった。

「ミス・リンダ、ぼくに約束してもらいたいのですが」

「何を?」

「今日は一日、外出しないでください」

「そんな、ジョー。こんなに天気がいいのよ。それに、男がベン・パティックにいったことはただのこけおどしで、危険などないっていったじゃないの」

「ぼくはそうはいっていませんが、ミス・リンダ」

リンダはびっくりして彼を見た。「だけど、わたしを帰らせる必要はないって父にいってくれたでしょう」

「そうです」ジョーは笑みを浮かべた。「だから、ミスター・ピーターシャムはかんかんに怒っていて、ぼくと口をきいてくれません」

「わたしに身の危険はないんでしょう？」

「あなたは大きな危険にさらされていますよ、ミス・リンダ」

「誰がねらっているというの？」

「わかりません」

「でも、いつまでも家の中にいるわけにいかないわ。それにだいたい、彼らは女性を攻撃したりしないと思うし、もしそんなことがあっても、あなたがやつらを捕まえてくれるんでしょう、ジョー？」

「何ともいえません——やつらがあなたに危害を加えたら、手遅れになってしまいます——やつらはたぶん、手加減しませんよ」

「だったら、わたしと一緒に出かけてちょうだい。あなたがいてくれたら、やつらは手出しできないわ……」

このときにはもうジョーは釣り竿を直していた。彼はそれを彼女に手渡した。

「いいですか、ミス・リンダ。今日だけは一日、家の中にいてください。確かなことはいえませんが、明日かそれ以降に外出されたほうがはるかに安全でしょう」

「ジョー、何かわかっていることでも――」

「いいえ、何もわかっていませんよ。でもあなたがぼくのいうとおりに家にいてくれたら、何か見つけられるかもしれません」ジョーは自分の帽子を取り上げた。

「ノヴェンバー、どこに行くんだ?」わたしはたずねた。

「サンリス湖まで行ってきます、ミスター・クォリッチ。帰りが遅くなるかもしれませんから、ベン・パティックを見かけたら、ぼくが時間までに戻らない場合はじゃがいもを料理して、とうもろこし粉のパンを焼いておくようにいっといてください。それからミス・リンダ、あなたはみんなに――もちろんお父さんにも――今日はひどい頭痛がするので、家にいると話しておいてください」

「わかったわ、ジョー」リンダはいった。

第十四章　黒い帽子の男

ジョーが出かけたあと、わたしは自分の釣り竿を持って小川に行き、午前中はずっと釣りをしていた。しかし、大して収穫がなかったので家に戻り、昼食後は本を持ってベランダに行き、すわって読んでいた。やがてそこに、リンダとミスター・ピーターシャムがやって来た。

「ここは涼しいな。今日この家で涼しいのは、ここだけだ」ピーターシャムはいった。

「そうね。それに唐檜のいい香りがするでしょう?」リンダはいった。「ジョーが唐檜を切って、わたしのために日よけをつくってくれたのよ」

彼女はベランダの手すりに立てかけてある丈の高い若木の列を指さした。すき間なく並べられ、日よけを形づくっている。

「ジョーは、いつも人のためにいろいろ考えてくれるのよ」彼女はつけ加えた。

ピーターシャムはわたしからリンダへと視線を移した。「もし頭痛がひどいのなら、家の中で横になっていたほうがいいぞ」彼はいった。

「ずいぶんよくなったわ。でも、気つけ薬を取ってくるわね」

わたしが代わりにそれを取ってこようといいかけたとき、彼女の背後からこちらに向けられている父親の視線に気づき、そこにとどまることにした。彼女が家の中に入るとすぐに、ピーターシャムはわたしのほうに近づき、こうささやいた。

「わたしのために日よけをつくってくれただと！」彼はリンダの言葉を繰り返した。

わたしは周囲を見回し、うなずいた。

「ここにはいつも日よけがあるんだ」彼は続けた。「こちら側の松林は日光を通さないんだよ。森はここで一番密集しているんだ」

「確かにそうですね」われわれの前に生い茂っている柏槙を見やりながら答えた。「ジョーが手すりに若木を積み重ねたのは別の理由があったんでしょう」

「もちろんだ！　彼はリンダがここによくすわることを知っているから、心配だったんだよ」

「心配って？　何が？」われわれの背後から、突然リンダの声がした。「ここだったら誰もわたしに危害を加えられないわ。だって、助けを呼べるし、二人ともここにいるじゃないの。わたしは守ってもらえるわ」

「ライフルで撃たれたら防ぎようがない」ピーターシャムはいった。「リンダ、たのむから、中に入っていてくれ！」

彼がこういったとたん、遠くで銃声が響いた。距離が離れていたせいで、それは最新のライフルが立てる強烈な発砲音ではなく、晩春のけだるい午後の外気を通して聞こえてくる、鈍い、眠気を誘うような音だった。

「あの音は何？」リンダが叫んだ。

それに答えるかのように、はるか遠方から、重苦しい音が三回繰り返し聞こえてきた。そして、少し間があったのち、四つ目の音がした。

「あれは銃声よ」リンダがまた叫んだ。恐怖で顔は青ざめ、青い目を見開いている。「それに、サンリス湖のほうから聞こえたわ！」

わたしもそう思ったが、自分にいい聞かせるようにいった。

「あれはたぶん、ジョーが熊を撃ったんだ」

「ジョーだったら、五回も発砲する必要ないわ」彼女の答えは説得力があった。

「確かにそうだ。パティックはどこだ？」

「ベン！　ベン・パティック！」ピーターシャムは大声で呼んだ。

彼は大声を出していたにもかかわらず、リンダはそれを上回る声を張り上げた。

「いままいります！」家の中から声が聞こえたかと思うと、すぐにパティックが飛んできた。

「サンリス湖のほうから銃声が五発聞こえてきたんだ」わたしはいった。「きみとわたしの二人ですぐに出かけよう。ミスター・ピーターシャムはミス・リンダとここにいてください」

パティックはわたしの目をのぞきこんだ。

「あなたは人生がいやになったんですか？」彼はにこりともしないでいった。

「そんなことを考えている暇はない。すぐに用意するんだ」

「銃声が五回聞こえました」パティックはおもむろにいった。「わたしの耳にも届きました。もしあれがジョーをねらったものなら、彼は生きていません。ここでわれわれが行ったら、同じように即座に殺されてしまいます」

「彼をほっとくわけにいかない。一緒に来るんだ！　助けに行かなくては」

「あわてずにちょっと考えてください。われわれが銃撃されたら、やつらはここに乗り込んできますよ」彼はわたしのほうを見た。

「なんて臆病なの！」リンダは叫んだ。

パティックの顔が赤黒くなった。「わたしは臆病ではありません、お嬢様。でも、馬鹿者でもありません。森のことはよく知っているつもりです」

「ベンのいうことはもっともだ」わたしは口を挟んだ。「ベンはあなたたちとここにとどまるのが一番いいだろう。そうしたら、いざというときに彼があなたたちを助けることができる。わたしが一人で行って、ジョーをさがしてくるよ。きっと、ジョーか誰かが、熊に発砲したんだろう」

こういうと、わたしはベランダの階段から飛び降り、手すりに沿って空き地から走り出ていった。そのとき、ピーターシャムが何か叫んでいたが、わたしは立ち止まらなかった。ジョーが銃撃されたのなら、一刻の猶予もないからだ。

最初の数百ヤードは駆け抜けていったが、その後、その速さのまま走っていくのは無理だということに気がついた。サンリス湖の方角はだいたい見当がついていたので、そちらに向かって進んでいった。幸いにも、足跡がかなりはっきり残っていた。モカシンの足跡がここかしこについていて、それはジョーのものだとわたしは考えた。のちに、この考えは正しいことがわかった。

このときの時間との戦いは、とても忘れることができない。実をいうと、心配と不幸の予感に胸が締めつけられる思いだった。わたしの周囲には美しい若木の林が広がり、松林の中では、あちこちで雷鳥が鳴き声をたてながら飛び去っていく。松の幹は空に向かってまっすぐとそそり立ち、人間の建てたどんな大聖堂よりもはるかに、広い通り道を立派に見せていた。

このような風景をわたしは夢心地で眺めながらも、精一杯速い足取りで道を急いだ。やがて、小高い丘の上からサンリス湖がかいま見えてきた。森の小道はそこから、短い急斜面からなる起伏が続いていた。わたしは小山を懸命にのぼっては急斜面を駆け下りていった。すると突然、曲がり角に行き当たり、そして急な下り坂を走って下りようとしたそのとき、わたしの傍らと思われる方向から声が聞こえてきた。

「そこにいるのはミスター・クォリッチですか?」

「ジョーか! どこにいる?」

「ここです!」

その声をたどり、枝をかき分けていくと、ジョーが地面に横たわっていた。彼の日焼けした顔は血の気がなく、額と頬には血の乾いたしみがついている。

「けがをしたのか!」わたしは叫んだ。

「やつの撃った二発目が、肩の上を貫通したんです」

「やつ? 誰のことだ?」

「ぼくを撃った男です」

「撃ち返したのか?」

「もちろんです。やつはあの上にいます」

「上のどこにいるんだ?」

「あの小さい楓《かえで》の木から西に十歩ほどいったところに倒れていますよ」

「そいつの顔は見たのか?」

「ほとんど見ていません。そいつは黒い帽子をかぶっていました。やつが四発目を撃ち、ぼくが撃ち返したあとに、帽子が飛ぶのが見えたんです。ミスター・クォリッチ、腕を貸してください。向こうにいって、そいつを見てみましょう」

わたしたちは、途中で何度も休みながらやっとのことでその小さい尾根の頂上にたどりついた。ジョーのいっていたとおり、小さい楓の木のすぐそばに男が倒れ、死んでいた。弾丸は男ののどを貫通している。長髪で黒いあごひげを生やした中肉中背の男だった。

ジョーは楓の木に寄りかかったまま、男を見下ろしていた。

「こいつの顔には見覚えがある」わたしはいった。

「ええ。ぼくたちがやってきた日に見かけています。掘っ建て小屋のそばで木を切っていた男ですよ」

「さあ、ジョー、わたしの肩に寄りかかるんだ。家に帰ろう」ジョーはひどく弱っているようだった。

「ミスター・クォリッチ、この辺をちょっと調べておきましょう。ここを見てください。やつはパイプを吸っています。灰が残っている――ごく普通の量です。やつは、ぼくがやってくる一時間前から、ここでずっと待ち伏せしていたんですよ。そしてこれが彼のライフルで、三〇‐三〇口径です。この男は誰だろう」ジョーは横になったまま、息を切らしている。

「きみは、歩いていくのは無理だ」わたしはいった。「わたしがいったんカルマクスに戻って馬車をつかまえ、きみを迎えにくるよ」

「だめです、ミスター・クォリッチ。それはよくありません。ほかのやつらに感づかれてしまいます」

「ほかのやつら?」

「ここで死んでいる男の仲間ですよ」

「ほかに仲間がいるのか?」

「少なくとも一人はいます。ともかく行きましょう。ぼくが杖に使えるような棒を切ってきてください」

わたしはいわれたとおりにし、わたしたちは歩いて戻り始めた。それは長く、そしてジョーにとってはつらい道のりだった。

歩きながら、ジョーはそこで起こったことを途切れ途切れに話し始めた。

「ミスター・クォリッチ、ぼくは家を出てからこちらに来ました」彼は話し始めた。

「なんで、家から出たんだ? まずその理由から聞かせてくれないか」

「犯人たちについて調べを進めておかないと、何かよからぬことが起こりそうな気がしたんです」

「つまり、リンダが撃たれると思ったわけか?」

「その心配がありました。やつらはそもそも、ミスター・ピーターシャムに金を払わせようと、少しあせっています。脅迫しているやつらは、引き延ばされるのがいやなのです。だから危ないと思ったんです。ぼくは、十分注意を払いながら歩いてきましたが、誰も見かけませんでした。サンリス湖に着くと、ビル・ワークが銃撃された野営場所に行ってみました――ミス・リンダがそこでブローチを落としたことは憶えていますか? ぼくはそれをさがしてみましたが、見つかりません。ところが、見つけたいと思っていたものに出くわしたんです――たくさんの足跡です――男たちの足跡がついていたんです」

「土曜日以降に、誰がそこに行ったんだ?」

「さあわかりません。足跡は、ついてからまだ二日ほどしかたっていなかったと思います。しばらくしてから、ぼくは火を少しおこして、持ってきた空き缶でお茶をちょっとわかしたんです。そして、昼食《ランク》(ジョーはいつもランチを「ランク」と発音していた)をとったあと、ぼくは帰ることにしました。小道ではなくそこから約二十ヤード南にある森の中をゆっくり歩いていったのですが、三、四エーカーを過ぎようとしたそのとき、上からぼくをねらい打ちしてきたんです。弾丸は外れましたが、周囲には身を隠せる場所はほとんどありません――唐檜の木が三、四本と野生のラズベリーの小枝が数本あっただけです――ぼくは、撃たれたふりをしてかがみ、身体の高い位置に弾が当たったかのように前に倒れたのですが、その際、銃弾が飛んできそうな場所とぼくの間に一番大きな唐檜の幹がくるように気をつけました。

人がそんなふうに倒れたら、撃った者があわてて出てきたりするのですが、そいつは姿をあらわしませんでした。たぶん、やつが銃撃したのはぼくが初めてではないんでしょう。やつはじっとしたまま、また撃ってきました——そのとき、ぼくの肩に当たったんです。ぼくは足で地面を蹴り、ラズベリーの茎の間に懸命に身体を押し入れました。そして、ラズベリーの白みがかったつぼみを口に入れて噛んでいると、やつはさらに二発撃ってきました——でも両方ともはずれました。その後、撃つのをいったんやめたようでしたが、たぶん、ぼくがもっとよく見える場所に移動して、もう一発撃つつもりだったんでしょう。

するとー瞬、男のかぶっていた黒い帽子が見えたので、ぼくはそれをねらい撃ちしました。そして、そいつを見てやろうと、ぼくは起き上がろうとしたんです」

「そんなことをしたら危ないじゃないか。やつが死んだことはどうしてわかったんだ?」

「弾丸が当たるのが聞こえ、帽子がうしろに飛ぶのが見えたからですよ。当たったふりをしているのなら、うしろに倒れることは絶対にありません。でも結局、ぼくはやつのところにたどりつけませんでした——気を失ったんでしょう。そこにあなたが来てくれたわけです」

第十五章　逮　捕

カルマクスに着くと、日はすっかり暮れていた。わたしたちは用心しながら家に近づき、裏口の窓から入った。表玄関からだと、そちら側の森から見られる恐れがあるとジョーがいったからだ。

わたしたちはすぐにビル・ワークが休んでいる部屋を訪れ、ジョーは自分が撃った男の人相を手短に説明した。

「そいつはトムリンソンですよ」ワークはすぐにいった。「やつらは二人兄弟で一緒に住んでいます。あいつらがどうかしたんですか？」

「今夜のうちにわかりますよ」ジョーは答えた。「二人の名前は何というんですか？」

「黒いあごひげをのばしているやつがダンディで、赤茶色のやつがマッピーです」

「ありがとう」ジョーはいった。「ビル、ひとまずそいつらの名前を誰にもいわないでおいてください。ぼくが半時間後に戻ってきて、あなたを撃ったのは誰かを教えますから」

こういわれて目を丸くしているワークを残し、わたしたちは居間に行った。そこではピーターシャムとリンダが夕食を終えようとしていた。ジョーの姿が見えると、リンダは立ち上がり、彼に駆け寄った。

「けがをしたの！」リンダは大声を上げた。

「大したことありませんよ、ミス・リンダ」

しかし、われわれがジョーをカウチに寝かせると、彼は意識を失っているように見えた。ピーターシャムがブランデーを持ってくると、リンダは自分の腕で彼の頭を支えながら、ブランデーを彼の唇につけた。彼はいくらか飲み込むと、起き上がるといい張った。

「肩に包帯を巻かないといけないわ――血を止めなくちゃ」リンダは見るからに取り乱し、心配している。

「ご親切にどうも、ミス・リンダ。でもここにミスター・クォリッチがいますから――彼は医者のようなものですから、あなたをわずらわせずにすみます。これはただのかすり傷ですよ。それよりもまずやらなければならないことがあります」

「まず、いますぐしなければならないのは、あなたの傷の手当てよ」

そういわれ、ジョーは譲歩するしかなかった。リンダは手際のよい丁寧な手つきで傷口を手当てすると、ジョーが寝床まで戻れるように、パティックを呼んで手伝ってもらおうといい出した。これに対し、ジョーは異議を唱えなかった。

猟区管理人が部屋に入ってきたとき、ジョーは蒼白の顔をしたままクッションに支えられながらすわっていた。パティックは彼に鋭い視線を向けた。

「やられたんですか」彼はいった。「気をつけろといったはずです。死ななくて運がよかったですよ」

「ああ、そうだな」ジョーはいい返した。

柔らかくゆっくりした物いいだったが、ジョーはひどく気が立っているときしかそういう口調にならないことを、わたしはよく知っていた。

「頭の上で両手を合わせてください、ベン・パティック。そして、親指を絡み合わせて。そのとおり！」

ジョーはテーブルからわたしのリボルバーをつかみ取ると、パティックの胸元に銃口を向けた。

「気でも狂ったか」パティックは叫んだ。

「彼の両手を縛ってください、ミスター・クォリッチ。ミス・リンダは、ここから出ていってください」

「いやよ、ジョー。わたしは怖くないわ」

「ええ、あなたは勇敢な女性ですよ。でも、男は、女性に見られていないほうが自由に動けるんです」

すると、彼女は何もいわずにうしろを向き、部屋から出ていった。

「パティックに白状してもらいましょう、ミスター・ピーターシャム」ジョーは続けていった。

「白状することなど何もない、この馬鹿野郎が！」

「赤いハンカチを顔に巻いていた男の話をでっちあげたのもちがうというんですか……そんな男はどこにもいなかったんですよ」

「何たわけたことを抜かしているんだ」パティックは叫んだ。

「あなたは長髪のトムリンソン兄弟のことを忘れたとでも……」

このせりふはパティックに効果てきめんだった。彼はどうやら自分が裏切られたものと早合点したらしく、身をひるがえすとドアに突進していった。われわれは彼に飛びつき、身体の重みをかけて床に押しつけた。そして、うなり声を上げ、のたうちまわる彼をすばやく取り押さえた。

それから数時間後、われわれは、カウチに身体を伸ばしているノヴェンバー・ジョーを囲んですわっていた。パティックは縛られ、一番頑丈な部屋に閉じこめられている。

「いいえ、ミスター・ピーターシャム」ジョーは話していた。「これ以上困ったことにはならないと思います。今回の件にかかわっていたのは、三人の男だけです。一人は死んでしまい、一人は監禁されています。あとは、三人目の男を片づける方法を見つけるだけです」

「わたしにわからないのは」リンダはいった。「パティックが一味だということにどうして気づいたのかということよ。彼があやしいと思い始めたのはいつなの？」

「昨夜ですよ。ミスター・ピーターシャムはバトラーズ・ケアンに行きませんでした。すると、そこで会うことになっていたやつらも、そこにあらわれなかった。これは変じゃありませんか？もちろん、理由は一つしか考えられません。ミスター・ピーターシャムが行かないことを、誰かが犯人たちに教えたんです。行かないことを知っていたのは、わたしたち三人とパティックだけです。つまり、パティックが犯人たちに知らせたにちがいありません」

「でも、ノヴェンバー」わたしはいった。「パティックはずっとこの家にいたじゃないか。砂にはまったく足跡が残っていなかったのを憶えているだろう。それなのに、彼はどうやって知らせたんだい？」

「おそらく、ランタンを振るなど、あらかじめ取り決めてあった合図をしたんでしょう」

「だったらなぜ、そのことをすぐわたしにいってくれなかったんだ？」ピーターシャムは声を荒らげた。

「確信がなかったんです。やつらがバトラーズ・ケアンに来なかったのは、たまたまだった可能性もありますから。でも今朝になり、パティックが来て、カヌーを修理していると顔に赤いハンカチを巻いた男が銃を突きつけ脅してきたというつくり話をしてきたとき、早く真実を知るべきだと思い始めました。そこで、ぼくは現場に行って川のそばを見回してみると、彼の話は嘘で、彼はミスター・ピーターシャムを怖がらせて追い払おうとしていることがすぐにわかったんです」

「どうしてそのことがわかったのかね？」

「パティックが、カヌーを修理し始めたときに、その男がやってきたといってたのを憶えてますか？　彼の修理した跡を見たところ、ゆうに一時間はかかっていると思われる仕上がりでした。亀裂の上に四角いスズの板をかぶせ、大変きれいに補修してありました。それに、彼がそこにいたときに男がやってきたというのも妙ではありませんか？　パティックが朝、その場所にいることはめったにないはずです」

「彼の話はすべて嘘だったというのか？　つまり、誰も来ていなかったというわけか？」

「うそに決まっています。そんな痕跡や足跡はありませんでしたし、男が石づたいに飛び移っていったとしても、石から石まで十五フィートほど離れていましたから。ただそれでも、男はそのように逃げていったのかもしれないし、また、川の中を歩いていったという可能性も捨て切れずにいました。確証がなかったので、これまでお話しできなかったのです」

「続けてちょうだい、ジョー。わたしたちはまだ、さっぱりわからないわ」リンダはいった。

「わかりました。ミス・リンダ、憶えていらっしゃるでしょうが、パティックはミスター・ピーターシャムに、ここにとどまるなら金を払うべきだと助言し、ぼくは譲歩すべきでないといいました。そして、ぼくはミスター・ピーターシャムにそういったあと、サンリス湖に行ってくるとあなたがたに告げ、パティックが仲間の一人に、ミスター・クォリッチにはパティックへの伝言をたのみました。おそらくそのとき、パティックが仲間の一人に、ぼくを震え上がらせろと指示したのだと思います。おそらくその行き先を知っていたのは、あなたがたと彼だけでしたから。それでぼくが襲撃されたということは、パティックが一味であることが証明されたことになります」

「なんて賢いの。でも、あなたは大変な危険を冒したのよ。あなたがサンリス湖を行ったのは、何か特別な理由があったの?」

「もちろんです。そこであなたが落としたブローチを、誰かがさがしていたかどうかを知りたかったんです。あなたがブローチを落としたことは、ぼくたちとパティックしか知りません。それに、あなたはお父さんが大枚はたいて買ってくれたものだといっていました。そのようなものをなくしたと聞いたら、森の男だったらどんな遠くにでも行って、見つけようとするはずです。

パティックはトムリンソン兄弟にそのことを伝えたにちがいありません。ぼくたちがやかんでお湯をわかしたたき火の周囲には、辺り一面に足跡がついていましたよ」

「彼らはわたしのブローチを見つけたのかしら?」

「まさか！　見つかりっこありません。実はあなたが落とした五分後にぼくが拾っておいたんです。ぼくはそれを保管してありますが、見つからないふりをしておとりに使わせてもらいました。そのあと、サンリスス湖からの帰り道に起こったことと、ぼくがダンディ・トムリンソンを射殺せざるをえなかったことはすでにお話ししたとおりです。それにしても、ぼくが倒れたあとも、やつが追撃してきたのには驚きました。ぼくを脅せばやつは気がすむだろうと思っていましたからね。でも、考えてみれば当然だったかもしれません。パティックは、ぼくがいつもかぎ回っているのに、いらいらしていましたから」

「すべてがはっきりしてきたわ、ノヴェンバー。あとわからないのは、誰がビル・ワークを銃撃したかということだけど」

「マッピー・トムリンソンがやったんでしょう」

「どうしてそう思うの?」

「ビルはウィンチェスター社製の四五‐七五口径のライフルで撃たれていたからです。パティックとダンディ・トムリンソンが持っているのは、三〇‐三〇口径ですが、マッピーのライフルが四五‐七五口径なんです」

「その種類のライフルが使われていたというのは、どうしてわかったの？　弾丸はまったく見つかっていないのよ」リンダはいった。

「あなたと一緒に初めて現場に行ったときに、薬莢を拾っていたんです」

「そんなことはひと言も聞いていなかったわ！」彼女はいった。「でもそれはどうでもいいわ。わたしが心底怒っているのは、今日わたしには外出しないと約束させておきながら、あなた自身はわざわざ出かけていって、銃撃されてしまったことよ。どうしてそんなことをしたの？　あなたが殺されでもしたら、わたしは一生立ち直れないわ」

「もしあなたが殺されでもしたら、ぼくはどうしていたでしょうね、ミス・リンダ？」

「それってどういう意味なの、ジョー？」リンダは柔らかい口調でいった。

「もし、ぼくが狩猟ガイドで同行しているときに、一行の一人が森で殺されるようなことがあったら、ぼくはそのままケベックに行って、下宿屋をやるか、または政治家にでもなるでしょうね。ぼくができるのはそのぐらいのものです」

第十六章　都会か森か

ダンディ・トムリンソンの弾丸はジョーの肩を貫通し、非常に醜い傷跡を残していたものの、若い森の男の清潔で健康的な生活が功を奏し、傷口はみるみる回復していった。それでも一番の問題は、身体が弱っていたことだった。彼はわたしに発見される前に大量の出血をしていたのだ。

そこで、われわれはプライアムヴィルから医者を呼んだ。医者は一連の指示を残し、リンダはそれをできるかぎり忠実に実行していった。実際、彼女は寸暇《すんか》を惜しんでジョーの面倒をみようとした。しかし、彼は、リンダが一日の大半を戸外で過ごせるように仕向けていた。ときどき彼が夕食に魚が食べたいとねだると、彼女は自分で釣りに行き、彼に教えてもらったおかげでいかにうまく釣れたかを見せなければならなくなる。このように彼が提案したことは五十ほどあったが、どれ一つとして、見え透いていたり、取るに足らないつまらないものはなく、わたしは彼の才知に驚嘆していた。

この間、彼はやむを得ず寝床に伏せったまま、しごく安静に過ごしていた。彼はたいてい、まるで眠っているかのように目をつぶっていたが、わたしの足音を聞きつけ、わたしが一人だとわかると、彼はまつげを開き、神妙な面持ちでこちらを見るのだった。

「時間が長く感じられるんじゃないか、ジョー?」あるときわたしは訊いてみた。

「そんなことありませんよ、ミスター・クォリッチ。時間はあっという間に過ぎてしまいます。大人になってからというもの、こんなふうに待避線で休んだり、時間をかけて考えたりすることはありませんでした。人生ではそのときどきに、いろんな難問に直面するものですね」

「きみはいま、どんな難問に直面しているんだ?」

「ミスター・ピーターシャムが、ぼくを成功に導きたいとおっしゃっているんです」

「だったら、きみはおそらく北半球で一番幸運な若者だよ」

「でも、ぼくはほしいものはすべてもっています……それに、ぼくはミスター・ピーターシャムのために何の貢献もしていませんよ」

「彼の娘さんの命を救ってあげたじゃないか」

「そんな! あなただって同じことをしたはずです」

「わたしの場合は、銃撃される心配はとくになかった」

ジョーは首を横に振った。「もし、ミス・リンダの身が危ないことを知ったら、あなただって、それを食い止めるために多少危険を冒すのはいとわないはずです」

「それはそうかもしれないな」

「そうですよ。だからこそミスター・ピーターシャムの厚意はぼくにとって身に余るんです。彼は、ここでしばらくぼくに猟区管理人の長をやらせ、そしてどこかの先生を呼んで、ぼくに話し方や身だしなみを一通り教え込ませるそうです」彼は言葉を切った。

「ほう、それはいいじゃないか」わたしはいった。

「そうやって、ぼくから未開人の苔をはがしたあと、彼の会社で働かせるというんです」

わたしはこれにはびっくりしたが、何食わぬ顔をしていた。

「それで?」わたしはたずねた。

「そのあと成功するかどうかはぼくしだいとのことです。ミスター・ピーターシャムはできるかぎり力になるといってくれています」

「ノヴェンバー、とても輝かしい未来がきみに保証されたようなものだ」

ジョーはしばし黙り込んだ。「そうですね、ミスター・クォリッチ」彼はようやく口を開いたが、声の調子が変わっていた。「でも、いろいろと考えなければなりません……ところで、マッピーは無事、捕まったんですか? やつとパティックは、森に比べると、刑務所はわびしい場所だと思うでしょうね」

「きっとそうだろう」わたしはいった。「実はわたし自身も明日、森を去るつもりだ。ケベックに戻らなければならないんだ」

彼は、かつてわたしが見たこともないような表情でこちらに目を向けた。

「そうなんですか、ミスター・クォリッチ?」

「ああ。幸いセント・アミエルから二人の男が来てくれたから、わたしはいつでも発つことができるよ。今度の猟区管理人たちは、きみがミスター・ピーターシャムに推薦しただけあって、実に申し分がない。それに、問題はすべて解決したみたいだし、不法占拠者たちも十分満足している。恐喝事件は、どうやらパティックとあの悪党のトムリンソン兄弟だけで企てたようだな」

「ええ、そうです。その三人で計画したものだと思います。カルマクスはいまやもう安全ですよ。あなたが滞在を延ばす必要はありません。チャーリー・ポールとトム・ミラーは二人ともいいやつです。ぼくが子どものころにセント・アミエルに行ったときからの知り合いですからね。ミスター・ピーターシャムにとって、これ以上うってつけの人材はないでしょう」

「そのこともあるし、きみはここにしばらくいるんだろう?」

彼は答えなかった。わたしが窓から振り向いてジョーのほうを見ると、彼は目を閉じたまま横になっていた。疲れているのだろうと思い、わたしは彼を置いて部屋から出ていった。

南側のベランダの端には小さな離れの部屋があり、われわれはそこを作業場として使っていた。その日の午後早く、わたしはそこに立ち寄り、愛用の釣り竿を修理していた。わたしがベランダを通ったときには誰もいなかったが、ピーターシャムがまもなく、わたしのところにやってきた。

彼は何もいわずに、わたしのいた作業台の傍らにあるひじ掛け椅子に腰かけると、ポケットから手紙の束を取り出し、開封して目を通し始めた。

「あのノヴェンバー・ジョーというやつは、どうしようもない愚か者だな」まもなくして彼はいった。「ひとかけらの野心もない馬鹿者だ」

「彼のいる世界では……」わたしは話し始めた。

「彼のいる世界ではそりゃうまくやっているだろう。しかし、彼はさらにその上を目指すべきなんだ」

「そう思われますか?」

「異論があるのか、ジェームズ?」

「彼はこれまで、人並みはずれた成功を収めてきていますよ」わたしはいった。「彼は自分の頭脳と経験を十分に生かしています。彼なりのやり方ですが、非常に有能な男です」

「確かにそうだ。だが、それは人の援助がないなかでやってきたことじゃないか。きみのいうとおり、彼はこれまで自力ですべてやってきている。だから、わたしは、彼のためにもっとずっと多くのことをしてやりたいんだ。彼がこれからやりたいと決めた仕事だったら何でも支援していくつもりなんだよ。彼にはそれほどの、いやそれ以上の恩があるんだ。彼がいなかったら、リンダがどんな目に遭っていたかわからん。あのパティックとトムリンソン兄弟の悪党どもは、金をわたしから奪おうとやっきになっていたからな。もしジョーがいてくれなかったら、やつらからまんまと巻き上げられていただろう……わたしに金を何とか払わせようと、娘を誘拐したかもしれないし、危害を加えていたかもしれん」

「ノヴェンバーには大変な恩義があるわけですね」

「それを重々承知しているんだ」ピーターシャムは答えた。「彼はリンダの生涯の恩人になると、わたしは確信しているんだ」

わたしは、彼の口ぶりには深い意味が込められていることに気がついた。わたしは釣り竿を落とし、彼を見つめた。リンダは父親に対して絶大な影響力をもっているとはいえ、それは想像をはるかに超えることだった。

「あなたはそんなことをお許しになるのですか！」わたしは驚いていった。

「何がいかんのだ？」彼は怒ったようにいい返した。「ジョーは、東部の洒落者に劣るというのか？　フィル・ビッチエムや、ノアからの家系図を持ち歩いているあんなイタリア伯爵に劣るというのか？　リンダは、いったいどこで、ジョーのような男にめぐり会えるというんだ？　いいか、彼は物事を成し遂げる、大きなことをやり遂げる才能を秘めている。それにわたしはれっきとした共和党員だ。人を出身地に縛りつけておくような不公平なことをするつもりはない」

「でも、ノヴェンバーは決してそんな背伸びをしませんよ。彼は謙虚な男です」

「彼は乗り越えていくべきなんだ！」

「それはどうでしょうか」わたしはいった。「それに、リンダのいないところでいわれても……彼女はどう思っているのですか……」

「もちろん、リンダがどう思っているかは知らん」彼はぶっきらぼうに答えると、腕時計をちらりと見て立ち上がった。「そろそろ手紙を書く時間だ」

われわれはずっと低い声で話していた。そもそも大声で話すような内容ではなかったうえ、最後の十五分間ほどは、ベランダから誰かのささやき声がしてきたので用心していたのだ。それにベランダに通じるドアは閉まっていなかった。ドアはそれ一つしかなく、採光と換気のために開けておく必要があったからだ。ピーターシャムはドアに向かっていった。しかし、外には出ずに、振り返って戻ってくるとわたしの腕をぎゅっとつかんだ。

「静かに！　たのむから静かにしてくれ！」彼は小声でいった。「娘はわれわれがここにいることを知らないんだ！」

「でも、ジョー、あなたは間違っているわ。ジョー……あなたにそうしてもらいたいの！」話しているのはリンダだった。これまで聞いたことがないようなおずおずとした震える声を出している。

「あなたは本当にすばらしい方です、ミス・リンダ。ぼくは、こんなによくしてもらったことはありませんよ」

わたしはあわててドアを指さした……ドアを閉めて、彼らの声が聞こえてこないようにすべきだ。しかし、ピーターシャムは小声で毒づくようにいった。

「だめだ！　あの蝶番《ちょうつがい》は山猫のようにキーキーと音を立てるんだ。どうしようもない。だが、われわれの耳に入っていることが知れたら、娘が傷ついてしまう」

われわれは足を忍ばせ作業場の一番奥の隅へと移動した。しかし、そこでも話し声が耳に入ってくる。すべては聞こえてこないのが、せめてもの救いだった。

「でも、父があなたを援助してくれるわ。だってあなたはまれにみる才能をもっているじゃないの」

「ミス・リンダ、ぼくがこれまでやってきたことは、すべて森においてです。すべてが森のならわしにしたがったものです。森から一ヤードでも離れ、都会育ちの意地の悪いやつらの手にかかろうものなら、ぼくなどひとたまりもありませんよ。あなたとミスター・ピーターシャムには何とお礼を申し上げてよいかわかりません。なにぶん、ぼくは口べたなので……」ここで彼の声は小さくなった。

ようやくわたしは一息つくことができた。このあと数分間は、低い声ながらも真剣に言葉を交わしていたようだったが、われわれにはかすかなささやき声しか聞こえてこなかった。

「もし、都会の生活がそんなにいやだったら、何も都会に行く必要などないわ」再びリンダの声が聞こえてきた。「森で生活していけばいいのよ……わたしも森は大好きよ」

「森というのは、そこで生まれていない人たちにとっては、荒涼とし、暗澹《あんたん》とした世界です。森の外で生きている人には、およそ満足できるところではありませんよ、ミス・リンダ。季節ごとの色の移り変わり、葉が落ち、雪が降り、やがて、生い茂る木々のもとで暑い夏を迎える——ぼくたち森の男が望むのはそれだけです。でも、森の外の大きな世界の移り変わりを見ている人たちはちがうんです」

長い間があったのちに、声が再び聞こえてきた。

「お願いだから、そんなことといわないで、ジョー！」

その声に、ピーターシャムはわたしの腕をもう一度握りしめた。

「ミス・リンダ、あなたはまだとても若い。あなたにはわからないでしょう……ぼくは考えを変えてみようとしました。でも、どうしてもできません。それが最善のこととは思えないのです……あなたにとって」

わたしは、リンダの熱い思いにもまして、ジョーの話し方に心を動かされた。彼は、自分の気持ちとことん戦う男だった。わたしはリンダのもつ魅力を十分承知していたが、どうしたものか、それがジョーにどのような影響を与えていたかまでは考えがおよんでいなかった。振り返ってみると、わたしはなんと目が見えていなかったことか。当然、彼はリンダの魅力に気づいていたはずだ。彼女の魅力というのは、美しさだけではない。それ以上のものがある。ジョーは、無学の森の男であるとしても、彼女のなかに、自分の高い人間性に呼応する雰囲気を見出していたのだ。ただ、わたしがこれまで思っていたとおり、彼は彼女に熱い思いをはせることは夢にも考えていなかった。とはいえ、今回の出来事に、彼はおそらく長い間、痛みと喪失感を味わうことになるのではあるまいか。

もう一度、彼の声が聞こえてきた。

「ミス・リンダ、あなたにこれほどよくしていただいたことは、ぼくが今後生きていくうえでずっと誇りにできることだと思いませんか？　ぼくは決して忘れませんよ」

「あなたなんて嫌いよ、ジョー！」彼女は叫び、そして素早いこつこつという足音が聞こえた。彼女は家の中に駆け込んだようだ。

一、二分の間、しんと静まりかえった。ようやくジョーは重いため息をつくと、しんどそうな弱い足取りで、ゆっくりと部屋に戻っていった。

もう大丈夫だろうと、ピーターシャムとわたしは泥棒のように隠れ場所からこっそり抜け出した。われわれは言葉をまったく交わさなかったが、ピーターシャムは自分の事務室のドアを閉めるまで、小声で激しく毒づいていた。

意外なことに、ノヴェンバー・ジョーは夕食後、わたしがカルマクスで過ごす最後の夜だからといってしばらく姿をあらわしてくれた。彼もリンダも、二人の間には何事もなかったかのように振る舞っていた。実際、われわれはみな陽気に過ごし、チャーリー・ポールを呼び、カナダの歌をフランス語でいくつかうたってもらった。

わたしは、リンダと彼女の父親におやすみの言葉を告げ、別れの挨拶もすませると、ジョーのあとについて、彼の部屋に入っていった。

「明日の朝はきみを起こさないようにするよ、ノヴェンバー」わたしはいった。「また元気になるには、よく休み、よく寝ることが一番だからね」

「そう心がけてきましたよ、ミスター・クォリッチ。ぼくももうじき帰るつもりです」

「そうか。このあとどこに行くつもりなんだ?」

「チャーリー川にあるぼくの小屋に戻ります。実をいうと、家が恋しくなってきたんです」

「でも、ミスター・ピーターシャムが、ニューヨークかモントリオールできみに事業をさせたいといっていた話はどうなったんだい?」

「ぼくは都会暮らしには向いていませんよ、ミスター・クォリッチ。みすぼらしい未開人がいたら、みんなが振り返ってじろじろ見ていきます。それに空高い住みかには怖くて寝られません」

彼は笑った。

「いや、きみはすぐに都会生活に慣れることができるよ。そして、たぶんひとかどの人物となって、金持ちになることができる」

「それはミンクがかわうそにいったことと同じですよ。ミンクは『都会に行って、見物をしてこいよ』といったのですが、かわうそは、自分が都会を見物するには、どこかのきれいな女の子の首に巻かれる以外に方法がないことを知っていたんです」

ノヴェンバー・ジョーは、わたしがこのたとえ話をどこまで理解しているか見当がつかない様子だった。

「それで、かわうそは何といったんだい?」

「何もいいません。かわうそはただ、自分の滑り台を使って湖に入っていき、魚を追いかけたんです。都会を見たかった気持ちはまもなく失せてしまったでしょう」

「きみはどうなんだい、ジョー?」

「ぼくも魚を追いかけるでしょうね、ミスター・クォリッチ」


翌朝、わたしがプライアムヴィルの駅に着くと、驚いたことに、ノヴェンバー・ジョーが先に来ていた。

「どうしたんだ、ジョー!」わたしは声を上げた。「旅をするのはまだ無理だろう」

「ミスター・クォリッチ、差し支えなければ、ぼくも一緒に列車に乗っていこうと思ったんです。サイレント・ウォーターに行くまで何度も乗り換えがありますし、ぼくはまだそんなに速く歩けませんから」

「だったら。ケベックまでそのまま行ったほうがいい」わたしはいった。「わたしの妹に何日か面倒を見させるよ」

しかし、彼はサイレント・ウォーターでわたしと別れるといって譲らなかった。そこで、わたしはミセス・ハーディングに電報を打ち、彼の世話をたのむことにした。車中でわたしは何度かカルマクスの話題を出したが、ジョーからはほとんど返事がなかった。

まもなく彼は元気を取り戻し、わな猟や狩猟のことをわたしに書いてくるようになった。彼はカルマクスで断念したことをすべて忘れようとしているらしかった。それにしてもリンダはもう何もいうことはないのだろうか？　ここで、もし彼女が……。

気にかかるところだ。

名探偵の世紀
――ノヴェンバー・ジョーと生みの親プリチャード――

戸川安宣（編集者）

カナダのケベック地方で狩猟のガイドなどを務めるノヴェンバー・ジョーを主人公にした本書は、メルヴィル・デイヴィッスン・ポーストが創造したアメリカ開拓時代の勇者アブナー伯父と並んで、数多《あまた》誕生したシャーロック・ホームズのライヴァルたちの中でも最もユニークなキャラクターの探偵と言えるだろう。

旅と狩猟の一生　ヘスキス・プリチャードHesketh Vernon Hesketh Prichardは、父親ヘスキス・ブロドリック・プリチャードの赴任先、インドのジャンシで一八七六（明治九）年十一月十七日金曜、生まれた。軍人だった父は、この年の一月、ペシャワールで当時二十四歳のケイト・ライアルと結婚したばかりだったが、九月のある日、旅先の清流の水を飲んで腸チフスに罹《かか》り、十月五日、二十五歳の若さで亡くなってしまう。その六週間後にプリチャードは生まれた。翌年二月十四日、母と子は船でボンベイから英国へ向かう。これがプリチャード母子の最初の旅となった。プリチャード母子は、その後、多くの著作を共に書き、旅にも同行することが少なくなかった。学校の関係で寮生活を余儀なくされ、離ればなれに暮らすことになったあるとき、胸騒ぎがして息子の寮に母ケイトが駆けつけてみると、体調を崩したプリチャードがベッドで輾転《てんてん》反側していたというエピソードまで伝わっている。ケイトは母方の両親と同居する。一八八一年にはチャンネル諸島のジャージー島に移住するが、ここは気候が合わず、ゴーリイに移る。プリチャードは一八八五年九月、ラグビイの私立初等学校に入学。八七年九月、エジンバラのパブリック・スクール、フェテス校に入る。ここで彼は早くもクリケットと射撃を始めている。九四年の夏、フェテスを離れ、ウエスト・サセックス州の町ホーシャムに移住。九六年の夏、母のちょっとした一言から三万五千語の小説*Tammers' Duel*を共同で執筆、これがペルメル・マガジンにページ一ギニーで売れる（E・アンド・H・ヘロン名義）。母子合作というのは、これが文学史上最初だと、ハワード・ヘイクラフト&スタンリー・J・クーニッツ編*Twentieth Century Authors* (1942, The H. W. Wilson Company)は記している。これがきっかけとなって、同年末から、母と子はE・アンド・H・ヘロン名義で、コーンヒル・マガジン、チェンバーズ、バドミントン等に小説やエッセイを発表するようになるのだが、*Tammers' Duel*を書いたプリチャードは自分の経験不足を痛感する。九六年の終わり、十九歳の彼はリスボン号に乗ってスペイン、ポルトガル方面に冒険の旅に出た。この旅の間、彼はフラクス

ヘスキス・プリチャード（1915～18年頃、フランスで撮影）

カナダのカリブーを仕留める（1908年9月）

マン・ローを主人公にした物語を書き出している。また、このときの経験が、のちにドンQを主人公にする物語のヒントになった。心霊探偵フラクスマン・ローのシリーズは、ピアスンズ・マガジンに九八年の一月号から六月号、および九九年の一月号から六月号と、二度にわたって連載し、全部で十二編の物語を遺している。この連載は霊に取り憑かれた家の写真などを載せ、「幽霊実話」と銘打たれていた。連載時の筆名はE・アンド・H・ヘロンだったが、九九年に*Ghosts*という題名で纏《まと》められたときには、K・アンド・H・プリチャード名義だった。さらに一九一六年、*Ghost Stories*と題する廉価版で出されたときにはヘロン名義に戻されている。

九七年二月、スミス・エルダー社の社長ジョージ・スミスの女婿レジナルド・スミスと親交を結び、彼が催すパーティでコナン・ドイルと感動的な出逢いをしている。九八年一月にはバドミントン・マガジンにドンQものの第一作を発表。このシリーズは一九二五年にドナルド・クリスプ監督、ダグラス・フェアバンクス主演で映画になり（そのタイトルはDon Q, Son of Zorroというものだった。『地下鉄サム』などの作者ジョンストン・マッカレーの原作を基にフェアバンクスが主演し、当たり役となった「奇傑ゾロ」の続編、という形に脚色され、フェアバンクスはこの作品でゾロとその息子の二役を演じている)、また「紅はこべ」を演じて人気を博したフレッド・テリーによって二一年、ロンドンで上演された。

一八九九年、シリル・アーサー・ピアスンはデイリー・メールの成功を見て、半ペニーの新聞デイリー・エクスプレスの発刊を企画していた。この新しい媒体のために、ピアスンはプリチャードに紀行文を寄せてくれないか、と持ちかけ、それならハイチはどうだろう、とプリチャードは提案した。黒人が支配する国で、アメリカ人やドイツ人などわずかな白人は海辺の町にしかいない。ピアスンは直ちに承諾した。母のケイトはジャマイカまで付き添い、息子の帰りを待つことになった。ハイチの冒険から戻ると、プリチャードは紀行文の執筆や講演をこなし、九月には数人のチームで南米に向かう。今度も母をブエノスアイレスに残し、プリチャードはパタゴニアまで足を伸ばし、南米に棲息していると思われていたミロドンの絶滅を確認する。この頃より、ラブラドルやケベックなど、カナダ方面にも精力的に出向き、鹿狩りに興じている。

ドンQものの長編*Don Q.'s Love Story*の米版(William Briggs)の表紙

一九〇八年六月一日、ヴェルラム伯の四女エリザベス・グリムストンと結婚。マイケルとダイアナというふたりの子供を儲ける。

第一次大戦時に従軍。殊勲章、および戦功十字章を授与される。だが、この戦争で彼は身体をこわし、イングランド南東部のハート

長女ダイアナを抱き上げるプリチャード

フォードシャー、ゴーラムベリで一九二二年六月十四日、原因不明の血液の病気で十四回の手術を受けた末に、四十五歳の若さで亡くなった。

ノヴェンバー・ジョーの横顔《プロフィール》　森の男、ノヴェンバー・ジョーは、「細身ながらもたくましい体つきの若者」で、「さりげない態度」だが、そこには「まぎれもなく優しさが込められていた。「バルサムの木に囲まれて育った最高の見本といえる成人男子」で、「背丈は六フィート近くあり、身体はしなやかで力強く、首は柱のように頑強で、きりっとした直線的な顔立ちをしている」。「きれいな灰色の目」をした「森の申し子の完璧ともいえる美貌は、見ていてこちらがどきどきするほどだった。彼は明らかに彼を取り巻く環境が生んだ申し子であり、そればかりか環境の支配者でもあった」。「鹿皮のシャツとジーンズという森の男の格好」で、「足音も立てずに歩く」。プリチャード自身が、六フィート四インチの長身、金髪で灰色の目、よく通る声の持ち主だったというから、多分に著者自身の容姿がノヴェンバー・ジョーに反映されているようだ。

「茶葉を煮込んでこくと苦みをすべて引き出すという本格的な森の方法」で茶をいれる、といった描写に、著者の豊富な実体験が反映されている。

ワトスン役を務めるジェームズ・クォリッチは、祖父の代からカナダ自治領の開発と深くかかわり、植物資源、鉱物資源から数多くの大都市の水力発電や照明まで広範囲にわたる事業に携わっていた。大変な金持ちで、「自分の楽しみのために金を遣うことができるのは、金持ちに許された数少ない特権の一つだ。実をいうと、わたしはこれまでずっと、相続し、蓄積してきた何百万ドルという財産のしがらみからことあるごとに逃れようとしてきた。わたしは金銭の追求にはほとんど関心がなかった――おそらくそれゆえに、触れるものすべてが金に変わっていったのかもしれない」と平然と言ってのける人物である。

そのクォリッチがジョーと会うのは、「一九〇八年の初秋」とある。といっても、それは二人の初対面ではない。「何年も前にメイン州のトム・トッドのところに行ったとき、ジョーはそこで皿洗いをしていたんだ」。

それから十年。二十四歳になったノヴェンバーは、「この大陸で最も有能な」森の男に成長していた。

彼は現在、ブリットウェル家に雇われ、同時に地方警察と「何らかの契約を結んでい」て、「自分の特別な能力を生かせる事件があれば、警察の手助けをすることになっている」というのだ。彼の現状を話して聞かせたサー・アンドルーはまた、「わたしがもし人殺しをした場合、一番追跡されたくない男」だとさえ言うのである。

その探偵法　「痕跡や足跡を一つでも残そうものなら、彼には必ず捕まる。彼は非常に熟練した細かい観察眼をもっているんだが、そもそもシャーロック・ホームズが得意としていたものは、森の男にとってはごく普通の日課だということを忘れてはいけない。観察し、推理することは、森の男の日々の生活にとって不可欠なことなんだ。彼は文字どおり、走りながら読みとっていく。森の地面が彼の本のページなんだ。森で犯罪が起こった場合、これらのことが捜査をするうえで非常に好都合となる」。

「犯罪の起こった場所が、人の多い町でも村でもなく、孤立した未開拓地の場合、犯罪と犯人発見というテーマを取り巻く状況は著しく異なるということを考えたことはあるかな？　都会のただなかだったら、重大犯罪が起こっても数時間以内に解決することがよくある」。「森の中だと状況はまるっきりちがってくる。そこでは自然が犯罪者の最大の味方となる。あらゆる面で犯罪者と結託してしまうんだ。そのうえ、自然はしばしば犯罪の発覚を遅らせる。犯行を葉や雪で隠し、足跡を雨で洗い流してしまうからだ。それに何といっても自然は広大な隠れ場所を与えてくれ、さらに決まった時間に暗闇をもたらしてくれるので、その間に犯人ははるか遠くに逃げおおせる。大自然での生活は美しく心地よいが、その裏の薄暗い部分をあばいていくのはなかなかむずかしい」。

「知ってのとおりわたしは医者だが、この職業は刑法の境界線上のある一点と、非常に密接なつながりをもっている。この森林犯罪というテーマに、わたしはいつも並々ならぬ魅力を感じているんだ。これまで何度も裁判に立ち会ってきたが、そのなかでみてきた最も恐ろしい証人というのは、ノヴェンバー・ジョーのような人物だった。つまり、ほとんど無学ともいえる森の男たちだ。彼らの証言は、とてつもなく単純であることを特徴としている。しかし、ごく些細なものでありながら、決定的な証拠を出してくる。すさまじい迫力で蠟燭を掲げ、真実を照らしてくるんだ。これは、彼らの心が見せかけというとらえどころのないものに毒されていないからではないかと思っている。彼らは扇情的な小説を読むこともないし、経験はじかに得られたものばかりだ。だから、赤裸々の事実と容赦ない結論を突きつけることができるのだろう」。はっきりとは書いていないが、ノヴェンバー・ジョーは文字が読めないのではないか、と思われる節がある。「何年もの間、わたしはこのテーマを研究しているが、個人的には犯人を追跡しているときのノヴェンバー・ジョーを見るのにまさる楽しみはないよ。都会育ちの人間には朝露のなかに足跡がぼんやりと続いているようにしか見えなくても、普通の森の住人だったら、そこから何かを読みとることができる。ところが、ノヴェンバー・ジョーにいたっては、ときに驚くべき方法と正確さで、その足跡をつけたのがどんな人物であるかまでをしばしばいい当ててしまうんだ」。「科学的見地からすれば、ノヴェンバー・ジョーは、彼の環境が生んだ申し子といえるだろう」。

ここでサー・アンドルーによって要領よくまとめられているノヴェンバー・ジョーの方法論は、第一の事件とも言うべき「ビッグ・ツリー・ポーテッジの犯罪」The Crime at Big Tree Portageで具体的、かつ丁寧に説明されている。

『ノヴェンバー・ジョーの事件簿』　本書はイギリスではホダー&スタウトン社、アメリカではホートン・ミフリン社から一九一三年に刊行された*November Joe: The Detective of the Woods*の全訳である。ポオの*Tales*が上梓された一八四五年以降、ミステリの分野で刊行された短編集の中から最重要な一〇六冊を選んだエラリー・クイーンの『クイーンの定員』*Queen's Quorum*（一九六九年に、ハリイ・ケメルマン『九マイルは遠すぎる』〔一九六七〕までの一九冊を追補して全一二五冊となった）の一冊に選ばれているが、クイーンによると、アメリカ版はイギリス版の初版に先立つ一月前に刊行されたという。全体が十六の章から成っているが、十六の短編が収められているわけではない。最初の二章は探偵役とワトスン役との出逢いや、物語の設定についての説明の章、そして十一章以降は独立した中編――というかホームズ譚で言えば『緋色の研究』などのような、短めの長編と言っても良い。八短編、一中編を収めた作品集というのが正確な言い方かと思うが、これはこの手の連作短編集の作り方として、欧米のものにしばしば見られるものである。

第六章の「ダック・クラブ殺人事件」The Murder at the Duck Club はヒュー・グリーン編の名アンソロジー *More Rivals of Sherlock Holmes* (1971) に収められている。

作品リスト　（＊はプリチャードの単独作。他は母ケイトとの合作）

1 *Tammers' Duel* 1898　E・アンド・H・ヘロン名義
2 *Ghosts* 1899　短編集
3 *A Modern Mercenary* 1899
4 *Karadac, Count of Gersay: A Romance* 1901
5 *Through the Heart of Patagonia* 1902＊

6 *Roving Hearts* 1903　短編集
7 *The Chronicles of Don Q.* 1904　短編集
8 *The New Chronicles of Don Q.* 1906（アメリカ版タイトル Don Q. in the Sierra 1906）短編集
9 *Don Q.'s Love Story* 1909
10 *Hunting Camps in Wood and Wilderness* 1910＊
11 *Where Black Rules White* 1910＊
12 *Through Trackless Labrador* 1911＊
13 *The Cahusac Mystery* 1912
14 *November Joe: The Detective of the Woods* 1913＊
15 *Ghost Stories* 1916（2の最初の六編を収録し、改題したもの）E・アンド・H・ヘロン名義
16 *Spining in France* 1920＊
17 *Sport in Wildest Britain* 1921＊

追記　本稿を書くに当たり、エリック・パーカーの評伝 *Hesketh Prichard D.S.O., M.C. Hunter: Explorer: Naturalist: Cricketer: Author: Soldier* (E. P. Dutton and Company)を参照した。

〔訳者〕
安岡恵子（やすおか・けいこ）
上智大学文学部フランス文学科卒業。訳書に『アメリカミステリ傑作選2002』（DHC刊、共訳）がある。東京都目黒区在住。

ノヴェンバー・ジョーの事件簿《じけんぼ》
——論創海外ミステリ 71

2007年11月15日 初版第1刷印刷
2007年11月25日 初版第1刷発行

著 者 ヘスキス・プリチャード
訳 者 安岡恵子
装 丁 栗原裕孝
発行人 森下紀夫
発行所 論 創 社
〒101-0051 東京都千代田区神田神保町2-23 北井ビル
電話 03-3264-5254 振替口座 00160-1-155266

印刷・製本 中央精版印刷

ISBN978-4-8460-0754-6